머피의 법칙

머피의 법칙

joseph murphy

조셉 머피 지음 | **차근호** 옮김

머리말

당신의 내부에는 당신을 끌어올리고 당신을 치유하고, 당신을 격려하고, 당신을 지도하고, 당신을 지시하고, 당신을 행복・자유・마음의 평화・충족된 생활의 기쁨에 대한 큰길로 이끌어주는 무한한 힘이 있습니다.

많은 나라로부터 상담을 받고 강연을 한 경험에서 나는 여러 계층의 사람들 사이에 하나의 커다란 차이점이 있다는 것을 알게 되었습니다. 그 사람들 가운데는 행복하고 기쁨에 차 있으며 성공하고 번영된 생활을 영위하고 있는 사람이 있는가 하면, 한편으로는 불행하고 불만에 차 있으며 매사에 있어서 잘 풀리지 않는 사람도 있습니다.

이 세상의 여러 계층 가운데 매우 많은 사람들은 위대한 것을 이룩하면서 매일 전진하고 있습니다. 그들은 활기에 차고 강하며 건강하고 인류에 대한 무수한 축복에 공헌하고 있습니다. 그들은 끊임없이 그들을 위해 작용하고 있는 어떤 〈근본적인 힘〉을 누군가로부터 받고 있는 것같이 보이기도 합니다.

한편 이 역시 많은 사람들이 무거운 짐을 지고 절망 속에서 평범하고 보잘것없는 인생을 보내고 있습니다. 그들은 만족한 대가를 받기 위한 인생에 대한 도전에서 그에 대처하는 능력이 결여되고 있는 것같이 보입니다.

이 책은 당신에게 왜 필요한가

이 책은 당신에게 인생에 대한 문제나 욕구 불만에 대처하고 그것을 극복하기 위한 방법을 가르쳐 주고 있습니다. 각 장(章)은 당신에게 모든 문제는 늘 하느님의 힘에 의해 해결된다는 것을 밝히고 있습니다. 그리하여 다시금 그와 같은 문제를 늠름하게 밟고 넘어서 새로운 날과 만족할 만한 새 삶의 여명(黎明)속으로 들어가는 데는 어떻게 하면 좋은가를 제시하고 있습니다.

이 책은 당신의 내부에 있는 무한한 힘과 맺어질 수 있는 방법을 설명함과 동시에 그것을 작용시키기 위한 특별한 테크닉도 당신에게 가르쳐 주고 있습니다.

내가 이 책을 쓰게 된 동기는 이 무한한 힘과 손을 마주잡고 교신하는 방법과 자신의 일상 생활에 그것을 활용하는 방법을 독자들에게 가르쳐 주기 위해서입니다. 나는 이 책의 어느 페이지에서나 당신 마음의 이 위대한 기본적이며 무제한의 힘을 가능한 한 간결하고 솔직한 말로 설명할 수 있도록 노력했습니다.

나는 당신이 이 책을 성실하게 연구하고, 그 가운데서 권장하고 있는 많은 효과적인 테크닉을 널리 활용할 것을 간절히 바랍니다. 당신이 그렇게 함으로써 당신 내부에 있는 이 무한한 힘과의 정신적 접촉과 교신이 당신에게 혼란 · 고통 · 우울 · 실패를 확실히 극복할 것임을 나는 확신하고 있습니다.

이 무한한 힘은 틀림없이 당신을 당신이 있어야 할 곳으로 인도하여 당신의 문제와 곤란을 해방시키며, 인생의 보다 높은 단계에 이르는 큰길로 당신을 데려다 줄 것입니다.

마음속의 무한한 힘은 여러 사람들을 위해 어떤 일을 해 왔나

나는 지금까지 30여 년간 국내외에서 마음의 기적을 가져다주는 힘에 대해서 가르치거나 집필을 했습니다. 나는 그들의 마음의 무한한 힘을 성실하게 사용한 무수한 사람들의 생활속에 다음과 같은 변화가 나타난 것을 이 눈으로 똑똑히 보았습니다.

- 매우 풍부한 부(富)
- 새로운 벗들이나 뛰어난 인생의 반려
- 모든 위험으로부터의 보호
- 이른바 불치의 병에 대한 치유
- 자기 비난이나 자기 비판으로부터의 해방
- 사람들로부터의 찬상 · 명예 · 표창
- 새로운 활력과 인생에 대한 정열
- 화목하지 못했던 결혼 생활에 대한 평화와 조화
- 변화하는 세계에서의 침착
- 그리하여 무엇에나 극복할 수 있는 것으로의 응답하는 기도의 기쁨

이러한 기적을 낳게 하는 힘은 인생의 모든 곳에서 작용하고 있다

나의 관찰과 경험에 의하면 이러한 힘을 사용한 남녀 및 연소자는 사회의 모든 계층의 출신자이고 그 빈부의 형편도 생각이 미치는 한에 있어서 여러 계급을 포함하고 있습니다. 고교생도 있고 대학생도 있으며 타이피스트 · 택시 운전사 · 대학 교수 · 우주 과학자 · 주부 · 전화

교환수 · 영화 감독 · 배우 · 트럭 운전사도 있습니다.

이들은 그들을 실패 · 비참 · 결핍 · 절망에서 구출한 이와 같이 신비적이긴 하지만 매우 현실적인 힘을 발견했던 것입니다. 더욱이 그것은 대부분의 경우 성 바울로가 말했듯이 '순간적으로' 그들의 문제를 해결하고 그들의 눈물을 씻었으며, 그들을 감정적, 경제적 파탄에서 해방시켜 자유의 큰길로 이끌어 명성, 재산, 풍요로운 생활에의 새로운 기회를 가져다 주었던 것입니다. 그리하여 이들은 모두가 그들의 상처받았던 마음을 치유한 마술적인 치유력을 갖는 사랑을 발견하고 완전한 인생을 보내기 위한 영혼을 되찾게 되었던 것입니다.

이 책의 독특한 특색

이 책의 독특한 특색은 실정에 맞는 실용성과 일상적인 효용에 있습니다. 당신은 미래에 일어날 일을 미리 안다거나 당신에게 도움을 주도록 이끌어주는 직관의 소리를 분별할 수 있는 선천적인 비범한 능력을 사용할 수 있는 것도 배우게 될 것입니다.

무한한 힘을 갖는 마음이 꿈속에서 당신이 바라는 해답을 제시한다

당신의 육체와는 무관하게 행해지는 경험의 의미, 투시력과 그것을 의미하는 것, 초감각적 인식력을 사용하는 방법, 그 밖의 많은 당신의 마음에 있어서의 비범한 능력이 이 책에서 분명하게 밝혀질 것입니다.

당신의 인생에 기적을 일으키게 하기 위해서는

인생에 있어서 가장 위대한 진리는 가장 간단한 것입니다. 나는 이와 같은 위대한 진리를 가장 간결하고 더욱이 드라마틱한 명쾌함으로 제시했습니다. 이 책은 당신에게 당신이 갖게 될 어떤 문제라 하더라도 극복하는 방법, 인도(引渡)와 응답으로서 기도의 축복을 받아들이는 방법을 제시할 것입니다.

당신의 나날은 당신의 내부에 있는 이 감추어진 무한한 힘을 해방시키기 위해 이 책에서 제시하고 있는 특별한 테크닉을 사용함에 따라 보다 풍요롭고 보다 고귀하고 보다 멋진 것으로 탈바꿈해 갈 것입니다. 여기에 제시된 지시에 따라 이 무한한 힘의 문을 두드려야 할 것입니다. 그렇게 하면 당신은 인생의 모든 것을 풍부하게 끌어들일 수 있을 것입니다.

이 책을 읽고 사용하는 것에 의해서 당신의 내부에 갇혀 있는 뛰어난 것을 지금 당장 해방시켜야 할 것입니다. 그리하여 당신을 위한 것이 되고 당신을 만족하게 하는 기적을 당신의 인생에 갖다 주어야 할 것입니다.

조셉 · 머피

차 례

9. 풍요로운 인생을 위한 무한한 힘 • 122

10. 무한한 힘을 자기 편으로 • 139

11. 당신 마음의 배터리에 재충전하라 • 149

12. 당신을 이끌어가는 무한한 힘 • 160

머피의 법칙

1. 멋지고 풍요로운 새삶

이 책은 당신의 내부에 있는 무한한 힘(능력)에 대해서 당신에게 가르쳐주기 위해 쓰여진 것입니다. 이 힘은 당신을 질병·우울·실패·욕구 불만에서 구출해내어 건강·행복·풍요·안정의 큰길로 이끌어갈 수가 있습니다. 나는 지금까지 그들이 그들 내부에 있는 이 무한의 힘과 접촉하고 그것을 해방시키기 시작했을 때 세계 여러 지방의 여러 계급의 사람들 신상에 놀라울 만한 변화가 일어난 것을 보아 왔습니다.

수개월 전에 나는 어는 병원에서 절망의 구렁텅이 속에서 신음하고 있던 어떤 알코올 중독 환자와 두 시간 가량 대화를 나눈 적이 있습니다. 그는 이 힘을 쓰기 시작했습니다. 그리하여 그 결과 오늘에 이르러서는 그는 건강을 되찾아 활력에 넘치며, 행복해졌을 뿐만 아니라 그의 사업도 매우 순조롭게 진행되고 있습니다. 성서에 나오는 사도 바울로와 같이 그가 순간적으로 바뀌게 되었던 것입니다. 그리고 무한한 치유력이 그의 몸 안을 흐르기 시작했던 것입니다. 그에 대한 문제는 소멸되어 버렸고 평화가 그의 병든 마음을 찾게 되었던 것입니다. 그리하여 그는 건전한 몸과 마음으로 아내와 자식들이 기다리는 가정으로 다시 돌아가게 되었던 것입니다.

이와 같은 무한한 힘은 당신의 내부에서 스스로 해방되기를 기다리고 있습니다. 이 힘은 당신의 인생을 완전하고 재빠르고 놀라울 만큼 바꾸어 놓을 수가 있으므로 수주일 혹은 수개월이 지나면 당신의 친한 친구마저 그것이 당신이라고 미처 알아차릴 수가 없을 것입니다.

이 책 속에서 당신은 어떤 죄수에 대한 이야기를 읽게 될 것입니다. 그는 여러 사람을 살해한 흉포한 살인범이었습니다만 지금에 와서는 하느님처럼 되어 사람들이 즐겁고 평화롭게 인생을 보낼 수 있도록 앞장서서 전교 활동을 하고 있습니다. 이 남자는 나에게 이렇게 말했습니다. "내가 선생님께서 말씀해 주신 이 무한한 힘과 접촉하고서 한 달이 지난 후, 거울 속에 비친 나 자신을 보고 깜짝 놀랐습니다. 지금까지의 나 자신이 아니라는 것을 알게 되었기 때문입니다. 나는 과거에 내가 저질렀던 죄를 두 번 다시 되풀이할 수는 없을 것입니다." 그는 또 이렇게 첨가해서 말했습니다. "나는 나 자신이 정말로 사람을 죽였던가 하는 의심마저도 품게 되었습니다." 이 남자는 감옥의 문마저도 열리게 하여, 거기서 그를 석방케 한 힘을 자신 속에서 발견했던 것입니다. 무한한 치유력을 구비한 실재(實在)가 그의 영혼을 회복시켰던 것입니다. "지쳤던 이 몸에 생기가 넘친다."(시편 23,3)고 성서에서 말한 바와 같이 되었던 것입니다.

이와 같은 신비스러운 무한한 힘은 당신을 위해서도 기적을 가져다 줄 수 있습니다. 당신이 이 장(章)과 이에 계속되는 나머지 장을 숙독함에 따라, 당신은 이 힘의 흐름을 지배하게 되고 새로운 가치를 받아들일 수 있다는 것을 이해하게 될 것입니다. 그러기 위해 필요한 것은 활짝 열린 마음과 완전하고 행복하며 또한 자극적이고 풍요로운 인생을 보내고 싶다는 욕망을 갖는 일뿐입니다.

이 무한한 힘은 당신의 삶에 기적을 가져다 준다

어떤 사람은 행복하고 성공을 거두어 번영된 생활을 하고 있는 데 반하여 어떤 사람은 가난하며 비참한 생활을 하고 있는 것은 무슨 까닭일까? 어떤 사람은 신앙과 신념에 차 있으며, 최선의 것을 기대하여 희열 속에서 살며, 부(富)를 손에 넣고 성공의 사다리를 쉴새없이 올라가고 있는 데 반해서, 어떤 사람은 공포에 차 있으며 고뇌하고 위축되어 비극적인 실패만을 되풀이하고 있는 것은 무슨 까닭일까? 형제 가운데 한 사람은 값비싼 고급 맨션에 살고 있는데 다른 한쪽은 언제나 궁색하며 남의 집을 전전하고 있는 것은 무슨 까닭에서일까?

이와 같은 차이점이 생겨나게 된 이유는 자극적이고 모험에 차 있으며, 창조적이고 성공한 인생을 보내고 있는 사람은 그때까지 이 무한한 힘을 사용해 온 데에 있는 것입니다. 왜냐하면 당신에게 활력과 번영과 기쁨과 부를 가져다주는 것이야말로 이 신비적인 힘을 사용하는 데 있기 때문입니다.

당신도 이 비범한 힘을 사용할 수 있다

몇 년이나 걸려 사람들은 무한한 힘을 발견하고 그것에 의해서 그들의 숨겨진 재능을 밝혀냈습니다. 그들은 가장 높은 존재가 베푸는 영감을 받아들여 그들 속에 있는 무한한 보고에서 놀랄 만큼 빛나는 지식을 받아들였던 것입니다. 이 힘은 당신에게도 당신이 선택한 목표에 이르는 데 필요한 지혜 · 힘 · 활력을 가져다줄 것입니다. 이 책은 당신에게 당신이 고쳐야 할 개선과 복지를 위해 이 힘을 지배하는 방법을 가르쳐 주려 하고 있습니다. 당신에게 필요한 것은 그것에 협력하고 그것과 손을 잡는 일뿐인 것입니다.

당신은 이 무한한 힘을 사업상의 충실한 파트너를 끌어들이기 위해서 사용할 수도 있고, 진실한 친구를 찾아내기 위해서도 쓸 수가 있습니다. 또 그것은 당신에게 이상적인 가정을 준비할 수도 있습니다. 당신은 당신의 어떠한 달콤한 꿈보다도 더 번영될 수가 있고, 마음속으로 바라는 바 그대로 이룩할 수가 있으며, 바라는 대로 여행할 수 있는 기쁨과 자유를 발견할 수도 있을 것입니다.

나는 왜 이 책을 쓰게 되었는가

하느님의 능력이신 이 근원적인 힘과 그것에 대한 이해를 모든 사람들에게 알게 하려고 하는 것이 내가 이 책을 쓰게 된 이유입니다. 이 힘과 접촉하고 그것을 사용하는 것 그리하여 그것을 당신의 마음·몸·사업 그 밖의 모든 것에 침투시키게 하는 것은 하느님께서 당신에게 베풀어주신 특권인 것입니다. 그렇게 하는 것에 의해서 당신은 지배·기쁨 그리고 보다 풍요로운 인생에 대한 마음의 세계로 자랑스럽게 올라갈 수가 있는 것입니다.

이 놀라운 힘은 다른 사람들에게 어떤 일을 하게 했는가

이 책은 당신에게 여러 직종의 남녀가 어떤 방법으로 이른바 불치의 상태에 대한 기적적인 치유를 발견했는가, 어려운 비즈니스상의 문제에 대한 해결책, 가족 관계의 조화, 비극을 피하는 방법, 사람의 생명을 구하는 투청력(透聽力)을 사용하는 방법을 발견했는가 하는 것 등을 가르치고 있습니다. 이와 같은 사람들은 예지(豫知)가 어떤 방법으로 어느 특정인의 재산을 만들게 했는가, 침착과 평온이 어떤 방법으로 이끌어들이면 좋은가, 마음의 그림이 어떻게 해서 백만 달러를 손에 넣게 했는가, 그리고 실패를 성공으로 바꾸는 데는 어떻게 하면 좋은가를 발견했던 것입니다.

이 책은 독특하고 비범한 특색을 지니고 있다

당신은 일상 생활에 쉽게 적용할 수 있는 간단하고 편리한 테크닉과 방식의 형태로 당신 내부에 숨어 있는 이 무한한 힘을 사용하는 데에 필요한 여러 가지 방법을 발견하게 될 것입니다. 그것은 단순히 어떤 물음에 답할 뿐만 아니라, 어떻게 하면 신념과 침착성을 얻을 수 있는가, 사업의 성공에 대해서 어떻게 기도하면 좋은가, 자기 자신이나 다른 사람들에게 축복을 가져다 주기 위해 초감각적 인식력을 어떻게 사용하면 좋은가, 하느님의 인도를 받는 데는 어떻게 하면 좋은가, 병자를 위해서는 어떻게 기도하면 좋은가, 의사와 협력하는 데는 어떻게 하면 좋은가, 효과적으로 대처하는 데는 어떻게 하면 좋은가 하는 따위의 개인적인 문제도 해결해 줍니다. 이 책은 기구(祈求)를 했는데도 분명한 해답을 얻을 수 없었던 것은 무슨 까닭일까, 하느님의 인도를 받기 위해 기도하고, 또 그것을 인정하는 데에는 어떻게 하면 좋은가 하는 것도 당신께 가르쳐 줄 것입니다. 하느님의 이와 같은 뛰어난 힘을 지금 당장 사용하기 위해 필요한 모든 것은 여기 완전하고도 분명하게 실행 가능한 형태로 기술되고 있습니다.

새롭고 알찬 삶을 위해 당신은 곧 스타트할 수 있다

누구나가 건강·행복·안정·마음의 평화를 바라고 있습니다만, 많은 사람들은 마음속으로 '그와 같은 것을 모두 실현시킨다는 것은 너무 엄청난 일이다 !'라고 여기고 있습니다. 그러나 실현시키는 데 있어서 너무 엄청난 일이라든지, 오래 지속시킨다는 것은 너무 꿈만 같은 일이라고 여기게 되는 것이야말로 터무니없는 생각들입니다.

왜냐하면 하느님의 능력 · 지혜 · 영광은 어제도 오늘도 그리고 영원히 같으며 누구에게나 곧 이용할 수 있는 것이기 때문입니다.

당신의 전인생을 바꾸게 되는 것은 바야흐로 당신 수중에 있습니다. 더욱이 그것은 놀라울 만큼 쉬운 일인 것입니다.

당신은 이 책에서 50대에 이르러 그 실패의 생애를 성공으로 바꾼 남자에 대한 이야기를 읽게 될 것입니다.

당신도 그와 같이 할 수 있는 것입니다.

당신은 40세의 어떤 부인이 어떻게 해서 인망(人望)과 결혼의 열쇠를 손에 넣게 되었는가 하는 것도 읽게 될 것입니다.

사랑이 당신에게도 기적을 가져다줄 수 있게 할 것입니다.

호텔 보이가 어떻게 승진하는 열쇠를 급속히 발견하게 되었나

나는 캐나다의 오타와시에서 강연을 한 적이 있습니다. 강연이 끝난 후, 어떤 청년이 나를 찾아와서 다음과 같은 이야기를 하는 것이었습니다.

자신은 2년간 뉴욕에서 호텔 보이 노릇을 했는데, 어느 날 호텔 투숙객으로부터 〈잠재 의식의 힘〉이라고 하는 페이퍼백의 책을 얻었다고 합니다. 그는 그 책을 네 번이나 되풀이해서 읽고 거기에 쓰여진 지시에 따라 취침 전에 "이제 승진은 내것이다! 이제 성공은 내것이다! 이제 부(富)는 내것이다!"라고 되풀이해서 다짐을 했다고 합니다. 그는 매일 밤 이 말을 외면서 잠들게 되었는데, 2주일이 채 되기도 전에 느닷없이 부지배인으로 발탁이 되었고, 6개월 후에는 그 호텔 체인 전체의 총지배인이 되었다고 합니다. "한번 생각해 보십시오." 하고 그는 덧붙여서 말하는 것이었습니다. "그때까지 수년간이라는 세월은 나는 내 안에 있는 거대한 잠재 능력의 한낱 물방울만으로 인생을 살아왔던 겁니다." 이 청년은 자기 내부에 있는 무한한 힘을 해방시키는 방법을 배웠던 것입니다. 그리하여 그의 전인생은 이 놀라운 작용을 하는 힘과 조화를 이루게 되었던 것입니다.

그 여대생은 어떻게 실패를 성공으로 바꾸게 되었는가

수년 전의 일입니다만 어떤 여대생이 그녀 아버지의 지시로 나를 만나러 온 일이 있었습니다. 그녀는 대학에서 낙제를 했던 것입니다. 나는 그녀와 이야기를 나누어 보고서 그녀는 훌륭한 마음씨와 마음의 법칙에 관한 확고한 기초 지식을 갖고 있는 것을 발견했던 것입니다. "왜 당신은 자기 자신을 비하시키고 있습니까? 왜 자신에 대해서 이와 같이 낮은 평가밖에 할 수 없단 말입니까?"—나는 이렇게 그녀에게 물어 보았던 것입니다. 그녀는 약간 얼굴을 붉히며 이렇게 말했습니다. "저는 식구들 가운데서 가장 머리가 나쁜 바보랍니다. 아버지는 내가 결코 똑똑한 사람이 되지 못할 거라고 말했어요. 우리 형제들은 모두가 뛰어난 두뇌의 소유자들이에요. 그들은 아버지를 닮았지만 저는 어머니를 닮아 이렇게 바보스럽다는군요."

"그렇습니까."하고 나는 대답했습니다. "당신은 하느님의 자녀인 것입니다. 하느님의 무한하신 능력 · 속성 · 특질 · 지혜는 모두 당신 안에 있으며, 당신이 그것을 해방시켜 이용하기를 기다리고 있습니다. 내가 말하더라고 아버지께 전해 주십시오. 자기 자식에게 이와 같이 몹시 부정적으로 말하는 게 아니라고. 오히려 아버지는 당신을 격려하고, 당신 안에는 하느님의 무한하신 지력(知力)이 내재하고 있어서 당신의 기도에 응답해 주신다는 것을 당신으로 하여금 깨닫게 해야 한다고 말입니다. 그리고 또 당신 안에는 어머니의 그것보다도 오히려 아버지의 유전적 요소 쪽이 훨씬 많다고 하는 것도 아버지께 말씀드리십시오."

나는 그녀에게 다음과 같은 테크닉을 가르쳐 주고 나서, 그것을 매일 학교에 가기 전과 매일 밤 취침 전에 사용할 것을 권유했습니다.
—"나는 하느님의 자녀입니다. 나는 앞으로는 절대로 나 자신의 내부에 있는 힘을 낮게 평가하지 않을 것이며, 품위를 떨어뜨리지도 않을 것입니다. 나는 나의 내부에 있는 하느님을 흠숭합니다. 나는 하느님께서 나를 사랑하시고 나를 지켜주신다는 것을 잘 알고 있습니다. 성서에는 '하느님께서는 언제나 여러분을 돌보십니다.'(베드로의 첫째 편지 제5장 7절)라고 쓰여져 있습니다. 내가 읽는 것이나 배우는 것은 곧 나에게 흡수되어 필요에 응해서 즉각 나에게 되돌아옵니다. 나는 나의 아버지, 형제, 선생님, 어머니에게 사랑을 방사(放射)합니다. 무한한 지력은 나의 공부를 돕고 내가 알고자 하는 모든 것을 언제든지 나에게 가르쳐 줍니다. 나는 나 자신을 존경합니다. 그리하여 나는 나 자신에 대해서 새로운 평가를 합니다. 왜냐하면 나는 나의 진짜 자아(自我)는 하느님이란 것을 알고 있기 때문입니다. 나 자신을 비판한다든지, 비난하게 될 경우는 언제든지 나는 곧 이렇게 단언하기로 했습니다. '하느님께서는 나를 사랑하시고 지켜주신다. 나는 하느님의 자녀이다.'라고."

그녀는 이와 같은 기도를 충실히 실행했습니다. 그후 얼마되지 않아 그녀는 진학을 하게 되었고 우수한 성적으로 대학을 졸업했다고 하는 보고를 받고 나는 기뻐했었습니다. 그녀는 완전한 인생을 보내기 위한 무한한 힘을 발견하였고 그것을 풀어 놓기 시작했던 것입니다. 그녀는 아버지의 부정적인 암시를 받아들이는 것을 중단하고, 그녀 안에 있는 하느님을 흠숭하기 시작했던 것입니다. 바울로는 "하느님께서 주시지 않은 권위는 하나도 없고 세상의 모든 권위는 다 하느님께서 세워주신 것입니다."(로마인들에게 보낸 편지 제13장 1절)라고 말하고 있습니다. 하느님께서는 유일한 존재이시며 유일한 힘이십니다. 그리하여 이 세상에 있는 힘은 모두 하느님으로부터 부여받고 있는 것입니다.

당신의 꿈을 실현시키기 위해 이 무한한 힘을 사용할 수 있다

만약 당신이 앞으로 묘사되는 것과 같이 완전한 생활을 위한 무한한 힘의 원리를 실행한다면, 당신은 당신의 인생이 좋은 쪽으로 놀라울 만큼 멋지게 변해가는 것을 볼 수 있을 것입니다. 인생에 있어서의 당신의 꿈·포부·이상·목표란 당신 마음속에 있는 생각이고 이상이 마음의 그림인 것입니다. 당신은 당신 마음속에 있는 이상이라든지 욕망이라고 하는 것은 당신의 손발이나 심장과 같은 정도로 현실적인 것임을 이해하지 않으면 안 됩니다. 그것은 마음의 다른 차원 안에서 모양과 모습, 그리고 알맹이를 갖는 것입니다. 이 책의 각 장은 당신에게 어떤 방법으로 당신의 욕망을 받아들이고 그 실재(實在)를 느끼며, 당신 안에 있는 무한한 힘이 그것을 하느님의 질서에 따라 실현하는 것을 알 수 있는가를 가르쳐 줄 것입니다. 당신에게 욕망을 부여하는 무한한 힘은 동시에 그것을 실현하기 위한 완전한 플랜도 당신에게 제시해 줄 것입니다. 당신이 하지 않으면 안 될 것은 그것을 받아들이고 그것을 믿는 일뿐입니다. 그렇게 하면 당신 안에 있는 무한한 지력(知

力)이 그것을 당신에게 가져다 줄 것입니다.

당신의 인생은 멋진 모험이 될 수 있다

하느님께서 향유하고 계시는 기적을 낳는 힘은 당신이나 내가 태어나기 이전부터, 그리고 이 세계마저도 존재하기 전부터 실재하고 있었던 것입니다. 당신을 축복하고, 치유하고, 격려하고, 향상시키는 인생의 위대한 진리와 원리는 모든 종교가 태어나기 이전부터 존재하고 있었던 것입니다. 당신이나 나는 이제 마음의 깊숙한 안쪽으로 나그네길을 떠나려 하고 있습니다만, 거기서 우리들은 여하히 그것이 능력이 있는 것인가를 볼 수 있을 것이고, 온갖 눈물을 씻어줄 이 놀라울 만큼 마술적 치유력이 있는 힘에 대해서 배우게 될 것입니다. 우리는 여하히 그것이 찢어진 상처를 치유하고, 공포에 차고 좀먹혀 들어가던 마음의 해방을 선언하며 당신을 빈곤·실패·질병·욕구 불만 그리고 온갖 종류의 한계에서 자신을 묶었던 쇠사슬에서 해방시키는가를 보게 될 것입니다.

당신에게 필요한 것은 앞으로 제시될 각 장에서는 간단하지만 과학적인 방법에 따라 정신적으로나 감정적으로 당신이 경험하고자 바라고 있는 좋은 일과 당신 자신을 맺게 하는 일뿐입니다. 그렇게 하면 무한한 힘이 당신의 마음으로부터의 소망의 실현으로 당신을 인도해 줄 것입니다.

당신이 이제 내딛는 이 마음의 여행은 당신의 인생에 있어서 가장 멋진 '한 장(章)'—당신의 마음을 치유하고 계발하는 데 경험이 될 것입니다. 그것은 당신의 인생에 있어서 멋지고 희열에 넘친, 가장 결실이 많은 것임을 실증하게 될 것입니다. 이제 곧, 오늘부터 당장 시작해야 할 것입니다. 당신의 인생에 경이와 기적을 가져다 줄 것입니다! 밤의 어둠이 걷히고 모든 그림자가 사라질 때까지 끈기 있게 노력해야 할 것입니다.

2. 풍요로운 인생을 위한 성공 패턴

당신은 인생에서 어떤 장애물에도 승리하고 성공하기 위해 태어났습니다. 하느님은 당신 앞에 살아 계시며 당신과 함께 걸으시며 말씀하시고 계십니다. 하느님은 당신의 생활 원리인 것입니다. 당신은 하느님의 통로이며 당신은 공간이라고 하는 스크린 위에 하느님의 특질·속성·능력 등 여러 가지를 재생시키기 위해 이 세상에 있는 것입니다. 바꿔 말한다면 당신은 그 얼마나 중요하며 대견스러운 존재입니까!

하느님은 어떤 일을 시작하시든 그 일을 완성하십니다 — 그것이 별이건, 우주이건, 하나의 나무라 하더라도 말입니다. 당신은 인생이라고 하는 승부에서 승리와 성공을 거두려면 당신 안에 있는 우주의 힘과 손을 잡지 않으면 안 됩니다. 그리고 당신은 사고(思考)와 감정 속에서 이 무한한 힘과 함께 될 때, 당신은 우주의 힘이 당신을 위해 작용해서 승리와 성공의 인생을 가지게 되는 것을 알게 될 것입니다.

자신에 대한 새로운 마음의 그림이 어떻게 풍요를 갖다 주었나

"저는 지금까지 이 회사에서 10년이나 근무하고 있습니다만 단 한

번도 승진이나 승급이 된 적이 없었습니다. 저에게는 어딘가 잘못된 점이 있음이 분명합니다." 우리가 이제부터 존이라고 부르게 될 이 사람은 진단을 받으려고 왔을 때 이렇게 언짢은 표정으로 말했습니다. 그와 대화를 나누고 있는 동안 나는 그가 실패의 패턴을 잠재 의식 속에 가지고 있다는 것과 그것이 그의 모든 행동에 영향을 주고 있다는 것을 발견했습니다.

존은 항상 자기 자신을 낮추는 습관에 젖어 있었던 것입니다. 자기에게 늘 이런 식으로 말했던 것이었습니다. — "나에게는 장점이라곤 하나도 찾아볼 수가 없다. 나는 언제나 실수를 거듭해서 일자리를 잃고 있다. 내게는 나를 따라다니는 징크스가 있단 말이야." 그는 자기 비난과 자기 비판에 가득차 있었습니다. 나는 그에게, 그러한 것은 당신에게 파괴적인 영향을 주는 독소라고 설명해 주었습니다. 그리고 이 독소는 당신에게서 활력과 열의와 정력과 정상적인 판단력을 앗아가서 종국적으로는 당신을 육체적으로, 그리고 정신적으로도 파멸로 몰아넣게 된다고 설명해 주었습니다. 뿐만 아니라 나는 "내게는 장점이라곤 찾아볼 수가 없다. 난 언제나 실수만 거듭하고 있다." 등의 말은 결과적으로 그의 잠재 의식에 대한 명령으로서 결국 그렇게 돼버려 그의 인생에서 각종 장해 · 정체 · 결핍 · 한계 · 방해 등을 만들어내게 된다고 지적하면서 그의 부정적인 말이 뜻하는 것을 분명하게 해주었습니다. 잠재 의식은 토양과 같은 것이므로 좋은 일이건 나쁜 일이건 간에 모든 종류의 씨앗을 받아들이고 성장할 수 있는 영양분을 주게 되는 것입니다.

존은 어떤 방법으로 자기 안에 있는 실패의 원인을 발견해냈는가

그는 나에게 "그것이 내가 언제나 실수만 하고 회사의 회의에서도 항상 무시되는 이유일까요?" 라고 물었습니다. 나의 대답은 "예스." 였습니다. 왜냐하면 그는 항상 거절이라는 마음의 그림을 만들면서 경시당하고 무시될 것을 기대하고 있었으므로……. 그는 스스로가 자기의 좋은 점을 가지고 있었던 것입니다. 존은 "두려워하여 떨던 것이 들이닥쳤고"(욥기 제3장 25절)라는 성서의 진리를 실증하고 있었던 것입니다.

그는 성공을 위해 실제적인 테크닉을 어떻게 실행했는가

다음은 존이 어떤 방법으로 자기 거절과 실패와 욕구 불만의 패턴에서 자기를 헤어나게 했는가에 대한 설명입니다. 나는 그에게 "……나는 그것을 이미 붙들었다고 생각하지 않습니다. 다만 나는 내 뒤에 있는 것을 잊고 앞에 있는 것만 바라보면서 목표를 향하여 달려갈 뿐입니다."(필립비인들에게 보낸 편지 제3장 13~14절)라는 위대한 진리에 대해 잘 생각해 보기를 일러주었습니다.

"저는 어떻게 하면 냉대받았던 일과 마음에 상처를 입었던 일들과 거절당했던 일들을 잊을 수가 있겠습니까? 이건 대단히 어려운 일이라는 생각이 드는데요." 그는 이렇게 물었습니다. 그 일은 결코 하지 못할 일은 아닙니다. 그러나 네가 설명했던 것과 같이 그렇게 하기 위해서는 과거를 완전히 잊어버리고 성공과 승리와 목표의 달성과 승진을 기대한다는 그런 적극적인 결심을 갖지 않으면 안 되는 것입니다. 당신의 잠재 의식은 당신이 진정으로 그러한 결심을 했을 때, 그것을 기억하고 있다가 당신이 습관적으로 스스로를 낮추려고 하면 자동적으로 그 결심을 생각나게 해줍니다. 그렇게 되면 당신은 즉시 생각을 다시 하여 좋은 말을 하게 되는 것입니다.

그는 과거의 실망이나 실패에 대한 마음의 부담을 미래에까지 갖고 간다는 것이 얼마나 어리석은 짓이며 잘못된 일인가 하는 것을 깨닫게 되었습니다. 그것은 마치 하루종일 무거운 짐을 지고 있어서 그 때문에 피로에 지쳐 있는 상태와 비슷했습니다. 자기 비판이나 자기 비난과 같은 생각이 마음속으로 스며들어오려고 할 때에는 언제나 그는 "성공은 나의 것이다. 조화는 나의 것이다. 승진은 나의 것이다."라고 힘차게 외침으로써 그의 마음의 상(像)을 바꾸려고 노력했습니다. 얼마 후 그의 부정적인 패턴은 건설적인 사고 방식으로 바뀌어져 있었습니다.

존은 어떻게 자기의 잠재 의식을 성공하는 방향으로 컨트롤하였나

나는 그에게 성공하는 잠재 의식을 심어주기 위해 다음과 같은 방법을 가르쳐 주었습니다. 그의 아내가 행복에 가득차서 그를 포옹하며 그의 승진을 축하하고 있는 마음의 그림을 그리는 기술을 실행해 보도록 말입니다. 그는 몸을 편안하게 하고 주의력을 집중시켜 자기의 아내에게 마음의 렌즈를 맞춤으로써 이 마음의 그림을 생생하고 리얼하게 만들어냈습니다. 그는 마음속에서 다음과 같이 아내에게 말을 했습니다.

'여보, 오늘 말이야 내게 굉장한 일이 있었어. 부장이 내게 축하해 주더군. 난 1년에 5천 달러나 봉급이 오르게 됐어! 어때, 멋있지!'

그리고 그는 아내의 반응을 상상했습니다. 그녀의 음성을 들었습니다. 아내의 웃는 얼굴과 몸짓을 보았습니다. 모든 것이 현실인 것처럼 마음속에 떠올랐습니다.

이 마음의 그림은 일종의 침투성의 압력에 의하여 서서히 그의 의식에서 잠재 의식 속으로 이동해 갔습니다. 며칠 전에 존은 나를 찾아와서 이렇게 말했습니다. "꼭 알려드려야 할 일이 생겼습니다. 회사에서 저에게 지역(地域) 매니저로 임명했습니다! 마음의 그림이 성공했습니다!"

마음의 작용에 대해 배운 존은 그의 마음의 그림이 가져다주는 습관적인 사고 방식의 패턴이 그의 잠재 의식의 심층으로 침투해 들어갔다는 것과, 잠재 의식은 그가 요망하는 일을 실현시키기 위해서 필요한 모든 것들을 끌어당기는 활동을 개시했다는 것을 이해하기 시작한 것입니다.

신념은 실제로 소용이 되는 힘이다

성서에는 이렇게 씌어 있습니다. — "너희가 기도하며 구하는 것이 무엇이든 그것을 이미 받았다고 믿기만 하면 그대로 다 될 것이다." (마르코 복음 제11장 35절) 아주 간결한 말이긴 합니다만 이 말은 당신에게 당신이 원하는 것을 믿으며 최선을 다하여 생활해 나간다면 원하고 있는 선(善)이 당신에게로 온다는 것을 일깨워주고 있습니다. 존은 명예 · 표창 · 승진 · 승급 등이 자기에게로 올 것이라고 굳게 믿고 있었습니다. 그리고 모든 것이 그의 신념대로 되었습니다.

존은 지금 완전히 다른 사람처럼 되었으며 행복하게 살고 있습니다. 그는 낙천적이며 열의에 가득찬 사람으로 바뀌었습니다. 눈은 광채가 나게 되었으며 목소리도 달라진 것 같습니다. 그것은 모두 그의 자신감과 침착성을 나타내고 있는 것들입니다.

마음의 그림이 어떻게 백만 달러를 낳게 했는가

나는 파르므 온천 호텔에서 산페드로에서 온 사람과 이야기를 나눈 적이 있습니다. 그는 자기 나이가 지금 50대인데 자기의 일생은 실망

· 실패 · 의기 소침 · 환멸 이외에 아무것도 아니라고 말하는 것이었습니다. 그는 세계적인 여행가이며 강연가인 해리 · 게이즈 박사의 강연회가 산페드로에서 개최되었을 때 참석했다고 합니다.

그는 그 강연을 듣고 자기라는 것과 자기 속에 숨어 있는 힘을 믿게 되었다고 말했습니다. 그는 언젠가는 영화관을 소유하여 그것을 경영하고 싶어했지만, 무엇을 해도 항상 실패만 거듭하게 되어 빈털터리가 되어 버렸던 것입니다. 그는 다음과 같은 신념의 말을 자기에게 하기 시작했습니다. — "나는 내가 성공한다는 것을 알고 있다. 나는 영화관을 소유하고 그것을 경영하게 된다."라고 말입니다.

그의 말에 의하면 현재 그는 5백만 달러의 재산과 두 개의 영화관을 경영하고 있다고 합니다. 그는 절대로 극복할 수 없을 것 같던 핸디캡을 뛰어넘고 성공한 것입니다. 그의 잠재 의식은 그가 진정한 믿음으로 성공하려고 결의하고 있다는 것을 알고 있었던 것입니다.

잠재 의식은 당신의 마음속에서의 동기와 진실한 신념을 알기 마련입니다. 성서에도 이렇게 씌어 있습니다. — "마음먹은 길은 무엇이든지 다 이루어지고……"(욥기 제22장 28절)

이 사람이 성공을 하는 데 필요한 마법의 방식은 그가 가지고 있는 마음의 그림이었습니다. 그는 그것을 충실하게 갖고 있었고 그의 잠재 의식은 그의 꿈을 실현시키기 위해 필요한 모든 것을 그에게 계시했던 것입니다.

그 여배우는 어떻게 실패를 극복할 수 있었는가

어떤 젊은 여배우가 나를 찾아와서 말하기를, 오디션이 있을 때나 스크린 테스트를 하게 되면 언제나 실수를 하게 된다면서 호소하는 것이었습니다. 그녀의 말에 의하면 그녀는 지금까지 세 번이나 선발에서 탈락했다고 합니다. 그녀는 그렇게 호소하며 깊은 한숨을 내쉬는 것이었습니다.

나는 그녀의 트러블의 진짜 원인은 그녀가 카메라 앞에 서게 되면 떨리게 되는 마음의 그림을 갖고 있다는 것과 옛적의 욥과 마찬가지로 실패하는 운명을 짊어지고 있다는 생각을 갖고 있다는 것을 알았습니다. "두려워하여 떨던 것이 들이닥쳤고"(욥기 제3장 25절)

그녀는 어떻게 해서 자신감과 침착성을 갖게 되었는가

나는 이 젊은 여배우에게 의식과 잠재 의식의 작용에 관해 가르쳐 주었습니다. 그녀는 자기에게 건설적인 사고 방식이 있게 되면 그 사고 방식에서 생산되는 이익이 자기에게 자동적으로 오게 된다는 것을 이해하게 되었습니다. 그녀는 흔들리지 않는 계획을 수립했습니다. 이 사실은 자기 자신이 그렇게 되라고 자기에게 명령하는 대로 반응하는 마음의 법칙이 존재한다는 것을 그녀가 알았기 때문이었습니다. 물론 그렇게 하기 위해서는 자기가 주장하는 것을 자기 자신도 진실한 것이라고 마음속으로 믿고 있어야만 된다는 것은 말할 나위도 없습니다만…….

이를테면 당신이 '나는 무섭다.'라는 생각을 하면 할수록 더 공포감이 늘어나게 됩니다. 또한 '나는 신념과 확신이 가득차 있다.'라는 생각을 굳게 가지면 가질수록 보다 많은 확신과 자신감이 생겨나는 것입니다.

나는 그녀에게 다음과 같은 사고 능력을 높여주는 말을 카드에 받아적을 것을 권했습니다.

"나에게는 평화와 침착성과 균형과 평정(平靜)이 가득차 있습니다.

나는 어떤 악(惡)도 두려워하지 않습니다. 하느님이 나와 같이 계시기 때문입니다.

나는 언제나 침착하고 평온하며 안락하게 시간을 보내고 있습니다.

나에게는 이 세상에 있는 유일한 힘—하느님에 대한 신앙과 신념이 충만해 있습니다.

나는 성공하고 승리하며 고난을 극복하기 위해 태어났습니다.

나는 어떤 일을 한다 해도 성공합니다.

나는 훌륭한 여배우이며 매우 성공하고 있습니다.

나는 사랑스럽고 붙임성이 있으며 평화에 가득차 있습니다. 그리고 하느님과 나는 일체라는 것을 알고 있습니다."

그녀는 이 '지침 카드'를 언제나 지니고 다녔습니다. 기차 속에서나 비행기 속에서나 언제나 한가한 시간만 있으면 항시 그녀는 마음을 그 진리에 집중시켰습니다. 3,4일 후에는 그것을 완전히 기억속에 새겨 넣었습니다. 그녀가 이 진리를 되풀이해서 외고 있는 가운데 그 말은 그녀의 잠재 의식 안으로 스며들어가서 그녀가 그것을 알아차렸을 때는 벌써 정신의 고양(高揚)을 전달하는 이 신념의 말이 그녀의 잠재 의식 속에 있는 공포·의혹·무능 등의 불건전한 패턴을 말끔히 쫓아낸 후였습니다. 그녀는 완전한 인생을 위한 우주의 힘을 발견했던 것입니다.

그녀의 '마음의 그림'이 어떻게 기적을 가져다 주었는가

그녀는 다음과 같은 방법으로 아침과 낮, 그리고 밤에 각각 5,6분씩 실행했습니다.—몸을 안락하게 하고 조용히 의자에 앉아서 자기가 카메라 앞에 침착하게, 조용히, 평안한 자세로 서 있는 장면을 상상하기 시작했습니다. 그녀는 조금도 나무랄 데가 없을 만큼 연기를 잘하고 있는 자신의 모습을 생생하게 머리에 떠올리며 원작자나 매니저로부터 축하의 말을 듣고 있는 장면을 상상했습니다. 그녀는 그 역할을 훌륭한 여배우가 아니면 할 수 없을 만큼 완전하게 해냈으며, 퍽 리얼하고 생기 있는 연기를 했습니다. 그녀는 세계를 움직이고 있는 우주의 힘이 자기 마음속의 그림을 통해서 작용하여 자기에게 놀라운 연기력을 발휘시키고 있다는 것을 실감했습니다.

몇 주일 후에 그녀의 매니저는 그녀에게 다른 연기를 스크린 테스트했지만 그녀는 열의에 가득차 있었고 또한 자기는 잘 해낼 수 있다는 생각 때문인지 유쾌한 기분이었으므로 그 결과는 대단히 만족스러운 것이었습니다. 현재 그녀는 성공에 성공을 거듭하여 대스타의 길을 향해 돌진하고 있습니다.

당신 내부에 있는 힘에 의해서 풍요롭게 되며 성공하게 된다

나는 하와이 섬의 코우너 · 인이라는 호텔에서 어떤 사람과 재미있는 이야기를 나눴습니다. 그는 자기의 청년 시절에 있었던 이야기를 해 주었습니다. 그는 영국 런던에서 태어났습니다. 그가 아주 어릴 적에 그의 어머니가 말하기를 너는 가난한 집에서 태어났지만 너의 사촌은 큰 부잣집에서 태어났다. 이것은 하느님께서 모든 것을 평등하게 하시려는 생각이 있었기 때문이라는 이야기를 해 주었다고 합니다. 나중에 안 일이었습니다만 그의 어머니가 말하려던 것은 그는 저 세상에서는 퍽 부자였는데 하느님께서는 공평을 기하기 위하여 이번에는 가난한 집안에서 태어나도록 결정했다는 것이었습니다.

"저는 그 말을 믿지 않았습니다."라고 그는 말했습니다. "뿐만 아니라 저는 우주의 법칙은 사람에게 편파적으로 대하지 않는다는 것, 하느님은 만인에게 그의 신앙에 따라서 주신다는 것, 몇백만 파운드나 갖고 있는 부자라도 마음이 청순하고 신앙심도 깊은 사람이 있는가 하면 한편으로 경제적으로 가난한 사람 중에도 마음이 곧지 못하고 이기적이며 시기심과 욕심이 많은 사람도 있다는 것을 알았습니다."

청년 시절의 이 사람은 런던에서 종이장사도 했고 유리창을 닦는 일도 했습니다. 야간학교에 다녔고 대학을 고학으로 졸업했습니다. 그는 지금에 와서는 영국에서도 유명한 외과의사가 되고 있습니다. 그의 처세훈은 '너는 너의 비전이 있는 곳으로 가라.'입니다. 그의 비전은 외과의사가 되는 것이었습니다. 그리고 그의 잠재 의식은 그의 의식이 끊임없이 갖고 있는 마음의 그림에 반응했던 것입니다.

그의 사촌의 아버지, 다시 말해 그의 큰아버지는 대부호였습니다. 그래서 아들에게 가정교사를 대주었고 유럽 여행 등 할 수 있는 모든 것을 그에게 다해 주었습니다. 그는 아들을 옥스퍼드 대학에 5년간 공부시켰습니다. 그는 아들에게 하인은 물론, 자가용차 할 것 없이 원하는 것은 다 사주었습니다. 하지만 그 아들은 인생의 실패자가 되고 말았습니다. 그는 너무나도 자기만을 위해 줬기 때문에 자신감도 독립심도 갖고 있지 못했습니다. 자극이 될 만한 것도 없었고 극복해야 할 장애물도 없었으며 뛰어넘어야 할 고난도 없었습니다. 그는 알코올 중독자가 되어 결국은 인생의 낙오자가 되고 말았습니다.

그는 성공도 부유도 번영도 결국은 마음의 문제라는 것을 발견했습니다. 왜냐하면 사람은 자기의 잠재 의식에 씨를 뿌렸으면 자기 스스로가 거두어들여야 하기 때문입니다.

당신은 생애에서 다시없는 기회를 자기 안에 가지고 있다

최근에 어떤 사람이 나에게 이런 말을 했습니다.

"나에게는 인생에 있어서 멋진 기회가 주어지지 못했습니다. 나는 가난한 집에서 태어났어요. 우린 먹을 것도 변변한 게 없었지요. 학교 친구들 가운데는 훌륭한 집, 풀, 자동차 등을 가지고 있는 부잣집에서 태어난 친구들이 많이 있었어요. 세상은 왜 이렇게 불공평한 것일까요!"

나는 가난이라는 핸디캡이 그 사람을 성공의 최고봉으로 오르게 하는 자극제가 되는 경우가 많다는 것을 설명해 주었습니다. 훌륭한 집·풀·부유·명성·성공·황금의 마차·롤스로이스—이런 것들은 모두 하느님의 무한하신 마음과 동일한 것인 사람의 마음에서 우러나오는 소산인 것입니다.

인생의 선(善)을 손에 넣은 헬렌 켈러의 비밀

나는 이 사람에게 많은 사람들의 사고 방식은 비논리적이고 비합리적이며 비과학적인 것임을 설명해 주었습니다. 예를 든다면 그들은 헬렌 켈러가 어릴 때에 시각과 청각을 잃어버렸으므로 그녀의 인생은 불공평한 것이었다고 말하고 있습니다. 하지만 그녀는 마음의 부(富)를 사용하기 시작했습니다. 그리고 그녀의 파란 눈은 볼 수 있게 되었습니다. 아마 웬만한 사람들보다 더 현란한 오페라의 색체를 잘 보았을 것입니다. 그녀의 들리지 않는 귀에도 역시 오케스트라의 높거나 낮게 흐르는 모든 가락을 듣게 되었을 것입니다. 그녀는 소프라노의 또렷한 음색도 구별했고 연극에서의 유머도 이해할 수 있었습니다.

헬렌 켈러는 이 세상에서 훌륭히 선을 이룩했던 것입니다. 명상과 기도에 의해서 그녀는 내재하는 눈을 뜨게 하여 온 세상에 있는 귀가 들리고 눈이 먼 사람들의 마음을 고양시켜 주었습니다. 그녀는 이 세상의 몇천, 몇만이나 되는 불구자들에게 믿음과 자신감, 그리고 기쁨과 정신적 고양을 가져다 주었습니다. 실로 그녀는 눈과 귀가 완전한 수많은 사람들보다 더 많은 일을 해냈습니다. 그녀는 불행한 탄생도 아니었고 불리한 차별 대우를 받은 것도 아니었습니다. 혜택을 못 받았다든지 혜택을 너무 많이 받았다는 것은 있을 수 없습니다.

성공을 가져다 주는 마법의 열쇠

그 사람은 헬렌 켈러의 이야기를 듣고 크게 감동을 받은 것 같았습니다. 나는 그를 위해 다음과 같은 위대한 성공을 위한 계획을 써 주고 매일 하루에 15분씩 세 번을 힘차게 읽을 것을 명했습니다. — "나는 인생의 진실한 장소에서 내가 하고 싶은 일을 하고 있고 굉장히 행복합니다. 내게는 살기 좋은 집이 있고 상냥하고 알뜰한 아내와 최신형의 새차도 있습니다. 나는 나의 재능을 세상을 위해서 아주 좋은 방법으로 활용하고 있습니다. 그리고 하느님은 내게 인류에게 봉사하는 좋은 방법을 가르쳐 주십니다. 나는 새롭고 좋은 기회가 나를 위해 열려 있다는 사실을 분명하게, 그리고 적극적으로 받아들이고 있습니다. 나는 내가 갖고 있는 최고의 능력을 발휘할 수 있게 모든 면에서 하느님의 인도를 받고 있다는 것도 알고 있습니다. 나는 나에게 풍요와 안정이 온다는 것을 믿고 있으며 그것을 받아들입니다. 나는 지금 아주 좋은 기회가 나를 위해서 열리고 있다는 것을 믿습니다. 나는 내가 바랐던 것 이상으로 번영하고 있다는 것을 믿습니다."

그는 이 신념의 말을 카드에 기입하고 항상 그것을 지니고 다니면서 하루에 세 번씩 15분 동안 규칙적이며 조직적인 방법으로 되풀이해서 읽었습니다. 그리고 공포나 불안이 마음속에서 일어나게 되면 부정적인 생각은 언제나 보다 높은 건설적인 생각에 의하여 소멸된다는 것을 의식하면서 카드를 꺼내서 거기에 씌어 있는 진리를 되풀이해서 읽었습니다.

신념의 힘이 효과를 나타내다

그의 사고(思考)라는 것은 반복이나 신념, 기대에 의해서 잠재 의식에 전달된다는 것, 그리고 잠재 의식이 기적을 일으키게 되는 힘은 거기에 새겨져 있는 인상에 의하여 작용하게 된다는 것을 이해했습니다. 잠재 의식의 성질은 그 사람의 습관적인 사고 방식에 따라 반응되는 것입니다.

3개월 후에는 그 사람이 마음속으로 생각하고 있던 모든 일이 실현되었습니다. 그는 결혼을 해서 행복한 가정을 이루고 있습니다. 그는 아내의 협력을 받으며 자기 사업을 경영하고 있고 자기가 하고 싶은 일을 하고 있어서 퍽 행복하게 살고 있습니다. 그는 시의회의 의원으로 선출되었으며 보이스카웃이나 기타 공공 단체를 도와주고 있습니다. 그는 생애에 다시없는 기회를 붙잡았는데 당신도 그렇게 하지 못할 이유는 결코 없을 것입니다!

그 세일즈맨은 어떻게 해서 자신을 승진시켰는가

어떤 제약회사의 세일즈맨은 그때까지 8년 동안이나 승진이 되지 못하고 있었습니다. 그보다도 분명히 능력이 없는 동료들은 벌써 좋은 지위로 승진하고 있는데도 불구하고 말입니다. 그의 단점은 그에게 거절 콤플렉스가 있다는 점이었습니다.

그 사람에 대한 나의 충고는 자기에게 덜 엄격하게 하고 자기 자신을 더 좋아하게 되도록 하라고 일러주는 일이었습니다. 왜냐하면 그 사람은 하느님이었으니까……. 나는 그 사람에게 당신은 하느님이 살고 있는 집이라는 것, 당신을 만들고 당신에게 생명을 주시고 당신에게 하느님의 온갖 힘을 주신 당신 안에 있는 신성(神城)에 대해서 건전하며 경건한 경의를 가져야 한다는 것을 일깨워 주었습니다. 이렇게 해야만 그는 모든 장애물을 돌파하고 완전한 자기의 힘을 발휘할 수 있으며 완벽하고 행복한 인생을 영위하는 능력을 가질 수 있는 것입니다.

이 세일즈맨은 파괴적인 생각을 하든지 건설적인 생각을 하든지 간에 거기에서 사용되는 정신적인 에너지의 소비량은 같다는 사실을 곧 이해했습니다. 그는 자기가 왜 성공할 수 있는가 하는 것에 대한 이유를 생각하기 시작했습니다. 그는 다음과 같은 마음의 방식을 사용하기로 결심했습니다.

—"이 순간부터 나는 나에 대한 새로운 가치를 인정하기로 했습니다. 나는 나의 진실한 가치를 자각하고 있습니다. 나는 내 자신을 거부하지 않기로 했습니다. 그리고 앞으로는 절대로 내 자신을 과소평가하는 일은 없을 겁니다. 만일 자기 비난의 생각이 떠오르려는 징후가 있으면 즉석에서 '나는 내 안에 있는 하느님을 믿고 있다.'라고 단호하게 말하렵니다. 나는 하느님과 동일한 것인 내 안에 있는 자아를 존경합니다. 나는 전지 전능한 내 안에 있는 무한한 힘에 대하여 건전하며 경건한 경의를 표합니다. 그것은 영원토록 살아 있고 스스로가 거듭나는 존재이며 힘인 것입니다. 밤이나 낮이나 나는 정신적인 면이나 경제적인 면에서 전진과 진보와 성장하고 있습니다."

이 세일즈맨은 하루에 세 번 일정한 시간을 정하고 이 진리의 말을 자기에게 동화시켰습니다. 그렇게 함으로써 그는 자기 마음에 점차적으로 침착성·균형·자기의 진가에 대한 인식 등으로 채워 갔던 것입니다. 그 결과 약 3개월 후에는 중서부 지구의 세일즈 매니저로 승격

되었습니다. 최근의 편지에서 그는 "나는 승진의 궤도를 타고 있습니다. 참으로 고마웠습니다."라는 소식을 보내왔습니다.

마법의 거울을 사용하는 기술

이상에서 말한 마음의 단련과 함께 자기의 가치와 중요성에 대한 참다운 인식을 갖는 일을 가능케 하기 위하여 나는 옛날부터 행하고 있는 거울을 사용하는 방법을 실행하도록 권했습니다. 그가 그 방법을 어떻게 실행했는지 그 자신의 말을 들어보기로 하겠습니다.

"매일 아침 면도를 한 후에 나는 거울을 들여다보면서 대담하게 감정을 넣어서 의식적으로 나에게 이렇게 말했습니다. '톰, 넌 정말 멋있는 놈이란 말이야. 넌 크게 성공했어. 넌 믿음과 자신에 가득차 있어. 넌 굉장히 부자야. 넌 나에게 사랑받고 있으며 처세술도 좋고 생기가 넘치고 있단 말이야.'라고 말입니다. 나는 하느님과 일체이며 하느님과 일체라는 것은 이 세상에서 다수파를 의미합니다. 그리고 나는 나의 사업에서, 경제면에서, 친구들과 서클에서, 가정 등에서 일어나는 수많은 변화에 대해 놀라고 있습니다. 선생님이 나에게 이 두 가지의 기도하는 기술을 가르쳐 주신 지 불과 2개월밖에 안 됐습니다만 나는 중서부 지구의 세일즈 매니저로 승진됐습니다."

이 세일즈맨은 자기가 힘있게 말한 진리에 자신을 동화시켜 자기에 대한 새로운 이미지를 확립시켰던 것입니다. 그렇게 함으로써 자기 마음에 침착성·균형감·번영·자신감 등을 가득 채웠던 것입니다. 그는 의식의 작용에 그의 잠재 의식이 반응한다는 것을 절대적으로 믿고 그렇게 함으로써 "할 수만 있다면 이 무슨 말이냐? 믿는 사람에게는 안되는 일이 없다."(마르코 복음 제9장 23절)라는 성서에 씌어 있는 위엄이 가득한 진실을 발견했던 것입니다.

그 사무장은 어떻게 해서 인격상의 결점을 극복했는가

면접할 때 그 사무장은 자기가 근무하는 회사의 직원들이 자기를 가리켜 너무 심하게 권위를 휘두르고 비판적이며 음성적이라고 생각하고 있는 것 같다고 말했습니다. 그의 회사에서는 사직하는 사람이 많았으며, 사무장도 사표를 내는 사람이 너무 많다고 우려하고 있었습니다.

나는 그에게 권위를 과도하게 사용하는 것은 대개의 경우 자신감이 결여된 증거라는 것과 사람이라는 것은 자기 힘만으로 해보려고 원하고 있다는 것을 설명해 주었습니다. 인간이라는 것은 노력 여하에 따라서 조용하고 점잖은 마음을 가질 수 있으며 건방진 태도로 주위 사람들에게 명령을 하지 않아도 완전히 자기의 뜻을 견지해 나갈 수가 있습니다. 시끄럽게 큰소리를 내는 사람은 성실함과 마음의 평형을 잃은 사람인 것입니다.

나의 충고에 따라서 그는 몇 사람의 부하에게 일을 잘했다고 칭찬해 주기 시작했습니다. 그리고 그렇게 했더니 친밀한 반응이 오는 것을 발견했습니다. 그는 자기가 지금까지 사무실 내에서 끊임없이 비난하던 버릇과 남의 결점만 찾던 태도를 고쳤습니다. 그는 또 그의 결점의 원인이었던 자기를 경시하는 버릇도 고쳤습니다.

보다 나은 인격을 갖기 위한 은밀한 테크닉

그는 음성적인 면을 없애기 위해 특별한 신념의 말과 함께 심호흡을 하는 방법을 실행에 옮겼습니다. 숨을 들이마시면서 '나는'이라고 말하고 내쉬면서 '즐겁다'라고 하는 방법입니다. 연습을 많이 했기 때문에 그는 숨을 들이쉴 때의 시간을 길게 할 수 있게 되었습니다. 그는 이 심호흡을 50회나 100회쯤 계속함으로써 드디어 깊은 잠재 의식의 반응을 얻을 수 있게까지 되었습니다. 현재 그는 숨을 들이쉬면서 '나는 즐겁다'라고 생각하고 또 숨을 내쉬면서도 그런 생각을 되풀이했더니 최고의 결과를 얻고 있다고 말하고 있습니다. 그는 심호흡에 수반되는, 그리고 잠재 의식에 건설적인 생각이 가득찼을 때에 일어나는 심리적 가치와 행복감을 실증했던 것입니다.

게다가 그는 하루에 몇 번이나 다음과 같은 신념의 말에 의한 마음의 처방을 실행했습니다. — "이 순간부터 나는 나를 자책하는 모든 행위를 중지합니다. 이 세상에는 완전한 것이 하나도 없다는 것을 나는 알고 있습니다. 그리고 나는 나의 부하나 동료들도 모든 점에 있어서 완전할 수가 없다는 것을 이해하고 있습니다. 나는 그들의 신뢰와 협력과 자기가 맡은 일을 잘하려는 태도에 대해 기뻐하고 있습니다. 나는 나의 동료들이 갖고 있는 좋은 점을 항상 보고 있습니다."

"나는 내가 잘 알고 있는 일에 대해서는 언제나 자신을 가지고 있으며 다른 분야에 대해서도 점점 자신을 갖게 되었습니다. 나는 자신감과 자기 신뢰의 정신은 하나의 습관이라는 것을 알고 있습니다. 나는 최근에 담배를 끊은 것과 같은 방법으로 독립 독행(獨立獨行)하는 좋은 습관을 몸에 익히게 할 수가 있었습니다. 나는 나의 습관적인 사고방식에 반응해 주는 전능의 힘에 대한 신념과 신뢰로서 두려움을 잘 느끼는 나의 결점을 쫓아내겠습니다. 나는 부하에게 친절히 대해 주겠습니다. 나는 그들에게 내재해 있는 신성에 대해 경의를 표하며 '나는 나를 강하게 해 주시는 하느님의 힘에 의하여 어떤 일이라도 할 수 있다.'라고 항상 되풀이해서 말하겠습니다. 자기 비난의 생각이 나를 엄습할 때에는 나는 그 생각 대신 '나는 내 안에 있는 하느님을 믿고 존경합니다.'라는 진리를 생각해 냅니다."

이 사무장은 자기가 무엇을 하고 있는가, 또 왜 그렇게 하는가 하는 것을 의식하면서 하루에 세 번, 천천히 조용하게 정성들여서 이 진리의 말을 신념을 가지고 외는 일을 실행했습니다. 그는 낡은 습관에 대신하는 새로운 건설적인 습관을 만들고 있었던 것입니다. 6주일이 다 지나갈 무렵, 그는 침착과 자신에 가득찬 완전히 다른 사람으로 변해 있었습니다. 그는 드디어 1년에 1만 달러의 보수를 받는 부사장으로 승진이 되었습니다. 성서에는 "마음을 새롭게 하여 새 사람이 되십시오."(로마인들에게 보낸 편지 제12장 2절)라고 씌어 있는데 사실 그 말씀대로입니다.

이 장의 요약

1. 당신은 당신이 이용해 주기를 기다리고 있는 당신 안에 존재하는 전능의 힘에 의하여 어떤 장애물에도 이겨내며 그것을 뚫고 나아가기 위해 이 세상에 태어났다.
2. 자신이 선택한 사업에서 실패하는 사람들은 대개의 경우 마음속에 실패의 패턴을 갖고 있기 마련이다. 그러한 마음의 이미지를 바꾸기 위해서는 성공이나 달성이나 인생에 있어서의 목표의 실현 등을 생각해야 한다. 그렇게 하면 당신의 잠재 의식은 그것에 응답하여 성공을 이룩할 수 있게 당신을 강제할 것이다. 왜냐하면 잠재 의식의 법칙은 강제적인 것이기 때문이다.
3. 어떠한 자기 비난이나 자기 비판도 하지 말아야 한다. 과거를 잊고 —달성 · 승리 · 성공 등을 기대하라. 당신은 당신이 기대하는 대로 될 것이다.
4. 자기 자신을 낮추려는 생각이 일어나기 시작하면 그런 생각은 즉시 고치고 당신의 좋은 점만을 신념을 가지고 말해 보도록 하라.
5. 이래야 한다고 자신에게 명령하면 그것에 따르는 마음의 법칙이 존재한다. 그렇게 되기 위해서는 물론 자기 자신의 말을 굳게 믿어야 한다는 것이 전제로 되긴 하지만……. 사고는 반복 · 신념 · 기대 등에 의해서 잠재 의식으로 보내지게 되는 것이다.
6. 당신 자신과 당신 안에 있는 힘을 믿어라. 대담하고 단호하게 다음과 같이 말하라. — "나는 내가 성공한다는 것을 알고 있다. 나는 내가 하려는 일을 해낸다는 것을 알고 있다. 나는 내가 원하는 것으로 될 수 있다. 그리고 나는 나의 심오한 마음이 나의 정직한 결심

과 신념에 대해 대답해 준다는 것을 알고 있다. 나는 잠재 의식의 법칙에는 절대로 잘못이 없다는 것을 알고 있다. 그리고 내가 그 잠재 의식에 인상지은 것은 어떤 일이든 다 그대로 될 것이며 나타나게 된다는 것도 알고 있다."

7. 만일 기가 죽어서 곤란하게 되었을 때에는 자기가 성공한 모습을 생각해 보도록 하라. 그리고 당신이 사랑하고 있는 사람이 당신의 굉장한 성공을 기뻐하고 있는 모습도 상상하라.
8. 당신은 빈민굴에서 태어났건 궁궐 안에서 태어났건 그런 것과는 관계 없이 당신의 이상이 있는 곳으로 당신은 도달하게 된다. 당신은 또한 당신의 내부에 갖고 있는 것으로 인해서 풍요롭게 된다. 우주의 법칙은 결코 편파적으로 사람을 대하지는 않는다. 당신이 믿는 대로 당신에게 주어진다.
9. 헬렌 켈러는 어릴 적에 시각과 청각을 잃었지만 내재하고 있는 광대무변한 빛에 의하여 기적을 이루어 놓았다.
10. 성공하기 위한 좋은 방법이란 감정을 넣고 다음과 같은 말을 힘있게 말하는 데 있다. —"하느님은 내가 인류에게 봉사할 수 있는 보다 나은 길을 분명하게 해 주십니다."
11. 당신 자신의 진가를 의식하라. 당신은 하느님의 표현의 특별하고도 독특한 초점이라는 것을 지금이야말로 이해하도록 하라.
12. 만일 당신이 열등감과 자신감의 결여를 느끼게 되면 다음의 말을 습관적으로 생각하여 당신의 잠재 의식에 그 말을 인상짓도록 하라. —"나는 내 안에 있는 하느님을 믿으며 존경하고 있다. 나는 내가 가지고 있는 신성에 대해 건전하며 경건한 경의를 바치고 있다."라고. 이러한 태도는 당신에게 자신감을 심어줄 것이다.
13. 칭찬해 준다는 것은 당신의 부하나 동료들에게 자신감을 심어 주

게 된다. 일을 잘하는 사람이 있으면 칭찬해 주어야 한다. 그리고 이 세상에는 완전한 사람이란 것은 절대로 없다는 사실을 이해해야 한다. 이러한 태도를 취하고 있으면 기분의 불안정이나 열등 의식이나 거만한 태도나 공격적인 방법을 하지 않게 된다.

3. 당신의 인생을 지배하려면

나는 전국 각처에서, 또한 많은 나라로부터 항상 많은 편지를 받고 있습니다만 그 편지 내용을 보면 그들 필자의 대부분이 행(幸)이나 불행(不幸)에 대하여 큰 혼란을 겪고 있는 사람들이 많다는 것을 알았습니다.

대부분의 사람들은 이렇게 말하거나 쓰고 있습니다.

"나는 몇 개월 동안은 건강도 경제 상태도 퍽 좋은 방향으로 가고 있었습니다만 그러다가도 갑자기 병원에 입원하게 되거나 사고가 일어나거나 커다란 경제적 손실을 얻게 되곤 했습니다."

또 다른 사람은 이렇게 말하였습니다.

"때때로 나는 행복하며 환희에 가득차게 되며 활기가 있고 열의에 넘치게 되지만 그러다가도 갑자기 기분 침체라는 날카로운 파도가 나를 엄습하곤 합니다. 나는 그 이유를 도저히 알 수 없습니다."

나는 어떤 회사 간부와 면접한 적이 있습니다. 그 사람은 몇 개월 전에는 이른바 성공의 절정에 올라가 있었습니다만 그 후에는 그의 표현에 의한다면 '뿌리째 뽑혀서' 사라졌다는 것이었습니다. 그는 가정을 잃었습니다. 아내가 그를 버리고 가출했다는 것입니다. 그리고 그 자신은 증권 시장에서 큰 손해를 보았다고 했습니다.

그는 나에게 물었습니다.

"나는 그만큼이나 높이 올라갔었는데 왜 갑자기 떨어졌을까요? 나는 무엇을 잘못했을까요? 나는 어떻게 하면 이러한 변동을 조정할 수 있을까요?"

이 바쁜 회사 간부는 어떻게 자기 인생을 조절하였는가

이 회사 간부는 운과 건강의 이러한 진동을 피하고 평형이 잡힌 인생을 보내고 싶다고 생각했습니다. 나는 그에게 매일 아침 타고 나가는 자동차를 운전하는 것과 같은 요령으로 인생도 조절할 수가 있다는 것을 설명해 주었습니다. 청색은 전진하라는 신호입니다. 그러므로 당신은 브레이크에서 발을 떼고 액셀러레이터를 밟으면 되는 것입니다. 적색이 나오면 멈추면 됩니다. 그리고 교통 규칙에 따르면서 당신은 하느님의 질서 속에서 당신이 원하는 목적지에 도착하게 되는 것입니다.

나는 그에게 다음과 같은 마음의 방식을 가르쳐 주고 아침에 차에 오르기 전에, 오후에는 점심 식사를 한 후에, 밤에는 잠들기 전에 이 진리를 힘차게 읽을 것을 지시했습니다.

"나는 내 생각과 심상(心象)을 조절할 수 있다는 것을 알고 있습니다. 나는 지금 조정된 상태에 있으므로 내 안에 하느님의 힘이 존재하며 내가 지금 그것을 되살아나게 했고 그것이 내 마음의 호소에 응답해 주고 있다는 것을 알고 있습니다. 내 마음은 하느님의 마음입니다. 그리고 언제나 나는 하느님의 예지와 지력을 반영하고 있습니다. 나는 항상 안정된 상태에 있으면 평형이 잘 유지되어 평화롭고 냉정합니다.

하느님의 뜻이 나의 마음을 지배하시며 완전히 컨트롤하고 계십니다. 이제부터 나에게는 기분이나 건강이나 부유 등에 대한 심한 동요는 없습니다. 나의 생각이나 말은 언제나 건설적이며 창조적입니다. 내가 기도할 때 나의 말에는 생명과 사랑과 정감이 넘치고 있습니다. 이것이 나의 말과 생각을 창조적인 것으로 만들어 줍니다. 하느님의 지력이 내 안에서 작용하며 내가 알 필요가 있는 것을 밝혀 줍니다. 그리고 나는 평화롭습니다."

그는 이 기도를 규칙적으로, 그리고 조직적으로 읽는 습관을 길렀습니다. 그리고 그렇게 하고 있는 동안에 그는 서서히 그의 마음을 조화·건강·평화·안정 등으로 이끌어 나갔습니다. 그는 이제 그가 말했던 것 같은 운명의 변화 때문에 고민하지 않게 되었습니다. 그리고 안정되고 조화가 집힌 창조적인 생활을 하고 있습니다.

성서에는 이렇게 씌어 있습니다. – "마음이 한결 같아 당신께 몸을 맡기는 그들, 당신께서는 번영과 평화로 그들을 지켜 주십니다."(이사야서 제26장 3절)

그 교사는 어떤 방법으로 욕구 불만을 극복했는가

어떤 교사가 나에게 면접하러 와서 최초로 한 말은 다음과 같은 이야기였습니다. "저는 늪에 빠져들고 있습니다. 저는 타격을 받았습니다. 저는 실연당했습니다. 저는 마음도 몸도 병에 걸려 있습니다. 저는 자책감에 사로잡혀 있습니다. 이제 저는 아무것도 생각할 수가 없습니다. 헨리 솔로가 대중은 절망적인 인생을 보내고 있다고 말한 것은 사실이라는 생각이 듭니다."

이 젊은 여자는 대단히 매력적이고 지적인 여자였습니다만 불필요하게 자신을 학대하고 자기 비난과 자기 비판에 가득차 있었습니다. 이러한 것은 무서운 마음의 독소로서 당신에게서 활력과 열의와 에너지를 앗아가고 정신적으로나 육체적으로 당신을 파멸시켜 버리는 작용을 하게 되는 것입니다.

나는 그녀에게 우리들은 누구나 인생에서의 기복이나 의기 소침 · 비판 · 질병 등을 경험하게 되며, 그런 것들은 우리들의 생활 방식을 조정해서 건설적인 사고 방식으로 바꿀 때까지 계속되게 된다는 것을 일깨워 주었습니다. 그렇게 하지 못하면 우리는 모두 질병 · 사고 · 불운 · 비극 등을 믿고 있는 많은 사람들과 같이 마음의 피해자가 되고 말 것입니다. 그 뿐만 아니라 우리들은 우리가 상황과 환경의 피해자이고 지금까지의 교육이나 유전 등에서 희생을 당하고 있다는 생각을 갖게 될 것입니다.

타격을 받는다고 습관적으로 생각하는 버릇을 없애는 마술

우리 마음의 상태, 우리의 신념, 확신, 현재의 상태 등이 우리의 미래를 컨트롤하며 결정하는 것입니다. 나는 그녀에게 그녀의 현재 상태는 의식적 혹은 무의식적으로 오랜 세월 동안에 되풀이해서 얻게 된 생각과 심상과 감정이 습관화되어 그것의 힘과 권위가 갖고 온 것에 불과하다고 말해 주었습니다.

그리고 덧붙여서 이렇게 말해 주었습니다. "뿐만 아니라 당신은 지금까지 유럽 · 동양 · 북아프리카 등지를 몇 번이나 여행했다고 말했습니다만 당신의 마음은 어디에도 여행을 하지 않았던 겁니다. 당신은 마치 "나는 하루 종일 올라갔다 내려갔다 하고는 있지만 내 인생의 어디에도 도착하지 못하고 있습니다."라고 말하는 엘리베이터 걸과 같습니다. 당신은 항상 똑같은 낡은 사고 방식과 타성적인 희망의 패턴을 되풀이하고 있는 겁니다. —언제나 행동, 정신적인 동요, 혼란, 상급자나 학생이나 교육위원회에 대한 불평을 말입니다."

자기 혁신을 하려면 어떠한 마음의 여행을 해야 되는가

그녀는 생활 태도를 완전히 바꾸는 것과 낡은 습관을 버리는 것과 아름다움, 만족, 그리고 인생의 영광을 경험해 보기로 결심했습니다. 그녀는 자기가 의식적으로 받아들인 것은 잠재 의식으로 침투해 들어간다는 것, 그것을 되풀이함으로써 자기가 경험하기를 원하고 있는 성공・행복・인생에 대한 기쁨 등으로 자기의 마음이 바뀌어진다는 것을 의식하면서 매일 몇 번이나 다음과 같은 진리의 말을 신념을 가지고 읽기로 했습니다. 이 마음의 약이 하루에 몇 번, 그녀의 눈과 귀를 통해서 흡수되게 하였습니다.

"나는 지금 내 안에서 마음의 여행을 하며 내 마음속에 있는 영원한 보고(寶庫)를 발견하려고 노력하고 있습니다. 나는 적극적으로 단호하게 나의 낡은 습관을 타파하려 합니다. 나는 매일 아침 다른 길을 통해서 출근하며 다른 길을 거쳐서 귀가하겠습니다. 나는 신문의 머리기사에 이끌려서 매사를 생각하거나 가십이나 결핍・제안・질병・전쟁・범죄 등의 부정적인 생각에 귀를 기울이는 일은 이젠 없을 겁니다. 나는 나의 행위 또는 인생에서 경험하게 되는 일은 모두 의식적이었건 무의식적이었건 간에 나의 사고 방식으로부터 오게 된다는 것을 알고 있습니다. 만일 내가 스스로 생각을 하지 않으면 원래부터 부정적이며 파괴적인 성질을 갖고 있는 대중의 마음이 내 잠재 의식에 스며들어와서 나 대신에 내 생각을 지배하게 된다는 것을 알고 있습니다. 나는 지금 혁명을 일으키고 있습니다. 그리고 나는 마음의 혁신에 의하여 내 인생이 달라지고 있다는 것을 알고 있습니다. 나는 전과 같은 태도를 취하게 되면 나쁜 사태가 확대된다는 것을 잘 알고 있으므로 남을 욕하거나 정신적으로 안절부절하는 태도를 이제부터 하지 않겠습니다. 나는 내가 하느님의 형상이라는 것, 하느님은 내가 여기에 있기를 원하고 계시다는 것을 지금이야말로 신념을 가지고 말하며 진심으로 그것을 기뻐하고 있습니다. 하느님은 내 인생 안에서 활동하고 계십니다."

이 진리의 말을 되풀이 기도한 것이 이 교사의 인생에 기적을 가져다 주었습니다. 그녀가 건설적이며 확신에 찬 사고 방식의 푸른 등에 불을 밝히고 잠재 의식에 심어놓은 이러한 마음의 씨가 그것의 본질에 따라 새싹이 나오게 된다는 확신을 가짐에 따라 사랑이 그녀에게 찾아왔습니다. 그리고 그녀는 그 대학의 학장과 결혼하게 되었던 것입니다! 그녀가 종사하는 전문 분야에서도 승진했으며 자기에게 그림을 그리는 재능이 있는 것도 발견했습니다. 이제 그녀는 갇혀 있던 능력을 해방시켰습니다. 정녕 기도는 당신의 인생을 변화시켜 주는 것입니다.

대중의 마음이 당신에게 부정적인 것을 예방하는 법

대중의 마음이란 이 세계에 살고 있는 30억의 사람들의 마음속에서 작용하고 있는 마음을 가리킵니다. 그들은 모두 만인에게 공통적인 하나의 마음으로 생각하고 있습니다. 그리고 그 만인에게 공통적인 마음 안에는 여러 가지 심상・느낌・신념・미신, 추한 부정적인 생각 등이 새겨져 있다는 것을 상상하기란 그리 어려운 일이 아닙니다.

또한 전세계의 몇백만이라는 사람들은 대중의 마음—때로는 그것을 민족의 마음이라고도 합니다—속에 사랑・신앙・확신・기쁨・선의・성공 등의 생각과 승리・달성・문제의 극복・평화, 모든 사람들에 대한 선의의 발산 등의 감정을 방사하고 있는 것도 사실입니다. 그러나 이러한 사람들은 아직도 절대 소수파로 있기 때문에 대중의 마음을 지배하고 있지는 못합니다.

대중의 마음은 사고, 질병 · 불운 · 전쟁 · 범죄 · 재난 · 각종의 파국을 믿고 있습니다. 대중의 마음에는 공포가 도사리고 있으며 공포가 낳은 것은 증오 · 악의 · 분노 · 적의 · 질병 등입니다.

그러므로 그 사람이 과학적으로 기도하고 보호용의 갑옷을 입는 방법을 배울 때까지는 자기는 모든 종류의 재난과 시련을 당하게 된다는 생각을 하게 되는 것은 당연한 일입니다. 우리들은 모두 대중의 마음으로부터 영향을 받고 있고 부정의 마력에 끌려다니고 있으며, 선전에 지배당하고 있으며, 다른 사람의 의견에 의해 계약을 받고 있습니다. 그리고 우리들이 정직하게 생각하는 사람이 되는 것을 부정하는 한 우리들은 행운과 불운, 질병과 건강, 부유와 빈곤의 양극을 왔다갔다하게 될 것입니다. 만일 우리들이 영원한 원리와 하느님의 진리라는 견지에서 자기의 힘으로 생각하기를 피하게 된다면 우리들은 대중의 일원으로 되어버려 필연적으로 인생의 고난을 경험하게 될 것입니다.

대중의 마음, 즉 부정적인 영향에서 피하려면

건설적으로 생각하고 계획하면서 당신의 마음을 완전히 컨트롤하여야 합니다. 그렇게 하면 당신은 끊임없이 우리들의 마음을 계속적으로 공격하고 있는 대중의 마음, 즉 부정적인 암시에서 벗어날 수 있을 것이고 당신은 부정적인 대중의 마음 위에 설 수 있게 되는 것입니다. 성서의 요한 복음서 제12장 32절에는 "내가 이 세상을 떠나 높이 들리게 될 때에는 모든 사람을 이끌어 나에게 오게 할 것이다."라고 말하고 있습니다. 이 말씀은 만일 당신이 조화 · 건강 · 평화 · 기쁨 · 완전 등

탁월한 원리와 일치되게 함으로써 당신의 마음을 높인다면, 그리고 그렇게 하는 것을 습관화한다면, 당신은 흡인(吸引)의 법칙에 의하여 그러한 하느님의 특질을 당신의 인생에 끌어들여서 그러한 모든 일들을 경험하게 된다는 것입니다.

다음의 예문은 당신을 대중의 마음 위로 끌어올려서 잘못된 신념이나 공포에서 빠져 나오게 해 주는 훌륭한 기도입니다.

"하느님은 존재하시고 그 존재는 조화 · 건강 · 평화 · 기쁨 · 아름다움 · 완전 등의 형태로 나의 마음속에서 흐르고 있습니다. 하느님은 나를 통해서 생각하시고 말씀하시고 행동하십니다. 나는 어떤 길을 간다 해도 하느님으로부터의 인도를 받고 있습니다. 하느님의 오류가 없는 행동이 나를 지배하고 있습니다. 나는 언제나 하느님의 영원하신 신성한 사랑에 둘러싸여 있으며 하느님과 의심과 고뇌 속에서 방황할 때에는 그것은 대중의 마음이 내 안에서 생각하는 것에 불과하다는 것을 나는 압니다. 그러므로 나는 즉시 대담하게 이렇게 단언합니다. '나의 생각은 하느님의 생각이며, 하느님의 힘이 반드시 내게 좋은 생각을 가져다 준다.'라고."

이 기도를 자기의 것으로 하고 그것에 대해 계속 잘 생각한다면 당신은 불화나 혼란이나 극단적인 행동이나 인생의 비극에서 벗어날 수 있게 될 것이며 오히려 창조력과 생명의 리듬이 가득한 건설적이며 활동적인 인생을 즐길 수 있게 될 것입니다.

하느님과 조화되기 위해서는

몇 개월 전에 노드캐롤라이나에 살고 있는 어떤 부인이 나에게 편지로, 우리들의 도덕 관념은 퇴폐 일로에 있으며 타락이 만연되어 폭력과 스캔들이 매일처럼 뉴스거리로 장식되고 있어서 이 세계는 파멸되어 가고 있다고 말했습니다. 그리고 그녀는 이런 말도 했습니다. "우리들은 언젠가는 원자 폭탄 때문에 전멸될 것입니다. 이러한 타락 · 성적 방종 · 사악이 득실거리는 속에서 어떻게 우리가 하느님과 조화될 수 있겠습니까?"

나는 그녀의 한마디 한마디 말에 대해 대답하기를 그녀가 지적한 것은 틀림없는 사실이라는 것을 인정했습니다. 그리고 덧붙여서, 하지만 성서에서는 "그러므로 너희는 그들에게서 빠져나와 그들을 멀리하여라."(고린도인에게 보낸 둘째 편지 제6장 17절)라고 말하고 있지 않습니까 하고 말해 주었습니다. 그녀는 부정적인 세계 속에서, 그리고 자기가 현재 처해 있는 그 자리에서 행복한 생활을 보낼 수 있는 능력을 갖고 있지 않으면 안 되는 것입니다. 나는 그녀에게 당신이 반드시 해야 할 일은 당신의 위를 둘러보는 일이다. 그러면 당신은 행복하며 생기가 있고 기쁨에 차 있으며 자유롭고 건설적인 생활을 하고 있고, 갖가지 방법으로 인류에 공헌하고 있는 수천 명이나 되는 사람들을 보게 될 거라고 지적해 주었습니다.

우리들은 성적(性的) 터부와 그것을 구속하던 빅토리아 왕조시대의 극단적인 억압을 경험한 바 있습니다. 그리고 그러한 억압은 사람들을 반대쪽으로 몰아붙이는 원인이 되어 오늘날 우리는 부도덕과 음란한 폐습을 경험하고 있는 것입니다.

자연은 극단에서 극단으로 움직여 갑니다. 역사는 '착취 공장'의 존재를 말해주고 있습니다. 거기에 있는 사람들 — 어린이들마저도 — 은 형용하기조차 힘들 정도의 나쁜 상태하에서 작업을 강요당했고 변변히 임금도 받지 못했으며 살 집도 없었고 먹을 것도 부족한 형편이었습니다. 실제로 그것은 일종의 농노제(農奴制)였습니다. 그런데 지금은 영국, 미국, 그리고 그밖의 나라들에서 그것과는 반대의 현상을 볼 수 있습니다. 거기에서는 몇 개의 노동조합이 횡포해져서 도시 전체의 수송 기관을 폐쇄해 버리는 일까지도 하게 되었습니다.

고대 히브리의 지혜는 '모든 것의 근본에 있는 것은 영원한 변화이다.'라고 가르치고 있습니다. 당신은 자신 안에서 하느님에게 적합한 열쇠를 찾아내지 않으면 안 됩니다. 당신 안에 있는 무한한 힘과 조화가 되도록 하십시오. 그리고 자신의 모든 면을 이 무한한 힘에 의하여 인도와 지시와 지배를 받아야 합니다. 당신은 하느님의 지혜가 당신이 지성을 풍부하게 하고 당신의 발밑에 등불을 놓아 당신이 가는 길을 밝혀 준다고 주장함으로써 당신의 의식 속에 하느님의 지혜를 주입할 수 있습니다. 다음의 말은 내가 노드캐롤라이나의 고민하고 있는 부인에게 가르쳐 준 기도문입니다.

한 인생을 변화시킨 – 당신 인생도 변화시킬 수 있는 기도

"나는 내가 이 세계를 변화시킬 수 없다는 사실을 알고 있습니다만, 그와 동시에 나는 나 자신을 변화시킬 수 있다는 사실을 알고 있습니다. 세상은 개인의 집합체입니다. 그리고 대중의 마음 · 선전 · 여론 등에 의하여 지배당하고 있는 사람들은 하느님의 생각에 따라서 자기들의 마음을 컨트롤하는 방법을 배우지 않는 한 비극 · 슬픔 · 사고 · 질병 · 실패 등으로부터 피할 수 없다는 것을 나는 알고 있습니다. 나는 많은 사람들이 대중의 마음에 지배당하고 있고 과오, 잘못된 신념, 모든 종류의 부정으로 차 있다는 것을 이해하고 있습니다."

"이 순간부터 나는 불필요한 저항은 하지 않겠습니다. 파괴와 부도덕과 타락 등에 관한 뉴스에 대해 반감도 갖지 않기로 하겠습니다. 나는 하원 의원이나 상원 의원, 영화 제작자나 신문사 등에 건설적인 편지를 보내겠습니다. 그리고는 옳은 행동과 아름다움과 조화와 세계 각지에 있는 모든 사람들의 평화를 위해 기도하겠습니다. 나는 하느님과 조화하고 나의 인생을 지배하고 있는 하느님의 법칙과 질서와 조화하겠습니다. 나는 하느님의 사랑이 내 영혼에 충만되어 있으며 빛과 사랑과 아름다움의 물결이 모든 사람들을 높여 주는 정신적 진동의 강력한 물결처럼 방사되고 있습니다. 왜냐하면 성서에서도 '내가 이 세상을 떠나 높이 들리게 될 때에는 모든 사람을 이끌어 나에게 오게 할 것이다.'(요한 복음 제12장 32절)라고 말하고 있으니까 말입니다."

이 기도의 행복한 결과

이 젊은 부인은 최근 나에게 전화를 걸어서 이렇게 말했습니다. "선생님의 편지는 나의 눈을 뜨게 해 주셨습니다. 이제 나는 변화시켜야 할 것은 나 자신이라는 것을 알았습니다. 하느님과 조화되고 있으므로 지금의 나는 세계의 모든 남녀의 마음속에 있는 하느님의 존재와도 조화되고 있습니다."

성서에는 이렇게 씌어 있습니다. "당신의 법을 사랑하는 이에게는 만사가 순조롭고 무엇 하나 꺼릴 것이 없사옵니다."(시편 제119편 165절)

이 장의 요약

1. 당신은 당신의 생각 · 심상 · 감정 · 인생에 대한 반응 등을 마치 당신의 자동차를 옳은 방향으로 운전할 수 있는 것과 마찬가지로 쉽게 조종할 수 있다.
2. 당신은 당신의 생각에 명령을 내려서 인생에 있어서의 당신의 욕망 · 목표 · 목적 등에 주의를 기울이게 할 수가 있다. 당신이 주인인 것이다. 그리고 당신의 운명을 형성하고 창조해 내는 것과 당신 자신이라는 것을 알아야 한다
3. 기도를 할 때에는 당신의 말에 생명과 사랑의 감정이 충만하게 하십시오. 이것이 당신의 말을 창조적으로 만들기 때문이다.
4. 우리들은 누구나 자기 생활을 조정할 수 있게 되고 하느님의 길에 따라 건설적인 생각을 하겠다는 결심을 하기 전까지는 운명의 진동에서 피하지를 못합니다. 그러므로 그런 결심을 하지 않으면 각종 질병 · 사고 · 비극 · 불운 등을 믿고 있는 대중의 마음의 포로가 될 것입니다.
5. 사람들은 전세계를 여행하고 있지만 자기 마음속을 여행하려는 사람은 없다. 자기 마음속을 여행하라. 그러면 당신은 마음속에 있는 천국의 부를 발견하게 될 것이다.
6. 이 세상에서 경험하게 되는 모든 일은 당신의 의식과 잠재의식이 생각하는 것에서 태어나는 것이다. 좋은 일만을 생각하라. 그렇게 하면 좋은 일이 그 후부터 계속될 것이다.
7. 당신은 어떤 일이라도 당신이 생각하고 싶은 대로 생각할 수 있다. 그러므로 당신이 재물을 잃었거나 다른 일로 괴로워한 것에 관하여

당신이 어떻게 생각하건 그것은 당신의 자유이다.

8. '대중의 마음'이라는 것은 전세계 30억의 사람들 속에서 작용하고 있는 마음을 말한다. 그것은 좋은 생각과 나쁜 생각으로 구성되어 있는데 대중의 마음이란 대개가 부정적이다. 그것은 두려움 · 의심 · 미신 · 증오 · 질투 · 탐욕 · 성욕 등이 가득차 있는 마음이다.
9. 당신은 마음속에 당신의 영혼을 치유해 주고, 축복해 주고 높여 주고, 거룩하게 해 주는 생각을 주입함으로써 부정적인 세계에서 고양되어 행복하게 만족한 생활을 할 수 있게 된다.
10. 하느님과 조화하고 무한의 힘이 존재하며 그것이 당신의 인생을 지배하고 조절하며 인도하고 있다는 것을 느끼고 또 그것을 알라. 그렇게 하면 당신은 운명의 거대한 진동에서 빠져나와 밸런스가 잡힌 창조적인 인생을 보낼 수 있게 될 것이다.
11. 당신은 당신 안에 있는 하느님을 거룩하게 하고 하느님의 사랑이 당신의 영혼을 충만하게 해 주고 하느님의 지혜가 당신의 지력(知力)을 예리하게 해 준다는 것을 이해하게 되면 대중의 마음에 대한 예속과 속박으로부터 빠져나올 수 있다.

4. 무한한 힘을 해방시키려면

강연 여행을 하고 있을 때, 나는 콜로라도의 산악 지방에 살고 있는 사람들에게 강연할 기회가 있었습니다. 강연이 끝나고 점심을 드는 회식 석상에서 나를 초대한 사람이 말하기를 많은 사람들이 너무나도 고민을 하기 때문에 충족되고 행복한 인생을 상실하게 되는 것이 아닐까 하는 화제를 꺼냈습니다.

그는 근처 산속의 오두막집에서 살고 있는 노인에 관한 이야기를 나에게 해주었습니다. 그 근방 사람들은 모두 그 노인이 언제나 피로해 보인다 해서 불쌍하게 생각하고 있었습니다. 그는 넝마와 같은 옷을 입고 있었고, 그의 소유물인 자동차는 아주 형편없이 낡은 것이었습니다. 그에게 살아나가는 목표도 없었거니와 친척도 친구도 없는 것 같았습니다. 때때로 그는 식료품 가게에 나타나서 만든지 오래된 빵과 제일 값싼 식량만을 언제나 사가는 것이었습니다. 그리고 그 대금을 지불하는 돈은 한푼 두푼 모아 둔 것같이 보이는 잔돈이었습니다.

그 노인이 2,3주일 동안이나 모습이 보이지 않았기 때문에 근처 사람들이 그 오두막집에 가 보았더니 그 노인은 죽어 있었습니다. 보안관이 그 노인의 친척이나 신원을 알기 위해 낡은 오두막집 안을 수색

했더니 놀랍게도 이 가난한 노인은 25달러짜리 지폐로 10만 달러 이상이나 되는 현금을 가지고 있었습니다. 그 노인은 아마 젊었을 때 큰돈을 벌었고 그것을 다른 데에 투자도 하지 않았으며 은행에도 예금을 하지 않고 가지고 있었음이 분명했습니다.

그는 많은 돈을 벌기는 했으나 그 돈을 풍요로운 인생을 보내기 위해, 또는 남을 도와주는 목적으로 사용하지 못했던 것입니다. 그것만이 아닙니다. 그는 그 돈을 이자나 배당이 생기는 곳에 투자도 하지 못했던 것입니다. 나를 초대해 준 사람은 이 노인을 지배하고 있었던 것은 공포였을지도 모른다고 말했습니다. 그 노인은 남이 자기가 돈을 갖고 있다는 것을 알고 빼앗아 가지나 않을까 하고 두려워하고 있었던 것입니다. 그는 매우 소극적인 인간이긴 했지만 보다 나은 인생을 보낼 수 있을 만한 부(富)는 자기의 내부에서나 외부에 가지고 있었던 것입니다. 그리고 그는 여러 가지 기쁨과 행복을 누릴 수도 있었던 것입니다.

당신은 남에게 나눠 줄 만큼의 부를 가지고 있다

무한한 보고가 당신의 내부에 있습니다. 당신은 많은 종류의 보물이 들어 있는 창고를 열 수 있는 열쇠를 갖고 있습니다. 그 열쇠는 고독과 공포 속에서 살고 있던 예의 그 노인이 갖고 있던 것보다도 더 많은 부를— 당신이 원하고 있는 것보다도 훨씬 더 많은 부를 가져다 주는 당신의 생각인 것입니다.

당신은 이 세상에서 가장 기이하고 놀랄 만한 힘—당신 안에 있는 하느님의 힘에까지 도달할 수 있는 열쇠를 갖고 있는 것입니다. 성서에는 '하느님 나라는 바로 너의 가운데 있다.'(누가복음 제17장 21장)

라고 씌어 있습니다. 그러므로 우선 당신의 내부에 숨어 있는 존재와 그 힘을 알고 자각해야 합니다. 그렇게 하면 당신이 원하는 모든 일이 당신에게 반드시 주어질 것입니다.

당신이 갖고 있는 힘은 하느님의 힘인데 보통사람들은 습관적으로 혹은 부주의 때문에 그 힘을 이용 못하고 있다는 사실을 잊어서는 안 됩니다. 당신은 당신 안에 있는 하느님의 선물을 찾아내는 것으로서 남에게 분배해 줄 수 있는 부를 갖게 되는 것입니다. 당신은 사랑과 선의라는 선물을 남에게 나눠 줄 수 있습니다. 당신은 미소와 온화한 인사를 나눌 수 있게 됩니다. 당신은 당신의 협력자나 종업원에게 칭찬과 감사의 말을 줄 수 있게 됩니다. 당신은 주위에 있는 사람들에게 창조적인 생각과 하느님의 사랑을 나눠 줄 수 있습니다.

당신은 당신의 아들이나 딸에게서 하느님의 지력(知力)과 지혜를 볼 수가 있습니다. 또 의식적으로 그것을 불러일으키게 할 수도 있습니다. 당신이 주장하고 느끼는 것은 그들의 인생에서 부활될 것입니다. 당신은 음악 · 미술 · 발명 · 발견 · 각본 · 저서 · 혹은 사업이나 장사 등에서 당신 자신이나 다른 사람들에게까지 행복을 나누어 주게 되는 재산적 가치가 있는 창조적이고 발전적인 아이디어를 가질 수 있게 됩니다.

기억해 둬야 할 것은 당신이 갖는 유일한 기회는 당신 스스로가 당신을 위하여 만들어야 한다는 사실입니다. 당신은 생애에 다시없는 좋은 기회를 갖고 있습니다. 지금 곧 당신 안에 저장되어 있는 무한한 힘의 문을 두드려야 합니다. 그렇게 하면 당신은 당신 자신이 위로 앞으로 움직이면서 하느님에게로 가고 있는 자기 자신을 발견하게 될 것입니다.

당신은 어떻게 당신이 희망하는 최고봉으로 오를 수 있을까

수년 전 로스앤젤레스에 있는 우리 교회의 오르간 연주자인 벨라 · 라드클릭 부인은 파데레프스키가 세계적으로 이름을 떨치기 전의 시련과 고난에 찬 감동적인 드라마를 말해준 적이 있습니다. 그 당시 파데레프스키는 유명한 작곡가이자 음악계의 권위자라고 알려져 있던 사람으로부터 피아니스트가 될 가망이 없으니 음악 공부를 집어치우는 편이 나을 거라는 충고를 받고 있었습니다. 그가 공부하고 있던 바르샤바 음악학교의 교수도 그에게 희망을 포기하도록 권하고 있었습니다. 그들은 파데레프스키의 손가락이 피아니스트가 되기에는 적합하지 않으므로 작곡가가 되는 편이 좋을 거라고 지적했습니다.

파데레프스키는 그들의 부정적인 의견을 거부하고 자기의 내부에 숨어 있는 힘을 사용했습니다. 그는 마음속으로 자기는 전세계의 사람들과 나눠야 하는 부, 즉 하느님의 멜로디와 하늘의 음악을 갖고 있다는 것을 확신하고 있었습니다.

그는 하루에 몇 시간이나 끈기있게 연습을 했습니다. 음악회가 진행되고 있는 도중에 통증을 느꼈을 때도 여러 번 있었으며, 라드클릭 부인이 말했던 것처럼 그의 상처가 난 손에서는 피가 흐를 때도 있었습니다. 하지만 그는 참았습니다. 그래서 드디어는 그의 '억지'가 막대한 자기 몫을 받게 되었던 것입니다.

그는 자기가 성공할 수 있는 열쇠는 자기 안에 있는 하느님의 힘과 접촉해야 된다는 것을 알고 있었던 것입니다.

세월이 지나감에 따라 파데레프스키의 음악적 재능은 온 세계에 널리 알려지게 되었으며 자기 안에 있는 '위대한 음악가'— 우주의 지고(至高)한 예술가와 일체가 될 수 있게 된 이 사나이에게 전세계의 사람들은 경의를 표하게 되었던 것입니다.

파데레프스키가 성공할 수 있었던 비밀

파데레프스키와 마찬가지로 당신도 당신이 소망하고 있는 것을 이룰 수 없다고 주장하는 사람들의 부정적인 암시를 완전히 거부하는 힘을 갖고 있습니다.

파테레프스키가 했던 것처럼 당신에게 희망과 재능을 주신 하느님의 존재는 동시에 당신을 위해 문을 열어 주시며 당신의 꿈을 실현시켜 주기 위한 완전한 계획을 밝혀주는 힘이라는 것을 실감하지 않으면 안 됩니다.

당신 안에 있는 하느님을 믿으십시오. 그렇게 하면 당신은 그 내적인 존재와 힘이 당신을 높은 곳으로 끌어올려주고 당신을 치유해 주고 당신을 격려해 주고 당신을 행복 · 안정 · 이상의 실현이라는 큰길로 인도하는 것을 알게 될 것입니다.

그 부인은 자기의 부를 어떻게 분배했는가

수년 전의 일입니다만 나는 어떤 캐나다 부인과 여러 가지 재미있는 이야기를 나눈 적이 있습니다. 그녀는 나에게 돈이나 부유라는 것은 자기가 호흡하고 있는 공기와 같은 것이라고 말하는 것이었습니다. 그녀는 바람처럼 자유롭게 행동하고 있었습니다. 언제나 그녀는 어린아이와 같았습니다. 이 부인은 이렇게 말하는 것이었습니다.

“나는 부자입니다. 나는 하느님의 딸입니다. 하느님은 나에게 즐겁게 지낼 수 있는 모든 것을 풍부하게 주셨습니다.” 이것이 그녀가 하는 매일의 기도였습니다.

그녀는 몇백만 달러나 되는 많은 돈을 모았고 각 대학에 장학 기금을 기부하고 유망한 젊은 남녀에게는 장학금을 대주었으며 세계의 여러 벽지에 병원이나 보육원을 세웠습니다. 그녀의 기쁨이란 건설적으로 주는 데에 있었습니다. 그리고 이전보다 더 부자가 되었습니다.

왜 부익부 빈익빈이 되는가

그녀는 어느 날 나에게 이렇게 말했습니다. "선생님도 아시다시피 '부익부 빈익빈'이라는 말이 있는데 그것은 절대적인 진리예요. 풍부함과 풍요로움을 의식하며 생활하고 있는 사람들에게는 흡인(吸引)이라는 우주의 법칙에 의해서 부가 흘러들어가는 것입니다. 가난 · 결핍 · 모든 종류의 결여를 기대하는 사람들은 빈곤이라는 의식 속에서 살고 있는 겁니다. 그리고 그들 자신의 마음의 법칙에 의해서 보다 큰 결핍 · 비참 · 모든 종류의 손실을 끌어들이고 있는 거지요."

그녀의 말은 맞는 말이었습니다.

가난 속에서 살고 있는 사람들은 그들의 이웃에 살고 있는 부자에 대해 질투를 하거나 화를 냅니다. 이러한 마음가짐은 그들의 생각에 보다 많은 결핍 · 한계 · 빈곤을 가져다 줄 뿐입니다. 무의식적이기는 하지만 그들은 자기 자신의 선을 저해하고 있는 셈이 됩니다. 하지만 이러한 사람이라 하더라도 진리에 대하여 마음을 열어주고 자기들은 자기 안에 있는 보고(寶庫) 또는 금광을 여는 열쇠를 가지고 있다는 것을 깨닫기만 하면 부유함을 얻을 수 있게 됩니다.

그의 부는 바로 눈앞에 있었지만 그는 그것을 알지 못했다

알래스카 북부에 살고 있는 나의 친구가 어느 날 나에게 편지를 보내어 인생은 인내하기 어려운 것이라 말해 온 적이 있습니다. 그는 자기가 부를 찾아서 알래스카로 온 것은 대실패였다, 자기의 결혼은 완전한 실패였다, 여기는 물가가 너무 비싸고 사기꾼이나 물건 값을 속이는 일 등이 횡행하고 있다고 생각하고 있는 것 같았습니다. 그가 결혼 생활을 청산하기 위해 재판소에 갔을 때도 판사가 불공평하여 그는 골탕을 먹게 되었는데 이 세상에는 정의 같은 것은 존재하지 않는다는 것이 그의 결론이었습니다.

그의 말은 사실일 것입니다. 대도시의 신문을 한 번 읽어 보십시오. 거기에는 살인·범죄·날치기·폭행·강탈·직권 남용·뇌물·매수 등 온갖 나쁜 일들이 보도되고 있습니다. 하지만 우리는 잊어서는 안 되겠습니다. 이러한 일은 모두 인간이 하는 일이며 당신은 '그들로부터 떠나가서 그들과 떨어져 있을 수 있다.'는 것을…….

당신은 당신 안에 있는 올바른 행동의 원리와 절대적인 정의의 원리에 자신을 일치시킴으로써 대중의 마음·인간의 잔혹함·탐욕 등을 물리칠 수 있습니다. 하느님은 절대적인 정의이고, 절대적인 조화이며, 형용할 수조차 없는 아름다움이며, 무상의 기쁨이며, 무한한 사랑이며, 지복(至福)이며, 절대적인 질서이며, 절대적인 지식이며 지고의 힘인 것입니다. 이런 것들은 모두 하느님의 속성이며 특질이며 능력인 것입니다. 당신이 이러한 특질을 당신 마음에 머물게 하고 하느님의 진리를 기대할 때, 당신은 이 세상의 부정과 잔혹함을 초월하여 그 모든 잘못된 신념이나 틀린 사고 방식에 대해 신념을 가지고 맞설 수가 있는 것입니다.

표현을 바꾸어 말한다면 당신은 대중의 마음에 대한 하느님의 면역성(免疫性)—일종의 정신적 항독소(抗毒素)를 만들어낼 수 있다는 것입니다.

이 설명은 말하자면 나의 친구에게 보내어 회답의 서문(序文)과 같은 내용입니다. 나는 그에게 현상태대로 있어야 한다는 것, 내가 볼 때 그는 책임을 회피하려는 것으로밖에는 생각되지 않는다고 말해 주었습니다. 나는 그에게 다음과 같은 짧은 기도문을 써 보내 주었습니다.

"내가 있는 곳에는 하느님이 계십니다. 하느님께서는 내 가슴속에 살아 계시며 현재대로의 나를 원하고 계십니다. 나의 안에 계시는 이 하느님의 존재는 무한한 지력이므로 모든 것을 알고 계십니다. 그리고 나에게 인생의 보고를 열 수 있는 방법을 가르쳐 주십니다. 나는 직관적 감각 혹은 내 마음으로부터 자동적으로 분출하는 아이디어라는 형식으로 보내주시는 하느님의 응답에 감사를 올립니다."

그는 내 충고에 따랐고 동시에 아내와도 화해했습니다. 그는 카메라를 사서 북부 캐나다나 알래스카의 풍경을 촬영했습니다. 단편 소설도 썼습니다. 그리고 그가 작은 행운이라고 생각하는 것들을 축적해 나아 갔습니다. 1년이 지났습니다. 그는 크리스마스 선물이라는 명목으로 2천 달러를 나에게 보내며 유럽 여행을 권하는 것이었습니다. 나는 그의 말대로 했습니다.

이 사람은 자기 안에 있는 보고의 문을 두들김으로써 행복을 발견했던 것입니다. 그리고 그 행운은 바로 자기 눈앞에 있었다는 것도 알았습니다.

그 비서의 신앙이 그녀에게 어떤 기적을 가져다 주었는가

어떤 법률사무소에 근무하고 있는 비서가 나에게 다음과 같이 호소해 온 적이 있습니다. "저에게는 쉴 틈이 없습니다. 저의 상급자나 동료들은 나를 심하게 대하고 있습니다. 저는 지금까지 가족들이나 친척들로부터 늘 부당한 취급을 당해 왔습니다. 저에게는 불길한 그 무엇이 따라다니고 있다는 생각이 듭니다. 제게는 좋은 일이라곤 하나도 없습니다. 호수에 몸을 던져 자살이라도 해야 될까요?"

나는 그녀에게, 당신은 자기 자신에 대해서 정신적으로 무자비했다는 것, 자신에 대한 가책과 자기 연민은 인생의 영원한 단계에 비추어서 실증하고 확인해야 한다는 것을 설명해 주었습니다. 다시 말하면 그녀 주위에 있는 그러한 태도나 행동은 그녀의 내심의 상태를 증명하는 것이며 그것에 의해서 나타나게 된다는 것을 일깨워 주었던 것입니다.

그 후는 그녀는 자신을 벌하지 않게 되었고 "믿음도 이와 같습니다. 마음에 행동이 따르지 않으면 그런 믿음은 죽은 것입니다." (야고보의 편지 제2장 17절)라는 것을 배웠습니다. 믿음이란 뭘까요? '믿음은…… 볼 수 없는 것들을 확증해 줍니다.'(히브리인들에게 보낸 편지 제11장 1절) 믿음이란 장차 실체로서 나타나는 심상(心象)입니다. 계속해서 품고 있는 모든 심상은 언젠가는 반드시 실현되기 마련입니다.

나의 충고를 받아들인 이 비서는 일을 잘했다고 해서 상사로부터 칭찬을 받고 있는 자기를 생각하기 시작했습니다. 그녀는 또 상사가 그녀에게 승진을 시켜 주겠다는 말을 하고 있는 장면을 상상했습니다. 그녀는 항상 상사나 동료들에게 사랑과 선의의 마음을 방출해냈습니다.

수주일 동안 매일 몇 번이나 이러한 심상에 믿음을 가지고 계속하였더니 그녀의 상사가 정말로 그녀의 근무 태도에 대해 칭찬을 했으므로 그녀도 놀라고 말았습니다. 그런데 그 뿐만이 아니었습니다. 상사는 그녀에게 결혼을 신청했던 것입니다! 몇 시간 후에—내가 이 장을 다 쓸 무렵에는 나는 그들의 결혼식에서 주례를 서기 위해 출발해야 합니다.

그녀는 보고의 문을 여는 열쇠를 발견했던 것입니다. 그녀의 믿음이 "우리가 바라는 것들을 보증해 주고 볼 수 없는 것들을 확증해 줍니다."(히브리인들에게 보낸 편지 제11장 1절)라는 진리를 실증했던 것입니다.

이 장의 요약

1. 당신의 행운은 당신과 함께 시작된다. 당신의 생각과 당신의 감정이 당신의 운명을 창조하는 것이다. 하느님의 모든 힘 · 속성 · 능력 등이 당신의 잠재 의식 속에 간직되어 있는 것이다. 그리고 당신은 당신의 내부에 있는 보고를 열 수 있는 열쇠, 즉 당신의 사고(思考)를 가지고 있는 것이다.
2. 당신은 당신의 잠재 의식으로부터 행운을 오게 하는 생각을 끌어낼 수 있다. 당신 안에 있는 무한한 지력에게 창조적 아이디어를 원하라. 그러면 당신은 그것을 얻게 될 것이다. 구하면 얻어지는 법이다.
3. 당신의 운명을 결정하는 것은 당신의 마음에 펼쳐져 있는 돛이지 바람은 아니다. 당신의 미래를 결정하고 당신의 인생을 부유하게 하는 것은 당신 안에 있는 사고력과 감정과 심상인 것이다. 이것이 마음의 법칙인 것이다. 사회라든지 대중의 마음의 불공평과 부정 같은 것은 잊어버려라.
4. 좋은 일이건 나쁜 일이건 간에 당신이 당신의 잠재 의식에 인상짓게 하는 것은 형상 · 기능 · 경험 등 당신의 생활상의 사건으로 나타나게 될 것이다.
5. 하느님은 당신이 즐길 수 있도록 모든 것을 풍부하게 주셨다는 것을 이해해야 한다. 이러한 선물들을 모두 나의 것이라고 생각한다면 많은 부가 당신에게로 흘러들어올 것이다. 당신이 주면 줄수록 받는 것도 많아진다.
6. 당신의 부는 바로 당신 앞에 있다. 당신이 정신적 또는 감정적으로

원하고 있는 것과 일체가 된다면 당신은 이 세상에 있는 모든 결핍이나 한계 위에 나설 수 있게 된다. 당신의 잠재 의식이 그것에 따라 반응하게 되는 것이다.

7. 만일 당신이 보다 많은 돈을 모아 풍요롭고 알찬 인생을 즐기려고 한다면 자신을 다른 사람과 비교하여 그들의 부나 성공을 부러워해서는 안 된다.
8. 당신의 믿음이란, 당신의 끊임없이 품고 있는 심상이 반드시 실현된다고 하는 확신에 가득차 있는 기대이다.

5. 미래를 내다보는 데는

인간의 마음 가운데서 가장 복잡한 능력의 하나로 예지 능력, 다시 말해서 미래의 사건이 정신적으로나 물질적인 단계에서 실현되기 전에 지각하는 능력이 있습니다. 나는 때때로 며칠 혹은 몇 주일, 어떤 때는 몇 개월 후에 일어나는 사건을 미리 예지했던 적이 있습니다.

예를 든다면 1967년 1월의 어느 날, 나의 친구 중의 한 사람인 목사가 나를 찾아와서 5월에 자기와 함께 성지로 강연 여행을 떠나자고 말했습니다. 나는 잘 생각한 후에 대답하겠다고 말했습니다.

나는 그날 밤, 잠들기 전에 나의 잠재 의식에 대해 이렇게 단언했습니다. "내 잠재 의식 속에 있는 무한한 지력은 모든 것을 알고 있다. 그래서 이스라엘과 요르단 등지로 여행하는 일에 대해서도 옳은 결정을 내려줄 것이다."라고—.

바로 그날 밤에 나는 꿈속에서 로스앤젤레스 타임즈와 시티즌 뉴스지에 '전쟁이 터졌다'라는 커다란 머리 기사를 본 것입니다. 꿈속에서 나는 이스라엘군과 아랍군 간의 치열한 전차전과 공중전도 목격했습니다. 나는 그로부터 5개월 후에 일어난 생생한 장면이 현실화된 것을 보았던 것입니다. 꿈에서 깨어난 나는 즉시 친구에게 전화를 걸어 나의 꿈에 관한 이야기를 해주었습니다. 그런데 이상하게도 그 친구도 내가 본 꿈과 비슷한 꿈을 꾸고 있었습니다. 그도 역시 하느님이 인도해 주실 것을 기도드렸던 것입니다.

그래서 우리 두 사람은 성지로 강연 여행을 떠나는 계획을 포기했습니다. 그 후에 일어난 사건—아랍·이스라엘 간의 비극적인 전쟁—은 이 직관력의 정확함을 증명하고 있습니다.

성서에도 이렇게 씌어 있습니다. "야훼(즉 당신의 잠재 의식의 법칙)만 믿고 살아라. 땅 위에서 네가 걱정없이 먹고 살리라."(시편 제37편 3절)

당신의 미래는 현재의 당신 마음속에 있다

당신의 마음은 그것이 좋은 것이건 나쁜 것이건 간에 생각·신념·의견·확신·인상·기타 잡다한 관념으로 채워져 있습니다.
마음의 우주적 법칙이란 것은 어떤 일이라도 우리들이 마음으로 받고 믿는다면 그것은 우리들의 생활에 나타나며 구체화된다는 것입니다.

만일 어떤 방법을 이용하여 당신의 친구들의 잠재 의식을 사진으로 찍을 수만 있다면 당신은 그들의 미래를 정확하게 예언하고 그들이 앞으로 겪게 될 사건을 말해 줄 수 있습니다. 듀크 대학의 라인 박사는 투시·예지·투청·사후 인지·염동 작용(念動作用) 등의 초감각적 인식력에 대한 많은 실례를 들고 있습니다. 이것들은 모두 많은 실험을 거쳐 정확하게 기록된 사실입니다.

매우 직관력이 발달된 사람, 뛰어난 영매자, 투시술자들은 좋은 일이건 나쁜 일이건 당신의 잠재 의식의 내용을 지각하고 공간의 스크린 위에서 당신이 겪게 될 사건을 똑똑히 볼(투시한다) 수 있습니다. 이러한 일을 할 수 있는 것은 당신의 사고·신념·계획·목적 등이 당신의 마음속에 완성되어 있기 때문입니다. 그것은 마치 새 건물에 대한 아이디어가 우선 건축가의 마음속에 존재하는 것과 같은 이치입니다. 그리고 그것이 뛰어난 투시술자에 의하여 정확히 파악되는 것입니다.

좀더 자세히 설명하자면 직관적인 사람은 지각을 예민하게 하고 수동적이며 주관적인 상태하에서 타인의 잠재 의식의 문을 두드려서 그 내용을 자기의 의식, 혹은 깨어 있는 자아에 그것을 알려 줄 수가 있는 것입니다. 다시 말하면 마음이 수동적으로 되어 있고 반쯤 황홀 상태에 있으며 지각이 예리해서 매우 심령 작용을 받기 쉬운 사람은 다른 사람의 마음속에 있는 생각·계획·결심·공포·병적인 집착·바람직스러운 상태, 그리고 결혼·이혼·사업·여행 등 여러 가지에 관해서 그 사람이 갖고 있는 생각에 자기의 파장을 맞출 수 있습니다.

당신의 주관적인 감정이나 신념이나 인상에 파장을 맞춘 영매자 혹은 무당은 그런 것들을 모두 자기 자신의 용어로 번역합니다. 그리고 그것을 통해서 예언하는 것입니다. 영매자 혹은 투시술자는 100퍼센트라고는 할 수 없지만 매우 정확한 예언을 할 때가 자주 있습니다.

영매자가 보거나 느끼는 것은 영매자 자신의 정신의 내용에 의하여 여과하고 분류하지 않으면 안 됩니다. 그렇기 때문에 무당이나 심령술사에 따라서 각각 조금씩 차이가 생기게 된다는 것도 알아두어야 합니다. 당신이 때때로 각기 다른 심령술사들에게서 각각 상이한 판단이나 해석을 받게 되는 것은 이러한 이유에서인 것입니다.

어떻게 예지가 재산을 보호하고 새로운 재산을 만들었는가

나는 어떤 유명한 부동산업자와 친하게 지내고 있는데 그는 지금까지 매일 밤마다 자리에 들기 전에 시편 제91편을 묵상하고 하느님의 인도와 보호, 그리고 그의 모든 활동에서 옳은 행동을 할 수 있도록 구하고 있다고 나에게 말했습니다. 그는 어느 날 밤, 주식의 대폭락을 보도하고 있는 지방신문의 머리 기사를 본 예언적인 꿈에 이어 40만 달러를 투자하고 있던 우량주를 전부 매각해야 좋다는 강렬한 충격을 느꼈다고 합니다. 그의 말에 의하면 그것은 내재해 있는 소리가 그에게 명령하는 것 같았으며 또한 그것이 집요했다는 것이었습니다.

그는 이 직관적인 충동에 따랐습니다. 그리고 다음날, 시장이 문을 닫기 직전에 소유하고 있던 그 주식을 모두 팔았습니다. 그 다음날에 대폭락이 일어났습니다. 그리고 그의 우량주는 다시는 이전의 고가로는 돌아가지 못했습니다. 다액의 재산이 온전하게 보호됐던 것입니다. 그는 그 후부터 계속 싼 값으로 그 주식을 사들여서 그 때문에 또 얼마간의 재산을 만들었습니다.

그의 말을 빌린다면 '나는 재산을 구해냈고 재산을 만들었다.'는 것이었습니다. 그는 그러한 일이 일어나기 전에 그 사건을 보았고 직관의 소리를 들었던 것입니다. 직관이란 '자기의 내적인 존재로부터 가르침을 받는다'는 것입니다.

비극과 행운의 역전을 방지하려면

기도는 사물을 바꿔버리는 힘을 갖고 있습니다. 무수한 전기 서적이 그것을 입증하고 있습니다. 기도라는 것을 나는 높은 견지에서 하느님의 진리를 기대하는 것이라고 해석합니다. 우주의 원리에 의하여 건설적으로 생각함으로써 당신은 당신의 마음속에 있는 모든 부정적인 패턴을 바꾸고 그 이후부터는 즐거운 인생을 보낼 수 있게 되는 것입니다. 바꾸어 말한다면 하느님의 진리를 당신의 마음에 가득 채움으로써 당신의 마음에서 하느님답지 않은 모든 요소를 좇아내고 지워버리고 씻어낼 수 있습니다. 당신은 사고나 모든 종류의 재난 등의 부정적인 경험을 하지 않게 될 것입니다. 당신이 불운으로부터 피할 수 있다는 것은 당신에게 높임을 받는 능력이 있다는 것을 말해 주고 있습니다.

"내가 이 세상을 떠나 높이 들리게 될 때에는 모든 사람을 이끌어 나에게 오게 할 것이다."(요한복음 제12장 32절)

영원한 진리와 하느님의 진리를 기대함으로써 당신은 대중의 마음 또는 인류 대중을 지배하고 있는 보편적인 법칙에서 자기 자신을 분리시킬 수 있습니다.

당신이 하느님의 평화 속에 들어가고 하느님의 평화가 생명과 사랑의 황금물결처럼 당신 안에서 흐르게 될 때, 당신은 실재하는 하느님과 접촉하게 되는 것입니다.

나의 미래에 관해서는 왜 부정적인 예언만이 실현되는가

이 질문은 알래스카에 있는 어떤 독자가 나에게 보내 온 편지의 한 구절입니다.

당신의 잠재 의식은 기억의 창고라는 것, 그리고 거기에서는 의식이 완전히 깨닫지 못하고 있는 많은 암시나 잘못된 엉터리 같은 신념도 받아들이고 있다는 것을 잊어서는 안 됩니다. 이렇게 받아들였던 것이 구체적인 사건으로 실현될 때가 자주 있기 때문입니다.

왜냐하면 당신의 잠재 의식 속에 주입된 것은 그것이 기도에 의하여 좋은 방향으로 바뀌지지 않는 한 언젠가는 당신의 세계에서 객관화되기 때문입니다.

이 말을 다르게 표현한다면, 자기에게 좋지 않은 암시라든지 예언을 들은 사람은 누구든지 조화·평화·사랑·아름다움·하느님의 정확한 행동, 하느님의 사랑 등 우주의 진리와 하느님의 진리에 대해 건설적으로 생각함으로써 그것의 실현을 막을 수 있다는 것입니다. 이러한 우주의 원리를 기대하고 있으면 그 사람의 사고나 심상의 배열에 그 원리가 일치되도록 그 사람의 잠재 의식에 모랄이 재편성되는 것입니다.

사람·그룹·인종·국민 혹은 세계에서 일어나는 일에 대해서는 어느 정도의 정확성을 가지고 그것을 예언하는 것이 가능합니다. 왜냐하면 인류의 대다수는 그다지 다르지 않기 때문입니다. 그들은 비슷한 낡은 신앙, 비슷한 낡은 전통, 인종간의 공통된 사고 방식, 엇비슷한 증오심, 편견, 공포심을 가지고 생활하고 있기 때문입니다.

그들은 많건 적건 간에 일련의 형식에 따르고 있으므로 직관적 입장에서 그들이 심리적 파도에 파장을 맞추기만 한다면 쉽게 그들의 마음을 읽을 수가 있는 것입니다.

예지 능력이 어떻게 그 의사의 문제를 해결했는가

내 친구인 어떤 의사가 책을 집필하고 있던 중, 그는 바빌로니아와 이집트의 고대 의학에 관한 특별한 데이터가 필요하게 되었습니다. 그는 그 정보가 뉴욕의 박물관에는 있을 것이라고 생각은 했으나 로스앤젤레스에 살고 있었으므로 그것을 입수하기란 불가능했던 것입니다.

나는 그에게 마음을 진정시키고 주의력을 집중케 한 다음 잠들기 직전에 자기 마음속에 다음과 같은 말을 엄숙한 태도로 말하도록 해 보라고 조언해 주었습니다. — "내 안에 있는 무한한 지력은 그 문제의

답을 알고 있습니다. 그 무한한 지력은 나에게 그 정보를 반드시 가르쳐 줍니다."라고—.

그는 '답'이라는 데까지 말하고는 잠이 들고 말았습니다. 그러자 그 날 밤에 그는 꿈속에서 어느 헌책방에 가 보라는 가르침을 받았습니다. 다음날 그는 그 책방으로 가서 최초로 잡은 책이 그가 원하고 있던 데이터가 수록된 책이었다는 것입니다.

당신의 잠재 의식은 무한한 지력이나 무한한 지혜와 일체이기 때문에 더없이 현명하므로 당신이 어떤 것에 대한 해답을 원하고 있는지도 잘 알고 있다는 것을 기억해 둬야 합니다. 그 해답은 꿈이라는 형태로, 예감으로, 혹은 자기는 지금 옳은 궤도로 인도되고 있다는 느낌 등의 형식으로 대답을 해 줄 것입니다. 그러므로 당신은 어느 곳으로 가 보라고 하는 영감 같은 것이 일어나거나, 다른 사람이 당신에게 그 해답을 가르쳐 주거나 해서 문제가 해결될 것입니다.

투시가 어떻게 그의 목숨을 구했는가

최근에 나는 어떤 연회석상에서 강연을 한 일이 있습니다. 그때 얼마 전 월남에서 돌아온 젊은 장교가 내 옆자리에 앉아 있었는데 '어디선지 알 수 없게' 들려온 소리에 대한 이상한 경험을 이야기해 주었습니다.

그는 전령(傳令)으로서 지구 사령부를 향해 지프로 달려가고 있었습니다. 그의 옆에는 하사관 한 사람이 앉아 있었습니다. 그들이 스피드를 내어 달리고 있을 때, 그는 "멈춰라 조! 빨리 멈춰라! 멈추라니까!" 하고 외치는 어머니의 목소리를 분명히 들었습니다.

그는 급브레이크를 밟고 지프를 세웠습니다. 하사관이 이상하게 생각하며 "왜 그러십니까? 뭐 좋지 않은 일이라도 있나요?" 하고 물었습니다. 그는 이렇게 말했습니다. "자넨 지금 차를 멈추라는 소릴 못들었나?" 그러나 이 하사관은 아무 소리도 듣지 못했습니다.

지프에서 내려 차를 점검했더니 타이어 하나가 거의 빠져나가고 있었습니다. 조금만 더 달렸더라면 길 옆에 있는 깊은 구덩이에 빠져서 그들은 박살이 날 뻔했던 것입니다.

그의 어머니는 샌프란시스코에 살고 있었습니다. 그리고 그가 말하는 바에 의하면 아침이건 낮이건 한밤중이건 간에 그의 어머니는 '하느님의 사랑과 하느님의 수호가 언제나 제 아들에게 있기를……'하며 기도하고 있었다고 합니다.

이 청년은 그가 들은 소리는 자기를 지키려고 하는 자신의 잠재 의식에서 나온 경고이며 그것은 의심할 나위도 없이 어머니의 기도에 의해 강력하게 감응된 것이었다는 사실을 이해했습니다.

크게 위급할 때나 위험스러울 경우에는 당신의 잠재 의식은 당신이 신뢰하고 사랑하고 있기 때문에 그 사람의 말이라면 반드시 따르는 사람의 목소리로 위험을 알려 주는 것입니다. 그것은 당신의 의식이 즉각적으로 받아들이게 되는 음성으로만 당신에게 보내옵니다. 그러므로 그 목소리가 당신이 믿지 않거나 좋아하지 않는 사람의 목소리일 수는 없습니다.

불행한 사건에서 당신 자신이나 다른 사람들을 보호하려면

당신은 간혹 당신에 관한 일이나 사랑하는 사람에게 닥쳐오는 큰 위험을 직관적으로 느끼게 되는 예지적인 꿈을 꿀 때가 있을 것입니다.

만일 당신의 꿈이 당신 자신이나 당신과 가까운 사람에게 불행한 사건이 일어난다든지 비극적인 사건을 예언하는 내용이라면 그것을 단순히 상상력이 만들어낸 아무 소용도 없는 망상이라고 웃어넘겨서는 안 됩니다.

다음과 같이 하여 그 일에 대한 경계 혹은 예감에 관한 기도를 해야 합니다. 만일 다른 사람을 위한 기도라면 그 사람의 이름을 들어서 기도하십시오.

효과적인 가호를 구하는 기도

"나는 하느님께서는 유일한 존재이고 힘이라는 것을 알고 있습니다. 나는 또 하느님의 존재는 사랑·질서·아름다움·평화·완전·그리고 조화라는 것도 알고 있습니다. 하느님 안에 있는 평화는 마치 강물처럼 내 안에서 흐르고 있습니다. 나는 지금까지도 그러했지만 지금도 완전한 사랑과 질서를 느끼고 있습니다. 나는 하느님의 마음속에 흠뻑 젖어 있습니다. 그리고 하느님은 나를 완전하게 방비해 주십니다. 하느님의 완전한 방패가 나를 둘러싸고 있으며 나를 지켜주십니다."

이 진리의 기도를 신념을 가지고 구름이 걷히고 재난이 사라질 때까지 계속해야 합니다. 당신은 평화속에 들어가게 되고 하느님의 실체와 접촉하게 될 것입니다. 당신은 고양된 자아와 일체가 되어 있다는 것을 인식하게 될 것입니다. 그리고 하느님의 모든 힘이 당신에게 영원한 기쁨을 가져다 주기 위해 급히 달려올 것입니다.

"기도하며 구하는 것이 무엇이든 그것은 이미 받았다고 믿기만 하면 그대로 다 될 것이다."(마르코복음 제11장 24절)

이 장의 요약

1. 당신의 마음속 깊은 곳에 있는 능력의 하나는 앞으로 있게 되는 일을 예견하는 능력이다. 그것은 때때로 꿈이거나 한밤중에 보는 환상으로 나타나기도 한다.
2. 당신은 언제나 투자나 여행이나 결혼 등의 모험을 할 때 당신의 잠재 의식에 의한 특별한 인도를 요청할 수 있다.
3. 미래는 이미 당신의 가슴속에 있다. 왜냐하면 당신의 잠재 의식 속에 있는 모든 생각 · 신념 · 확신 · 인상 등은 당신 마음의 법칙 그 자체에 의하여 형상 · 기능 · 경험 · 그리고 사건으로 되기 때문이다.
4. 듀이 대학의 라인 박사는 그의 실험에서 투시 · 예지 · 투청 · 사후인지 · 염동 작용 · 기타 ESP라고 불리고 있는 초감각적 인식력을 실증했다.
5. 유능한 영매자나 무당은 당신의 잠재 의식이나 의식 속에 있는 것과 통신하며 '파장을 맞출' 수가 있다. 그들은 그들이 본 미래의 사건을 그들이 사용하는 용어로 번역하고 그 용어에 따라 예언한다.
6. 그들은 그들이 본 미래의 사건을 그들의 정신을 통해서 여과하므로 각각 다른 투시술자나 무당들로부터 각기 다른 판단을 얻게 될지도 모른다. 그렇기 때문에 그 사건들은 각각 다르게 표현되기 마련이다.
7. 만일 당신이 무한한 지력이 모든 점에서 당신을 인도하고 있다는 것을 끊임없이 주장한다면 당신의 직관력은 매우 발달하게 될 것이다.
8. 기도는 자기 자신이나 다른 사람의 잠재 의식을 바꾸어 버려 그 기

도에 의해서 닥쳐오는 비극이나 불행한 상태의 원인을 소멸시킨다.

9. 영원한 진리를 기대함으로써 당신은 대중의 마음이나 여느 사람의 법칙에서 빠져나와 대중의 마음을 신념으로 요격해서 위험에 대한 면역성을 획득할 수 있다.
10. 당신의 잠재 의식은 기억의 창고여서 거기에는 많은 암시나 엉터리이며 잘못된 신념이 쌓여 있다. 당신의 의식을 하느님의 진리로 채우도록 하라. 그렇게 하면 당신은 당신의 잠재 의식에서 모든 종류의 부정적인 면을 근절하고 말살하게 될 것이다.
11. 여느 사람의 미래를 예언하는 일은 별로 어려운 일이 아니다. 왜냐하면 대다수의 사람들은 사고 방식의 패턴이 거의 같기 때문이다.
12. 설사 당신이 1만 마일이나 멀리 떨어져 있다 해도 당신 어머니의 목소리를 분명하게 들을 수 있다. 당신의 잠재 의식이 그 말을 듣고 즉시 그 말을 받아들이는 음성을 선택하기 때문이다.
13. 당신은 하느님의 존재와 능력을 실감함으로써 하느님의 존재란 질서 · 조화 · 평화 · 기쁨 · 완전 · 사랑이라는 것을 알게 되며, 그럼으로써 당신의 마음속에 있는 부정적인 패턴을 변화시킬 수 있다.

6. 꿈속에서의 응답

성서에는 이렇게 씌어 있습니다. “깊은 잠이 덮어씌워 모두들 자리에 쓰러져 곯아떨어지는 밤에 하느님께서는 꿈에 말씀하시고 나타나 말씀하시지 않소? 사람들의 귀를 열어주시고 깜짝 놀라게도 하시어……”(욥기 제33장 15~16절)

“박사들은 꿈에 헤로데에게로 돌아가지 말라는 하느님의 지시를 받고 다른 길로 자기 나라에 돌아갔다.’(마태복음 제2장 12절)

성서에는 꿈속에서 일어난 일이나 환상이나 계시나 경고 등에 관한 기술이 많습니다. 당신이 잠을 자고 있을 때에도 당신의 잠재 의식은 깨어 있으며 언제나 활동하고 있습니다. 왜냐하면 그것은 절대로 잠을 자지 않기 때문입니다. 요셉이 파라오가 꾼 꿈을 정확하게 해석했던 일과 그 일이 나중에 실현되었던 사실을 생각해 보십시오. 미래를 예견하였기 때문에 그는 애굽의 왕으로부터 신망과 명예와 표창을 받았던 것입니다.

당신이 잠을 잘 때, 당신의 의식은 정지하며 잠들게 됩니다. 잠재 의식은 대개의 경우 상징적인 형식으로 말을 해 줍니다. 그러므로 꿈을 해석하는 사람, 즉 해몽가가 필요하게 됩니다. 당신은 프로이드학파나

융학파의 심리학자, 정신과 의사, 정신 분석학자들이 꿈에 관한 연구를 하고 있으며 그것을 환자의 의식과 관련시켜 해석하려고 노력하고 있다는 사실을 알고 있으리라 생각합니다. 꿈이 정신적 갈등이나 공포증이나 병적 집착이나 그 밖의 정신적 콤플렉스와 연결되어 있는 경우가 많습니다.

당신의 꿈은 모두가 당신의 잠재 의식이 드라마화된 것이며 대개의 경우, 다가오는 위험을 당신에게 경고하고 있습니다. 꿈 중에는 분명히 예지적이며 미래를 정확하게 알려 주는 것이 있습니다. 또한 어떤 꿈은 당신의 기도에 대한 응답일지도 모릅니다. 부정적인 성질의 꿈은 모두 변화시킬 수 있는 것이어서 절대로 숙명적인 것은 아닙니다.

당신의 잠재 의식은 거기에 새겨져 있는 인상의 본질을 분명히 하고 당신의 인생이 취하고 있는 코스를 꿈속에서 당신에게 가르쳐 주고 있는 것입니다. 꿈의 연구 분석에서는 각 개인의 잠재 의식 속에 나타나는 심벌은 개인적인 것이며 그 모두가 개인에게만 해당되는 것이라고 설명하고 있습니다. 그리고 같은 심벌이라 해도 그것이 다른 꿈에서 나타날 때에는 전혀 다른 의미를 갖는 경우도 있습니다.

말을 바꾸어 설명한다면 당신의 꿈은 개인적인 것이며 설사 그것이 다른 사람과 당신과의 관계를 나타내고 있다 하더라도 그것은 당신에게만 해당되는 꿈인 것입니다.

분석된 재미있는 꿈

몇개월 전의 일입니다만 나의 저서 〈잠재 의식의 힘〉이라는 책을 읽어 본 어느 지방 대학의 여대생이 나에게 면접하러 온 적이 있습니다. 우리가 이야기를 나누고 있던 중, 그 학생은 이렇게 말하는 것이었습니다. "저는 사흘 밤을 계속해서 록펠러 뉴욕 주지사의 연회에 참석하여 그의 옆자리에 앉아 주빈 대우를 받는 꿈을 꾸었습니다. 이게 무엇을 의미하는 걸까요?"

나는 그녀에게 그 꿈은 해석할 수만 있다면 그녀에게 중요한 의미를 갖고 있는 꿈일 것이라고 설명해 주었습니다. 나는 그녀에게 록펠러의 연회석에 출석한다는 것이 그녀에게 어떤 의미가 있는가 하고 질문했습니다. 그녀는 즉시 그것은 부와 명성 · 명예 · 표창 등을 상징하고 있습니다라고 대답했습니다. 그래서 나는 그녀의 잠재 의식이 무엇인지는 알 수 없으나 어떤 특별한 명예라든지 표창, 혹은 부가 모여진다는 것을 예고하고 있는지도 모른다고 설명해 주었습니다. 그녀는 이 말에 수긍이 가는 것 같았고, 또 그것은 그녀에게 있어서는 뭔지 마음에 잡히는 데가 있는 것도 같았습니다.

그로부터 2주일 후에 그녀는 프랑스에 유학할 수 있는 장학금을 획득하였으며, 또한 그녀의 할머니는 그녀에게 교육비와 용돈으로 사용하라고 5만 달러의 유산을 남겨 주었다고 나에게 알려왔습니다.

뿐만 아니라 그녀는 레이건 지사의 취임 축하 파티에도 초대를 받았으며 그 파티에 참석하여 즐거운 몇 시간을 보냈다는 말이었습니다.

짐작되는 일이겠지만 그녀는 그 꿈을 본 그대로의 의미로 풀이했던 것은 아니었습니다. 성서에서 '요셉'이라고 불리고 있는 당신의 단련된 상상 능력은 꿈에 나타난 현사에서 껍데기를 벗겨 버리고 심벌 뒤에 숨어 있는 사상(思想)을 볼 수 있습니다.

나의 꿈이 어떻게 현실화되었는가

나는 얼마 전에 강의를 하기 위해 인도의 뉴델리 북방 리시케슈에 있는 요가의 산간 대학에 간 적이 있습니다. 그런데 출발하기 며칠 전에 내가 그곳으로 간 꿈을 꾸었습니다. 꿈속에서 나는 그 대학의 교수들과 학생들을 만났던 것입니다.

실제로 그 대학에 도착했을 때 나는 그 건물 주위에 있는 길이 낯설지가 않다는 것을 느꼈습니다. 건물도 강당도 교수도 학생들도 내게는 퍽 낯익은 것들이었습니다. 나는 안내하는 사람에게 내 방으로 정해진 방을 그가 말하기 전에 알아맞추었으며 방안의 구조도 설명했습니다. 게다가 그들이 나를 대접하려고 준비한 식사의 종류까지도……. 또한 그가 내게 하려는 말까지도 알아맞추었습니다. 그는 대단히 놀라면서 이렇게 말하는 것이었습니다. "선생님께서는 분명히 투시력과 투청술을 익히고 있음이 틀림없습니다."

나는 내가 경험했던 일을 그에게 다음과 같이 설명해 주었습니다. 내가 요가의 산간 대학에 강의를 위해 출발하려 하고 있다는 것을 생각하며 깊이 잠들고 있는 동안 나의 아스트럴보디라고 불리는 신비스런 육체는 그곳을 여행하여 나의 꿈속에서 그 일을 생생하게 경험했던 것입니다.

다시 말하면 나는 나의 아스트럴보디로 그곳에 가서 정신적으로, 그러나 자연스러운 형태로 많은 사람들과 대화했고 그들이 응답하는 목소리를 들었던 것이었습니다. 뿐만 아니라 나는 그 놀라운 신비스러운 전원 풍경도 구경했던 것입니다.

나는 전에 꿈속에서 당신과 만났습니다

그 대학의 학자인 요기 시베난다에게 내가 자기 소개를 했을 때 그는 "나는 전에 꿈속에서 몇 번이나 당신과 만난 적이 있습니다. 당신의 음성도 들었습니다."라고 말하는 것이었습니다. 그래서 나도 그에게 그러한 경험은 나도 있었다는 것과 그 여행이 내 잠재 의식에 새겨져 있다는 것을 설명했습니다. 나는 또 나도 꿈속에서 주관적으로는 그와 만났다는 것, 나의 육체가 캘리포니아의 비벌리힐에서 잠자고 있는 동안에 나는 새로운 육체가 되어 이 대학의 모든 장소를 돌아다녔고 모든 목소리를 들었다는 것을 설명했습니다. 즉 내가 의식적, 객관적으로 그 대학에 도착한 지금은 그 전에 초감각적인 여행을 했을 때에 주관적으로 느꼈던 모든 상태를 구체적으로 경험하고 있다는 것이 되는 셈입니다. 다시 말해서 내가 객관적으로 보거나 들은 일들은 내가 이전에 주관적으로 보거나 들은 것들이었던 것입니다. 그 꿈속에서 요기 시베난다는 투시력으로 나를 보았고 투청력으로 내 음성을 들었던 것입니다.

당신도 육체를 떠나서 생각하고 말하고 행동하고 여행할 수 있으며 모든 대상을 움직일 수도 있습니다. 당신을 볼 수도 있고 보여 줄 수도 있으며, 이해할 수도 이해를 받을 수도 있고, 당신이 본 모든 것에 대한 이야기를 통신도 할 수 있으며 보고를 교환할 수도 있습니다. 시각·청각·미각·후각·촉각 등의 능력은 당신의 오감과는 관계없이 마음속에서만이 느낄 수 있다는 것입니다. 이러한 말은 당신은 현재의 육체를 떠나서도 살 수 있다는 것, 그리고 당신 안에 있는 창조적 지력은 3차원의 육체를 초월하는 이러한 능력을 사용해야 된다고 벌써부터 생각하고 있다는 것을 확실하게 나타내고 있다고 말할 수 있습니다.

꿈의 여러 가지 형태

꿈에는 여러 가지 종류가 있는데 그 대부분은 위가 나쁘다든지 정신적·감정적인 혼란이라든지 육체적 불쾌라든지 억압되어 있거나 혹은 비정상적인 성적 충동이라든지 공포나 미신적인 신념 등에 의해서 보게 되는 것입니다.

그러나 그 중에는 미래를 내다보는 꿈도 있습니다. 그것은 당신의 기도에 대해 그것을 밝혀주는 응답의 꿈이기 때문에 어떻게 행동하라는 지시가 포함되어 있는 경우가 많이 있습니다.

잠들기 전에 당신의 마음을 준비해 두려면

졸음이 와서 깜빡 잠든 상태로 있을 때는 당신의 잠재 의식이 표면에 떠올라와서 당신은 대단히 예민한 정신 상태로 되어 있습니다. 잠들기 전에 가지고 있던 생각이나 감정은 당신의 잠재 의식에 전달되어 있으므로 당신이 인도해 주기를 원하는 요구라든지 욕망에 호응하여 작용하기 시작합니다. 잠재 의식 속에 있는 창조력은 당신이 '깨어 있는' 마음의 상태에서 의식적으로 원하는 욕망이나 생각이나 지시에 호응해서 그것이 어떤 일이건 간에 그대로 행동하게 됩니다.

당신의 잠재 의식은 비개인적이고 비선택적이라는 것도 잘 알고 있어야 합니다. 따라서 부정적인 것이나 증오심이나 분노 등도 받아들이고 그대로 행동합니다.

잠재 의식은 당신이 그 안에 주입한 것은 무엇이건 그것을 확대하고 증식합니다. 그렇기 때문에 모든 종류의 불온하고 나쁜 생각을 쫓아내고 하느님의 에너지가 건설적으로 당신의 마음속으로 흘러들어갈 수 있게 깨끗한 통로를 만들어 두어야 하는 것이 당신에게 대단히 중요한 일입니다.

매일 밤 행해야 되는 효과적인 테크닉

그날에 있었던 일들을 회상해 보고 아무리 작은 다툼이나 언쟁, 혹은 화가 나는 일이 있었다 하더라도 마음을 가라앉히고 자기 자신에게 이렇게 말해 보십시오. "나는 내가 그러한 부정적인 생각을 했었다는 데 대해, 그리고 여러 가지 문제에 대처하겠습니다. 나는 내 주위에 있는 모든 사람들, 그리고 전세계의 모든 사람들에게 대하여 사랑과 평화와 기쁨과 선의를 방출하겠습니다. 하느님의 사랑이 내게 충만하여 나는 나의 친구들이나 세계 각지에 있는 모든 사람들의 성공과 행복을 기뻐합니다. 나는 평화롭습니다. 나는 오늘 밤에 평화롭게 잠들겠습니다. 나는 기쁨 속에서 깨어나고 하느님 안에서 삽니다. 나는 응답이 있는 기도에 기쁨과 감사를 드립니다."

그 어머니의 꿈이 어떻게 해서 자기 딸을 지켰는가

최근에 나는 한 부인에게서 편지를 받았는데 그 편지에서 그녀는 내가 쓴 책에 기록되어 있는 기도를 자기와 자기 딸을 위해 지금까지 계속 사용하고 있다고 전해 왔습니다. 어느 날 밤에 그녀는 고등학교에 다니고 있는 자기 딸이 젊은 남자에게 강간을 당하고 목졸려 살해되는 꿈을 꾸었다고 합니다. 그 꿈은 어떤 시골길의 자동차 안에서 일어나는 광경이었습니다. 너무나도 무서운 악몽이어서 그녀는 비명을 지르며 깨어났습니다.

그녀는 이 사전 경고에 대처하는 행동을 하기로 결심했습니다. 그녀는 이러한 일은 절대로 바꿀 수 없는 숙명이 아니라는 것, 하느님과 조화하고 기도를 하면 비극은 방지할 수 있다는 것을 알고 있었습니다. 그녀는 다음과 같이 기도했습니다. "나의 딸은 하느님의 자녀입니다. 그 애가 있는 곳엔 하느님도 계십니다. 하느님은 조화이시며 아름다움이시며 사랑이시며 기쁨이시며 힘이십니다. 나의 딸은 하느님의 성스러운 존재 속에 묻혀 있고 하느님의 방패로 둘러싸여 있습니다. 그녀는 하느님—그녀를 사랑하는 아버지가 지켜주고 있습니다. 그녀는 하느님의 비밀스런 장소에 살고 있고 전지 전능하신 이의 그늘 안에서 지켜지고 있습니다." 약 10분간 묵념한 후에 그녀는 평화와 안정을 느끼고 다시 잠들고 말았습니다.

아침이 되어 그녀는 딸에게 장거리 전화를 걸었습니다만 그날은 딸이 다니는 학교가 휴일이었으므로 통화할 수가 없었습니다. 그날은 하루 종일 딸을 위해 기도를 했습니다. 밤이 되자 딸에게서 전화가 걸려왔습니다. "엄마, 엄마가 어젯밤 꿈에 나타나서 그 남자는 매우 난폭하니까 그 남자와는 드라이브를 하지 말라고 하셨어요. 난 정말 놀랐어요. 아침이 되자 그 남자로부터 시골까지 드라이브를 하자는 유혹의 전화가 걸려왔어요 저는 아프다는 핑계로 거절했었죠.

내 친구는 내가 꿈 이야기를 해주면서 말렸는데도 불구하고 그 남자와 함께 드라이브를 했습니다. 그애는 강간을 당했고 하마터면 목졸려 죽을 뻔했어요. 그애는 지금 병원에 입원해 있습니다. 경찰에서는 지금 도망간 그 남자를 수배중이에요."

가족끼리라든지 사랑하는 사이라든지 가까운 친구 사이에서는 언제나 정신 감응에 의한 통신이 행해지고 있습니다. 딸을 위한 어머니의 기도가 그 딸에 의하여 주관적으로 수신됐던 것입니다. 그리고 그것이 그녀의 잠재적인 재난을 구해냈던 것입니다.

성서에는 이렇게 씌어 있습니다. "주께서 너를 두고 천사를 명하여 너 가는 길마다 지키게 하셨으니 행여 너 돌뿌리에 발을 다칠세라 천사들이 손으로 너를 떠받고 가리라."(시편 제91편 11~12절)

이 장의 요약

1. 꿈은 당신의 잠재 의식이 극적인 형태로 나타나는 현상이며 흔히 그것은 상징적인 형태로 나타난다. 단련된 당신의 상상력은 그 꿈의 껍질을 벗어내고 숨겨져 있는 내용을 밝혀낼 수가 있다.
2. 꿈 중에는 예지적인 것도 있어서 그것에 의하여 당신은 미래에 일어나는 일들을 미리 볼 수가 있다. 그 이유는 마음의 원리에는 시간이나 공간 따위는 없기 때문이다.
3. 부정적인 성질을 갖고 있는 꿈을 무력화하면 당신 안에 있는 하느님의 존재와 조화하고 정신적・감정적으로 하느님의 진리와 일치하여 잠재 의식 속의 부정적인 형태를 변화시키면 된다.
4. 몇 년 전에 나는 생생한 꿈을 꾸었다. 나는 내가 육체에서 떠나 수천 마일이나 멀리 떨어져 있는 인도의 요가 산간 대학에 가 있다는 것을 알았다. 그곳에서 나는 초감각 여행으로 건물 안 모든 곳에 들어갔으며 교수들이나 학생들과 만날 수가 있었다.
5. 당신도 당신의 육체적 기관에서 떠나서 사물을 보고, 듣고, 느끼고, 냄새 맡고, 맛보고, 여행을 하는 등의 일을 할 수 있다. 당신이 갖고 있는 모든 감각의 능력은 당신의 정신 속에서 증폭할 수가 있다. 그러므로 당신은 육체나 환경에서 떠나 이러한 능력이나 힘을 이용할 수 있는 것이다.
6. 꿈에는 여러 종류가 있다. 만일 당신이 화난 그대로 잠이 든다면 당신의 잠재 의식은 이러한 부정적인 인상을 호랑이가 당신에게 덤벼드는 악몽 등의 형식으로 극적으로 표현할지도 모른다. 매일 잠들기 전에는 모든 사람에 대한 관대함과 선의의 정신으로 잠들어야 한다.

7. 잠들기 전에 실행해야 하는 좋은 테크닉은 당신의 마음에서 모든 부정적인 요소를 제거하고 모든 사람에 대해 사랑과 선의를 기대하며 하느님의 진리인 당신의 마음을 만족한 상태로 해야 한다. '나는 평화 속에서 잠들고 기쁨으로 깨어나며 하느님 안에서 삽니다.'라고 단호하게 주장하라.
8. 성서에는 이렇게 씌어 있다. "나는 그에게 환상으로 내 뜻을 알리고 꿈으로 말해줄 것이다."(민수기 제12장 6절) 이것이 당신 하느님의 권위인 것이다.

7. 초감각적 인식력의 활용

이 책은 인간 문제를 해결하기 위한 마음의 열쇠를 다루고 있습니다. 나는 지금까지 인간을 괴롭히고 있는 가장 복잡한 문제에 대한 해답은 잠재 의식의 영역 속에서 찾아낼 수 있다는 것을 발견했습니다. 아홉 살 무렵의 나는 마음의 고도한 기능, 즉 현재 우리가 직관력 혹은 심령력(心靈力)이라고 부르고 있는 것의 힘이 시골 농부들에게 여러 가지 문제를 해결해 주고 있는 데에 크게 놀란 적이 있습니다.

초감각적 지각이 어떻게 행방불명된 아들을 발견하게 되었나

우리들이 제리라고 부르고 있던 한 농부가 우리 집에서 4분의 1마일쯤 되는 곳에 살고 있었습니다. 어릴 때 나는 그가 밭에서 일하고 있는 곳으로 찾아가서 이것저것 그의 일을 돕는 것을 큰 기쁨으로 여기고 있었습니다. 어느 날 그는 아들이 없어진 것을 알았습니다. 밤이 되어도 그 소년은 돌아오질 않았습니다. 제리는 비탄에 잠겼습니다. 그는 근방 사람들을 모아서 수색대를 조직하고 아들을 찾으러 출발했습니다. 그 소년이 얼마 전에 그곳에서 멀지 않은 곳에 있는 웨스트 코크의 키드 산으로 올라가 보겠다는 말을 들은 사람이 제리에게 알려 주었기 때문입니다. 그러나 수색대는 소년의 발자국도 발견하지 못했습니다. 밤은 점점 깊어져서 일단 수색을 중단하지 않을 수 없게 되었습니다.

그날 밤, 낙심 끝에 잠든 제리는 생생한 꿈을 꾸었습니다. 그는 초감각적인 인식력을 통해서 아들이 어느 곳에 있다는 것을 알게 되었습니다. 그 장소는 그도 잘 아는 곳이었습니다. 그는 아들이 관목이 무성한 어느 바위 틈에서 잠자고 있는 장면을 꿈에서 봤던 것입니다. 그래서 그는 날이 밝자 나귀에 올라 꿈에서 본 산의 그 장소로 달려갔습니다. 그는 나귀를 나무에 매어두고 걸어서 그 장소로 올라갔습니다. 그는 그곳에서 아들이 관목 밑에서 잠자고 있는 것을 발견했습니다. 그는 기쁨과 안도의 마음으로 소년을 흔들어 깨웠습니다. 소년은 아버지를 보고 놀랐지만 이렇게 말했습니다. "난 아버지가 날 발견해 주도록 기도했어요."

이 농부는 다른 몇천 명이나 되는 사람들이 그랬던 것처럼 초감각적 인식력의 문제 해결 능력을 직접 체험했던 것입니다. 한마디 덧붙인다면 이 농부는 학교에 가 본 적도 없었으며 글을 읽지도 못하는 사람이었습니다. 그는 마음의 법칙이라든지 ESP라고 하는 것에 대해서는 무엇 하나 알고 있는 것이 없었습니다. 정신 감응・투시・예지 등의 말은 그에게 있어서 외국말이나 마찬가지였습니다

나는 제리에게 "아저씨는 어떻게 제레미아(그의 아들)가 있는 곳을 알았죠?"라고 물었던 것을 기억하고 있습니다. 그는 이렇게 대답했습니다. "하느님이 꿈속에서 내게 가르쳐 주었지!"

나는 이 말을 잘 이해할 수 있습니다. 그는 잠들기 전에 아들에 대해 생각하며 어디에 있을까 하고 걱정을 하고 있었음이 분명합니다. 그리고 그는 그 나름대로의 간단한 방법으로 하느님께 기도를 했을 것입니

다. 그것에 대해서 그의 잠재 의식이 투시적인 직감력으로 응답을 보내 주었던 것입니다.

당신도 이렇게 하면 초감각적 인식력을 사용할 수 있다

나는 지금까지 오감을 통해서는 얻을 수 없던 특수한 데이터나 정보를 얻은 수천 명이나 되는 사람들과 이야기를 나누어 봤습니다.

어떤 경우도 그들은 응답에 대해 마음을 집중시키고 있었습니다. 그렇게 하면 그들의 마음이 꿈속에서, 혹은 한밤중의 환상으로, 또는 직관적인 영감으로 응답이 온다는 것이었습니다.

그 부인은 어떻게 초감각적인 인식력을 의식하게 되었는가

몇년 전에 제인 라이트 부인은 남편과 손님들에게 이끌려서 아구아카린트의 경마장으로 갔습니다. 그때까지 그녀는 심령적인 경험이나 마음속 깊은 곳에서 작용하는 힘 같은 것에는 조금도 관심을 가진 적이 없었습니다. 전날 밤 잠들기 전에 그녀는 내일에 있을 경마에 대한 생각을 하면서 어떤 옷을 입고 갈까 하고 생각했습니다. 그녀는 지금까지 경마장에 간 일도 없었고 말이나 기수에 대해서나, 어떻게 돈을 거는 것인지도 전혀 모르고 있다는 것을 생각하기 시작했습니다.

잠들기 전에 그녀는 자신에게 이렇게 말했습니다. “나는 어떻게 하면 좋은지 알고 싶습니다. 그리고 나는 내가 마권을 사려고 하는 것은 두 개의 레이스에 각각 2달러씩이며 그 두 번을 다 이기고 싶습니다.”

그녀는 퍽 직감적인 사람이었으므로 심령 작용을 잘 받아서 여러 가지 미래의 일을 꿈에서 볼 때가 여러 번 있었습니다. 그날 밤 그녀는 로비스 초이스와 빌리스 프렌드라는 두 마리의 말에 점을 찍었습니다.

직감적으로 그녀는 그 말들이 승리하리라는 것을 느꼈기 때문이었습니다. (그녀의 두 아들의 이름은 로비와 빌리였습니다.)

다음날 아침 그들이 경마장에 도착했을 때 그녀는 남편에게 돈을 거는 방법을 물었습니다. 그녀는 자기의 돈을 로비스 초이스와 빌리스 프렌드라는 말에 걸었습니다. 결국 양편 다 20배 이상이나 되는 배당금이 돌아왔습니다.

초감각적 인식력의 원천인 그녀의 잠재 의식이 잠들기 전에 집중된 그녀의 생각에 응답을 해주었던 것입니다. 그녀의 집중된 주의력은 그녀의 잠재 의식에 인상지어진 두 마리의 승마에게 쏠렸습니다. 후자는 그것에 감응하여 어렵지 않게, 그다지 정신적 긴장을 일으키지 않고도 원했던 승리를 그녀에게 안겨 주었던 것입니다.

초감각적 인식력의 실제

초감각적 현상을 연구하는 데 필요한 중요한 조사가 듀크 대학의 J·B 라인 교수에 의해서 행해졌습니다. 라인 교수는 이 문제에 관해서 쓴 몇 권의 책도 있고 여러 나라에서 또는 과학 단체에서 강연도 해왔습니다. 그는 정신의 초감각적 힘에 관해 증거가 되는 많은 자료를 모았습니다. 그는 투시 — 보통의 감각을 사용하지 않고 행하는 인식이며 이 방법을 사용하면 세계 어디서 일어나는 사건이든 다 볼 수 있다 — 에 대해 특히 관심을 가지고 있었습니다.

그는 또 예지(미래의 일을 알아맞추는 일), 텔레파시(정신 감응 즉 하나의 마음에서 다른 마음으로 생각이 이동하는 것), 염동 작용(念動作用:물리적 접촉 없이 심령의 힘으로 물체를 움직이는 일), 사후 인지(과거에 있었던 일을 보는 것) 등에 대해서도 자료를 열심히 모았습니다. 최신식 연구 시설을 사용하여 연구를 행하고 있는 미국이나 유럽 또는 인도의 아카데믹한 연구실에서 밝혀냈던 초감각적 인식 능력은 우리들 누구나 다 가지고 있는 능력입니다. 그것에 대해서 오랜 동안의 과학적인 연구 결과 그런 현상은 정신 활동의 일정한 기본적 법칙에 따르는 것이라고 설명하고 있는 책들을 읽어 보는 것도 흥미있는 일일 것입니다.

그녀의 초감각적 인식력이 장례식의 행렬을 보게 했다

나는 막내 여동생 엘리자베드가 다섯 살 쯤 되었을 때의 일입니다. 우리들 다섯 명(형제2, 여형제3)이 뒤뜰에서 놀고 있는데 그녀가 큰 소리를 지르면서 뛰어들어왔습니다. 그녀는 장례 행렬 선두에 서 있는 목사의 이름을 대었습니다. 그리고 아버지와 어머니가 마차 뒤를 따라가고 있는 모습도 보았다는 것이었습니다. 우리는 모두 웃으며 놀려댔는데 어머니는 할머니께서 건강하게 잘 계시는데 그런 불길한 소리를 한다고 마구 야단을 쳤습니다. 그때 할머니는 15마일쯤 되는 곳에서 살고 계셨습니다. 그 당시에는 그런 시골 구석에는 전화는 물론 전보도 배달되지 않을 때였습니다. 통신은 주로 심부름하는 사람이 걸어다니거나 말을 타고 다니던 시절이었습니다.

바로 그 시각에 친척 한 사람이 할머니가 사망했다는 것과 우리 가족에게 장례식에 참석할 것을 통지하려고 달려오는 중이었습니다. 그 사람은 할머니의 사망 시간은 오후 2시라고 말했는데 그때가 바로 엘리자베드가 장례식 행렬과 선두에서 가고 있는 목사를 보았다는 시각이었습니다.

초감각적 인식력의 이러한 작용을 예지라고 부르고 있습니다. 그 장례식은 다음날에 행해졌기 때문입니다. 불행하게도 그녀에게 그 직관

능력에 대해 비판도 했고 조소를 했기 때문에 때가 지남에 따라 그녀의 초감각적 인식 능력은 억제되어 갔습니다. 그리고 차차 그녀의 예지 능력도 퇴화되고 말았습니다.

먼거리를 투시한 것으로 유명한 실례

고전적인 예로서는 유명한 임마뉴엘・칸트가 조사하고 확인한 임마뉴엘・스웨덴보르크의 실례가 있습니다. 스웨덴보르크는 스웨덴의 게트보르크라는 곳에서 많은 과학자들 앞에서 강연을 하고 있었는데 투시력에 의해서 그곳에서 250마일 이상이나 떨어져 있는 스톡홀름에서 일어나고 있는 큰 화재에 대한 자초지종을 똑똑히 봤던 것입니다. 그는 그 화재가 진화된 과정도 자세히 설명했습니다. 며칠 후에 스톡홀름에서 사람이 와서 그가 투시력으로 본 것의 정확함을 증명했습니다.

초감각적 인식력은 어디서나 활동하고 있다

샌프란시스코로 최근에 여행을 할 때 비행기의 내 옆자리에 한 부인이 앉아 있었습니다. 그녀는 퍽 흥분되어 있었습니다. 그녀는 신문을 내게 돌려주었습니다. 그러자 갑자기 나는 "부인께서는 왜 남편을 버리고 오셨나요?"하고 그녀에게 물어보고 싶은 충동을 강렬하게 느꼈습니다. 그래서 그대로 했습니다. 그녀는 깜짝 놀라며 "그렇습니다만 어떻게 그걸 아셨나요?"라고 말하는 것이었습니다. "직관적으로 그런 느낌이 들어서 물어 봤던 거지요."라고 나는 대답했습니다.

그녀는"'선생님은 무엇이든지 다 알 수 있는 심령술사시군요."라고 말했습니다. 나는 "아닙니다. 하지만 저는 때때로 저의 잠재 의식으로부터 생각지도 않던 충동을 받을 때가 있으며 그것이 저에게 해답을 가르쳐 줍니다. 저는 마음의 법칙과 자기 안에 있는 하느님의 정신의 원리를 실행하고 있는 사람이라면 누구에게나 이러한 일이 일어날 수 있다는 것을 믿고 있습니다."

"그런 말은 저도 이해가 갑니다."라고 그녀는 말했습니다. "저는 오늘 아침 남편을 버리고 샌프란시스코에 있는 어떤 남자와 그의 이혼이 성립되면 즉시 오스트레일리아로 떠나기로 했었습니다. 지금의 저로서는 내 자신이 잘하는 짓인지 어떤지 알 수가 없습니다. 저는 그 두 남자 사이에서 고민하고 있는 중입니다."

나는 이 일에 대해 그녀에게 조언을 해 줘야겠다는 것을 느꼈습니다. 나는 그녀에게 당신이 진정으로 원하고 있는 것은 당신을 사랑하고 당신을 위해 주며 당신을 옳게 평가해 주는 이상적인 남성을 찾아내는 데 있다는 것, 그리고 그 사랑은 상대적인 것이어야 한다는 말을 해주었습니다.

"당신은 지적으로나 정신적인 면에서 당신과 완전히 조화되는 남성을 찾고 있는 겁니다. 지금 당신은 혼란을 일으키고 있으며 현재의 남편에 대해 화를 내고 있습니다. 이러한 부정적인 감정을 갖고 있을 때 어떤 결정을 내린다는 것은 매우 어리석은 짓입니다."

나는 그녀에게 기도문을 써 주면서 그 기도를 매일 몇 번씩이라도 소리내어 읽을 것과 며칠 후에 오게 될 응답에 따르라고 말해주었습니다. 나는 또 그녀에게 결혼하려고 하는 남자와 접촉하는 일을 삼가하고 오로지 마음속에서 나오는 인도(引導)의 말씀을 기다리라고 충고했습니다.

그녀가 사용한 기도

"나는 인생에 있어서의 바른 행동의 원리가 있다는 것을 알고 있습니다. 나는 내 안에 있는 생명의 원리가 나를 통해서 조화를 이루고, 평화롭게 기쁨속에서 내 자신을 나타내기를 원하고 있다는 것을 알고 있습니다. 나는 우주를 다스리시며 궤도를 돌고 있는 별들을 지배하시는 지고의 지력이 나에게 가르쳐 주시고 옳은 결정을 내리도록 나를 인도해 주신다는 것을 믿고 있습니다. 나는 지금 이렇게 생각하며 지고의 지성이 깃들고 있는 나의 마음에 구하고 있습니다. 나는 내가 의식하고 있는 이성적(理性的)인 마음에 선명하게 나타나는 가르침에 따르겠습니다."

그녀는 이러한 기도를 하루에 몇 번이나 외웠으며 특히 잠들기 전에는 더 굳은 신념을 갖고 읽었습니다. 사흘째 되는 날 밤에 그녀는 놀랄 만한 환상을 봤습니다. 죽은 그녀의 오빠가 꿈속에 나타나서 샌프란시스코의 남자와 결혼해서는 안 된다, 그 남자는 그녀에게서 돈을 빼앗으려고 할 뿐이지 결혼할 생각은 조금도 없다고 경고했던 것입니다. "네 남편에게로 돌아가라."고 말하고는 오빠의 모습은 사라졌습니다.

이것은 초감각적 인식력의 작용에 의한 것이었습니다. 마음속 깊이 있는 능력이 그녀가 결혼하려고 하는 남자의 정체를 알아냈던 것입니다. 이 능력은 그 남자가 불성실하며 정직하지 못하다는 것을 알고 있었던 것입니다. 그리고 그녀에게 응답해 주었던 것입니다. 다시 말하면 그녀의 잠재 의식은 그녀의 오빠의 모습을 빌어 그 회답을 극적인 것으로 만들었는데 그것은 그녀가 오빠의 말이라면 그 말에 따를 것이라는 것을 잘 알고 있었기 때문이었습니다.

그녀는 드레이크 호텔에 묵고 있는 나에게 전화를 걸어 "회답이 나왔습니다! 저는 남편에게로 돌아가겠어요."라고 기쁨에 찬 목소리로 말하는 것이었습니다. 그 후 나는 그들 부부가 완전히 화해했다는 것을 알았습니다. 당신은 기도가 어떻게 해서 응답을 얻게 되는가에 대해 당신은 알지 못합니다. 왜냐하면 잠재 의식은 그 응답하는 방법을 알아낼 수가 없기 때문입니다.

초감각적 인식력이 어떻게 해서 없어진 영수증을 찾아냈는가

몇 주일 전에 어떤 사람이 루이지애나주 뉴올리안즈에서 내게 장거리 전화를 걸어서 말하기를 자기 아내가 죽기 전에 금혼식 기념으로 백금시계를 사서 자기에게 선물했었는데 그것의 대금 2,500달러를 현금으로 지불했다는 것은 분명한데 보석상 주인이 그 대금을 지급하라고 요구한다는 것이었습니다. 그는 그것의 영수증도 봤다고 말했습니다. 그는 보석상에게 아내가 그 대금을 지불했으며 영수증도 갖고 있었다고 주장하면서 장부에 기입되어 있는 것을 보여 주더라는 것이었습니다.

그 사람은 집안을 온통 다 뒤져 봤지만 영수증을 찾아내지 못했습니다. 그는 나에게 "선생님, 좀 도와주십시오. 저는 선생님의 〈잠재 의식의 힘〉이라는 책을 읽고 있습니다. 그리고 유언서를 잠재 의식의 힘으로 찾아냈다는 대목도 읽어 봤습니다."라고 말하는 것이었습니다.

나는 그에게 그의 마음 안에 숨어 있는 무한한 지력에 그 영수증이 있는 곳을 밝혀 달라고 부탁해 보면 그 일이 해결될 것이라고 말해 주었습니다. 그리고 당신도 무한한 지력이 모든 것을 알고 있다라고 단언하며 그것을 믿어야 한다. 그렇게 하면 그 무한한 지력은 영수증의 소재를 잘 알고 있으므로 하느님의 질서에 따라 그에게 그 장소를 가르쳐 줄 것이다.

1주일쯤 지났을 무렵에 그에게서 이러한 편지가 왔습니다. 어느 날 밤에 그가 잠자고 있을 때 고대의 선지자와 같은 모습을 한 사람이 자기 앞에 나타나서 이사야서의 어떤 페이지를 가르쳐 주었다 합니다. 그는 거기에 있는 영수증을 똑똑히 볼 수 있었습니다. 그는 후다닥 일어나서 서재로 뛰어들어갔습니다. 성서를 꺼내어 꿈에서 보았던 페이지를 펼쳤습니다. 영수증은 거기에 있었습니다. 무한한 힘을 갖고 있는 그의 잠재 의식이 의식의 능력을 초월한 해답을 그에게 주었던 것입니다.

초감각적 인식력이 당신을 위해 작용할 수 있게 하려면

당신도 '자면서 생각하는' 지혜에 대한 말을 들어서 알고 있으리라 생각됩니다. 이 말은 당신의 의식이 안정된 상태에 있고 당신의 주의력이 찾고 있는 해결책 혹은 해답 위에 집중되면 지혜와 힘과 무한한 지력에 가득차 있는 당신 안의 깊은 마음이 당신의 요구에 응답해서 그 문제를 해결한다는 뜻입니다.

만일 당신이 뭔가를 잃고 그것을 찾고 있다면 서둘러대거나 짜증을 부리지 말고 마음을 가라앉히면서 찾는 일을 잠재 의식에 맡기고 이렇게 말하십시오. "나의 잠재 의식 속에 무한한 지력은 모든 것을 알고 있으므로 나에게 그것을 가르쳐 줄 것이다. 나는 하느님이 힘으로 인도되고 있다. 나는 나의 깊은 곳에 있는 내 마음을 신뢰하고 있다. 그렇기 때문에 나는 이제부터 마음을 놓고 있겠습니다."라고.

당신이 마음을 놓고 평안한 태도로 무엇에도 구애받지 않고 선입관을 없애고 있으면 잠재 의식의 초감각적 인식 능력이 잃은 물건이 있는 곳으로 당신을 데려갈 것입니다. 당신은 그 물건을 꿈속에서 투시력으로 보게 되든지 그것이 있는 곳으로 직접 가게 될 것입니다.

성서에는 "야훼께서는 사랑하시는 자에게 잘 때에도 배불리신다." (시편 제127편 2절)라고 씌어 있습니다. 우리들은 이 성스러운 말씀 안에 귀한 유산을 가지고 있습니다.

이 장의 요약

1. 우리들은 누구나 초감각적 인식력을 갖고 있지만 대개의 경우 이러한 능력은 억압되거나 억제되고 있다. 그리고 몇 년 동안이나 무시되면 퇴화되고 마는 것이다.
2. 보통의 오감으로 얻을 수 없는 특수한 데이터나 정보를 ESP에 의하여 얻고 있는 사람도 많이 있다.
3. 당신의 잠재 의식은 콘테스트라든지 경마 등이 있을 때, 이미 그것의 승리자를 알고 있으며 그것을 당신에게 알려줄 수 있다.
4. 듀크 대학의 라인 교수는 텔레파시 · 투시 · 투청 · 예지 · 사후 인지 · 염동 작용 등 이상한 마음의 힘을 증명하는 수많은 데이터를 수집하고 있다.
5. 특별한 아이들에게 있는 초지각 능력은 장례식이 행해지기 전에 장례식의 행렬이나 참가자들을 보는 것을 가능케 하기도 한다. 이것은 사랑하는 사람으로부터 정신 감응에 의한 통신이 어린이의 예지 능력과 연결되어 그 일을 가능케 하기 때문이다.
6. 당신의 초감각적 인식 능력은 잃어버린 물건이 있는 곳을 당신에게 가르쳐 줄 수 있다. 그것은 꿈속에서 그 해답을 극적인 형태로 나타낼 수도 있고 그것이 숨겨져 있는 곳을 정확하게 가르쳐 줄 때도 있다.
7. 당신은(모든 초감각적 인식의 터전인) 잠재 의식에 대해 그러한 생각을 말해 주는 것에 의해서 당신의 초감각적 인식 능력이 신장되어 보다 현명해질 수 있다.

8. 극기의 은밀한 힘

마르코 복음 제11장 23절에는 '누구든지 마음에 의심을 품지 않고 자기가 말한 대로 되리라고 믿기만 하면 이 산더러 번쩍 들려서 저 바다로 빠져라 하더라도 그대로 될 것이다.'라고 씌어 있습니다.

이 말의 진리는 당신에게 용기를 주고 완전한 생활을 하기 위한 무한한 힘을 공급해 줄 것입니다.

성서에서 말하는 산이라는 것은 당신 앞에 가로놓여 있는 고난·도전·문제 등을 가리킵니다. 그것들은 압도적인 힘을 갖고 있는 것처럼 보이기는 하지만 만일에 당신이 무한한 힘에 대해 신념을 가지고 있고 그것을 믿어 의심치 않는다면 당신은 다음과 같은 기도를 대담하게 할 수 있을 것입니다.

"나는 이 도전을 무한한 힘으로 극복할 것입니다. 이 문제는 하느님의 힘에 의하여 반드시 해결될 것입니다. 나는 필요하기만 하면 모든 힘과 지혜와 강력한 힘이 나에게 주어진다는 것을 알고 있으므로 용기를 가지고 이 문제를 대처해 나가겠습니다. 나는 하느님께서는 이 문제의 해결책을 알고 계시며 또 나는 하느님과 일체라는 것도 믿고 있습니다. 하느님은 반드시 나에게 그 해결 방법을 가르쳐 주실 것이며 행복한 결말이 이루어진다는 것을 나는 알고 있습니다. 이러한 마음가짐으로 사물과 대처해 나간다면 산은 사라져 시계에서 없어지며 하느님의 빛으로 인해 무산되고 만다는 것을 알고 있습니다. 나는 그것을 믿습니다. 나는 마음속으로부터 그것이 진리라는 것을 믿으며 받아들이고 있습니다."

실의에 빠져 있던 젊은 부인이 어떻게 극기심을 갖게 되었나

수년 전에 내가 호놀룰루에서 강연을 하고 있을 때 낙담과 깊은 실의 속에 빠져 있던 젊은 일본 여성이 나를 찾아온 적이 있습니다. 그녀는 30세였지만 그때까지 가슴과 자궁 등 여러 곳을 수술한 경험이 있었습니다.

그녀는 "전, 이제 여자가 아닙니다. 애기를 낳을 수도 없거니와 아무도 저를 원하는 사람이 없습니다."라고 말하는 것이었습니다. 에머슨의 말을 인용하면서 나는 그녀에게 이렇게 말해주었습니다. "당신은 하느님의 기관(器官)이며 하느님은 지금 그대로의 당신을 원하고 계십니다. 그렇지 않다면 당신은 여기에 있을 리가 없으니까요."

나는 그녀에게 인생에는 실망이나 실패는 언제나 있는 것이며 시련이나 고난은 누구에게도 찾아온다는 것, 그러나 우리에게는 실망이나 실의에 이길 수 있는 힘을 주는 무한한 힘을 우리 내부에 가지고 있다는 것, 그리고 어떤 상태에 있더라도 그것을 극복할 때에 기쁨이 찾아온다는 것을 지적해 주었습니다.

그리고 나는 실의를 극복하는 데 가장 간단하고 빠른 방법은 그녀의 재능 · 사랑 · 친절 · 능력 등을 진심으로 남에게 나누어 주는 일이라고 가르쳐 주었습니다. 그렇게 하면 그녀는 자기 도취 · 자기 연민 · 자책

등에서 빠져나올 수 있을 것이라고 말해 주었습니다. 그녀는 간호원이었으므로 병원으로 돌아가서 환자들을 잘 돌봐 주는 일에 헌신해야 한다는 것, 모든 환자들에게 하느님의 치유, 즉 사랑을 주고 신성을 가지고 있는 그녀의 자아를 다른 사람들에게 많이 나누어 줘야 한다고 말해 주었습니다. 나는 또 그녀에게 자기 중심적인 사람은 절대로 행복하지 않다는 것, 만족한 인생을 보내는 비결은 다른 사람에게 보다 많은 사랑과 기쁨과 행복을 나누어 주는 데에 있다고 말했습니다.

나는 또 그녀에게 매일 몇 번씩이나 시편 제42편을 마치 맛있는 음식을 먹을 때처럼 차근차근 맛을 보아 가면서 소리를 내어 읽을 것을 권했습니다.

나는 말했습니다. 즉 그 말들을 그저 중얼중얼 읽기만 하라는 것이 아니라, 그 말 속에 내포되어 있는 참 진리를 받아들이고 그렇게 함으로써 그녀의 마음이 그녀 안에 있는 무한한 힘에 의하여 변화되기를 원하고 있다고—.

그녀는 어떻게 하느님의 실재를 실행했는가

그녀는 내 충고를 실행에 옮겼습니다. 간호원으로서의 일을 계속하면서 어떤 환자에게도 친절과 사랑과 격려의 말을 주었으며 그들을 치유하시고 그들이 믿음에 불을 붙여 주시는 하느님의 무한한 힘에 관한 것을 그들에게 이야기해 주었습니다. 그녀의 편지에 의하면 2년 동안 그녀는 한 사람의 환자도 죽게 하지 않았다고 말하고 있습니다. 그녀는 자기가 돌보고 있는 모든 환자를 위하여 "하느님은 생명이시며 그 생명과 사랑과 힘이 지금 이 환자 안에 있습니다."라고 기도를 했습니다. 이것이 그녀가 언제나 돌보고 있는 사람들을 위한 기도였습니다. 이 기도는 사람들을 위해 끊임없이 조화와 건강과 평화와 사랑과 완전을 염려해 주는 것이므로 그것은 바로 하느님의 실재를 행위로 나타내고 있는 것이 아니고 무엇이겠습니까.

그녀의 위대한 승리

크리스마스 날, 나는 이 간호원과 그녀를 수술했던 의사와 맺어지는 결혼식을 나의 집에서 거행하는 기쁨을 맛보았습니다. 식이 끝난 후에 그녀의 신랑이 된 그 의사는 "그녀는 간호원 이상의 존재입니다. 그녀는 자비의 천사입니다."라고 말했습니다. 그는 그녀의 빛나는 마음과 영혼의 아름다움을 보았던 것입니다. 에머슨은 이렇게 쓰고 있습니다. "반지나 보석은 선물이 아니다. 유일한 선물은 너 자신의 일부를 주는 것이다."라고.

최고의 축복을 얻기 위해 당신의 생활에 극기심을 적용하려면

얼마 전에 나는 신경쇠약과 출혈성 궤양으로 2개월 동안이나 입원하고 있던 어떤 부인과 면접한 적이 있습니다. 그런데 그녀의 병은 감정 때문에 일어난 병이었습니다. 그녀는 남편이 이상성격이라고 말했습니다. 그는 집안 일을 간섭하기도 하고 두 아이의 식비로 1주일에 40달러밖에 주지 않으면서도 그 돈을 다 어디에 썼느냐고 묻기도 한다는 것이었습니다. 그는 종교는 모두 '장사'에 지나지 않는다고 말하면서 그녀가 교회에 나가는 것을 허용하지 않았습니다. 그녀는 음악을 연주하기를 좋아했습니다만 그는 집안에서 피아노를 치는 것조차도 허락하지 않았습니다.

그녀는 그의 비뚤어지고 병적으로 왜곡된 생각에 따를 수밖에 별 도리가 없었습니다만 그 때문에 그녀 자신이 품고 있던 욕망과 재능과 능력은 완전히 억눌리고 말았습니다. 그녀는 남편을 크게 원망하고 있었습니다. 그래서 억압된 분노와 욕구 불만이 신경쇠약과 궤양을 가져다 주었던 것입니다. 그녀의 남편은 그녀의 생각이나 가치관에 대해서는 무감각했으며 이기적으로 냉담하게 반대함으로써 그녀의 감정을 파괴하는 역할을 하고 있었던 것입니다.

그 설명이 어떻게 치료 방법이 되었을까

나는 이 재능이 있는 부인에게 결혼이란 결코 상대방의 희망이나 인격을 내리누르기 위한 허가증이 아니라는 것을 설명해 주었습니다. 그리고 결혼에는 상호간의 애정·자유·존경이 따라야 한다는 것, 겁을 집어먹거나 남에게 기대거나 공포심을 갖거나 비굴한 태도를 취하면 안 된다는 것도 지적해 주었습니다. 그녀는 심리적으로나 정신적으로 더 성숙해야 했으며 자기의 인격을 억압하지 말아야 했었습니다.

남편과 아내를 함께 오게 해서 나는 그들에게 서로가 상대방의 결점이나 약점이나 단점을 들추는 일을 지양하고 그 대신 서로가 상대방의 좋은 점과 갓 결혼했을 당시에 서로 상대방에게서 좋은 특질을 발견했던 일을 상기해 볼 것을 권했습니다. 남편은 아내의 원망과 억압된 분노가 그녀를 신경쇠약으로 만들었으며 입원하게 된 원인이었다는 사실을 곧 이해했습니다. 그들은 아내가 음악이나 사교 활동을 즐길 수 있게 계획을 세웠습니다. 그들은 또 서로의 사랑과 신뢰에 입각해서 공동의 당좌예금 구좌를 개설하는 데에도 동의했습니다.

나는 남편에게 다음과 같이 기도할 것을 권했습니다.

"지금부터 나는 아내의 인격을 바꿔보려는 시도를 하지 않기로 하겠습니다. 나는 아내를 나와 똑같은 사람이 되기를 원하지도 않겠으며 그녀가 자신의 재능이나 인격을 숨기는 것도 원하지 않겠습니다. 나는 그녀에게 사랑과 평화와 선의를 방사하겠습니다. 내가 진심으로 드리는 기도는 그녀 안에 있는 하느님의 지력이 언제나 그녀를 인도하고 지배하는 일이며 하느님의 사랑이 항상 그녀의 마음과 몸속에서 흐르기를 바라는 일입니다. 하느님의 평화는 항시 그녀의 마음을 만족하게 해주고 있습니다. 나는 그녀 안에 있는 하느님을 공경합니다. 나는 나의 생각이 기도이며 내가 생각하는 것은 실현된다는 것을 알고 있습니다. 그리고 나는 습관적으로 이러한 생각을 계속함에 따라 나는 친절하고 이해심이 많은 사랑스러운 남편이 될 것입니다. 아내를 생각할 때는 언제나 마음속으로 '하느님은 당신을 사랑하며 지켜주고 있다.'라고 말할 것입니다."

아내가 따라야 하는 기도의 패턴

"나는 결혼했을 때 남편에게서 좋은 성품을 발견했습니다. 그와 같은 특질은 아직도 그에게서 볼 수 있습니다. 앞으로 나는 그의 좋은 특질만을 찾아볼 것이며 결점은 보지 않겠습니다. 나는 하느님의 지력이 모든 면에서 그를 인도하시고 지배하고 있다는 것을 알고 느끼고 주장합니다. 규칙적으로 그리고 조직적으로 나는 남편 안에 있는 하느님을 찬양하겠습니다. 하느님의 사랑이 그의 생각이나 말이나 행동을 통해서 나와 아이들에게로 흐르고 있습니다. 하느님은 그를 사랑하고 지켜주고 계십니다. 그는 크게 성공하고 있으며 하느님은 그를 번영의 길로 인도하고 계십니다. 그는 하느님으로부터 격려를 받고 있습니다. 나는 규칙적으로나 조직적으로 되풀이되는 이러한 생각이 나의 잠재의식 안에 침투해 들어와서 마치 씨앗처럼 같은 생각을 늘리고 있다는 것을 알고 있습니다. 남편을 생각할 때는 언제나 '내 안에 있는 하느님은 당신 안에 있는 하느님에게 경의를 표합니다.'라고 말할 것입니다."

인내가 어떤 선물을 낳게 되며 승리를 가져다 주는가

남편과 아내는 두 사람이 다 그들이 맺은 협정과 기도의 생활을 충실히 지켰습니다. 그들은 어떤 것을 믿는다는 것은 그 일을 실현시키는 일이라는 것을 알고 있었습니다. 그로부터 1개월쯤 지났을 때, 나는 그 부인에게서 전화를 받았습니다. "저는 선생님이 써 주신 진리를 진심으로 믿게 되었습니다. 그 글은 제 마음(잠재 의식)에 새겨졌습니다."라고 말했습니다. 남편은 덧붙여서 이렇게 말했습니다. "지금 저는 저의 생각 · 감정 · 태도 등을 지배할 수 있게 되었습니다. 아내도 그렇게 되었습니다. 극기라는 것은 우리의 인생에 있어서 정말로 중요한 것입니다."

그들은 완전한 인생을 보내기 위한 무한한 힘이 언제나 자기 안에 있다는 것을 발견했던 것입니다.

절망 속에 있던 청년이 어떻게 남에게 인정받게 되었는가

어떤 청년이 자기는 언제나 사교적 모임에서는 무시를 당하고 회사에서는 승진의 기회마저 놓치고 있다고 호소해 온 적이 있습니다. 그는 또 자기는 자기 집에 자주 사람들을 초대하지만 자기가 초대한 사람들에게서는 한번도 초대를 받아본 적이 없다고도 덧붙여 말했습니다. 그의 마음에는 모든 사람들에 대한 깊고 강렬한 불신감이 차 있었습니다.

이 교양 있는 청년은 어린 시절이나 가정 환경에 대한 이야기를 나와 나누고 있을 때 그는 나에게 자기는 엄격한 뉴잉글랜드인의 가정에서 자라났다고 말했습니다. 그의 어머니는 그를 낳은 후 곧 세상을 떠났고 다소 폭군적이고 거칠은 그의 아버지는 늘 "너는 잘난 데가 하나도 없어. 그러니 넌 변변한 놈은 되지 못할 거다. 넌 바보다. 어째서 넌 형처럼 똑똑하지 못한가? 너의 학교 성적을 보면 부끄럽단 말이야."라고 늘 말하고 있었습니다. 이 청년은 정말로 자기 아버지를 미워하고 있었습니다. 그는 거절 콤플렉스 속에서 성장했고 무의식중에 그는 남들이 자기를 받아주지 않는다고 생각하고 있었던 것입니다. 전문적인 용어로 말한다면 그는 정신적으로는 항상 안정돼 있지 못했으며 인간관계의 분야에서는 몹시 신경질적이었던 것입니다. 게다가 주관적인 기대와 함께 다른 사람에게서 거절되지나 않을까 하는 공포까지 가해져 있었던 것입니다.

그의 부정적인 열등감이 어떻게 배제되었는가

나는 그에게 말하기를, 내가 보는 바에 의하면 당신은 항상 무시되거나 거절될 것을 두려워하고 있다는 것, 뿐만 아니라 아버지에게 대한 증오심이나 원한을 다른 사람들에게 돌리고 있다는 것을 지적해 줬습니다. 그가 다른 사람들의 태도나 대수롭지 않은 말에 의해서도 상심이 되고 기가 죽은 것은 그러한 원인 때문이었습니다. 나는 그에게 마음의 법칙을 설명해 주고 나의 저서 〈잠재 의식의 힘〉을 한 권 주었습니다. 동시에 나는 그에게 거절 콤플렉스를 극복하고 자기 생활을 통제하는 방법으로서는 매우 실제적인 계획을 가르쳐 주었습니다.

실제적이며 알찬 계획

이러한 문제를 해결하는 첫째 단계는 과거의 체험이 어떤 것이던 간에 그런 것은 잠재 의식에 영원한 진리와 생명을 주는 사고 방식을 주입하는 것에 의해서 완전히 없앨 수 있다는 것을 이해하는 데 있습니다. 잠재 의식은 암시에 잘 순응하며 의식에 의해서 컨트롤되기 때문에 모든 부정적인 패턴이나 콤플렉스나 공포감 등을 말살해 버릴 수 있습니다. 생명을 주는 사고 방식이라는 것은 다음과 같은 생각입니다.

'나는 이와 같은 말이 모두 진리라고 믿습니다. 나는 살아 계시는 하느님의 아들입니다. 하느님은 내 안에 살아 계시며 나의 진실한 자아이기도 합니다. 이 순간부터 나는 내 안에 있는 하느님을 사랑합니다. 사랑한다는 것은 유일한 실재, 유일한 힘에 대하여 존경하는 것, 충성을 다하는 것, 충실하다는 것을 의미합니다. 앞으로 나는 나의 목적을 형성시켜 주시는 신성을 흠숭하겠습니다. 내 안에 있는 이 하느님의 존재는 나를 창조하셨으며 나를 돌봐주고 있으며 내 생명의 원리가 되고 있습니다. 성서에는 "네 이웃을 네 몸처럼 아껴라."(레위기 19장 18절)라고 씌어 있습니다. 나는 내 안에 있는 하느님을 흠숭하며 건전한 존경심을 품으며 자동적으로 다른 사람들 안에 있는 하느님도 존경하게 되며 사랑하게 된다는 것을 알고 있습니다. 내가 나 자신을 비판하거나 나의 결점을 찾아내려고 할 경우, 나는 즉시 "나는 내 안에 있는 하느님의 존재를 존경하고 사랑하고 흠숭합니다. 그리고 더 많이 나의 자아를 사랑하도록 하겠습니다."라고 단언하겠습니다. 나는 맨 먼저 내 안에 있는 진실한 자아—하느님—를 사랑하고 존경하며 충성과 헌신을 하지 않는 한, 다른 사람을 사랑할 수도 존경할 수도 없다는 것을 알고 있습니다. 내 안에 있는 하느님을 존경함으로써 나는 모든 사람들의 내부에 있는 존엄을 공경할 수 있게 되는 것입니다. 이러한 진리가 신념을 갖고 되풀이될 때 그것이 내 잠재 의식 속에 들어온다는 것, 그리고 잠재 의식의 본질은 강제에 있기 때문에 이들 진리도 잠재 의식의 힘에 의하여 반드시 외부로 표현된다는 것을 알고 있습니다. 인상지어진 것은 반드시 외부에 나타나게 됩니다. 나는 이것을 절대로 믿습니다. 그것은 놀라운 작용을 합니다.'

제2의 단계는 건설적인 생각을 하는 습관을 확립하기 위하여 시간을 정하고 하루에 3번 내지 4번 되풀이해야 합니다. 제3의 단계는 절대로 자기를 비난하거나 낮춰 보아서는 안 된다는 것입니다. '내게는 좋은 점이 없다.' '내게는 악운이 따라다니고 있다.' '나는 필요없는 존재다.' '나는 하찮은 인간이다.' 등등의 생각이 머리에 떠오를 때는 "나는 내 안에 있는 하느님을 공경합니다."라는 말을 함으로써 곧 그 생각을 바꿔 놓을 수 있습니다.

제4의 단계는 당신이 동료들과 친하게 지내고 있는 광경을 상상해야 합니다. 당신의 상사가 당신을 칭찬하고 있는 광경을 생각하며 그 목소리를 듣는 것입니다. 친구 집에서 환영받고 있는 장면을 상상하는 것입니다. 그리고 가장 중요한 것은 당신이 상상한 그 모든 일이 진실이라고 믿는 데 있습니다.

제5의 단계는 당신이 습관적으로 생각하며 상상하는 일은 어떤 일이라도 반드시 실현된다고 실감하여 긍정하는 일입니다. 왜냐하면 당신의 잠재 의식에 인상지어진 일들은 경험·상태·사건 등으로 공간의 스크린 위에 표현되기 때문입니다.

이 청년은 자기가 무엇을 하고 있는지, 왜 그렇게 하고 있는지에 관해 의식하면서 앞서 말한 순서대로 열심히 했습니다. 잠재 의식이 어떤 활동을 하느냐에 대한 지식을 갖고 있었으므로 그는 나날이 자기의 테크닉과 그것의 적용에 자신이 붙었습니다. 점차로 그는 이전에 입었던 정신적 상처를 잠재 의식에서 지워버리는 데 성공했습니다. 지금 그는 자기의 동료들 집에서도 환영받게 되었고 근무처의 사장이나 부사장에게도 환영을 받고 있습니다. 이러한 심리적 방법을 사용하게 된 이래, 그는 두 번이나 승진했으며 지금은 자기가 근무하고 있는 회사의 부사장까지 되었습니다. 그는 자기 안에 있는 광대 무변한 힘을 사용했던 것이 과거 혹은 상태 · 경험 · 사건에 있어서 승리할 수 있는 힘을 가져다 주었다는 것을 알고 있습니다. 당신이 그것을 믿는다면 당신도 그렇게 될 것입니다.

이 장의 요약

1. 모든 문제는 하느님의 능력에 의해서 해결된다는 것을 깨달아야 한다. 모든 것을 알고 모든 것을 보고 있는 광대 무변한 힘은 당신 안에 있다. 당신에게 도전하는 것에 용기 있게 대처해 간다면 광대 무변한 지혜가 해답을 당신에게 제시할 것이다. 산(장애물)은 바다로 들어갈(해결되어 시계에서 사라진다) 것이다.
2. 실망이나 의기 소침을 극복하는 가장 빠르고 간단한 방법은 당신의 재능 · 사랑 · 친절 · 애타심(愛他心) 등을 진심에서 우러나는 마음에서 다른 사람들에게 줘야 한다. 다른 사람들에게 어떤 친절한 행위를 표시하라. 병원을 찾아 앓고 있는 이웃의 내부에 있는 하느님을 공경하라. 그리고 상대방에게 사랑의 친절을 베풀도록 하라.
3. 실망이나 자기 연민에 대한 효과 있는 정신적 해독제는 시편 제 42편에 씌어 있는 진리를 깊이 생각해 보는 데 있다. 그 글은 당신의 마음을 고양시키고 당신을 분발케 할 것이다.
4. 하느님의 존재를 직접 체험하려면 당신에게도 이웃에게도 하느님의 평화 · 조화 · 기쁨 · 완전 · 아름다움 · 계몽 · 사랑 · 선의 등이 존재한다는 것을 언제나 실감해야 한다.
5. 남편과 아내는 각자가 지니고 있는 좋은 성품을 서로 인정하고 그들이 결혼할 때 서로 좋다고 생각했던 상대방의 특질을 잊어서는 안 된다. 그들이 서로 상대방 안에 있는 하느님을 발견하고 그 존재를 공경할 때 조화가 생겨나고 그 결혼은 세월과 더불어 축복받은 것이 된다.
6. 남편은 아내의 인격을 억압해서는 안 되며 아내도 역시 그렇게 해서

는 안 된다. 각자가 각각 독자적인 존재이기 때문이다. 인격이 억압되면 신경 쇠약이나 욕구 불만에 빠지게 된다. 각자가 상대방 안에 있는 재능의 완전한 발휘를 기뻐해야 한다.

7. 인내는 큰 결과를 가져다 준다. 당신의 기도하는 절차에 충실해야 한다. 믿는다는 것은 영원한 진리에 산다는 의미를 갖는다. 그것을 당신의 생활로 만들어야 한다. 그것이 신앙이고 그 신앙의 정도에 따라 당신에게 그 성과가 오게 된다.
8. 언제나 자기는 무시당하고 거절되고 있는 느낌이 든다면 그것은 그 사람 안에 거절이나 거부를 기대하는 '심리적으로 들끓고 있는 것'이 있기 때문이다. 그것을 고치려면 진실한 자아인 내제하는 하느님의 존재를 항상 공경하는 데 있으며 그 사람의 잠재 의식을 하느님의 진리로 채워 줘야 한다.

9. 풍요로운 인생을 위한 무한한 힘

감사절 날에 나는 경치가 좋은 곳도 찾아보고 많은 사람들, 특히 순수한 하와이 사람들과 사귀기 위하여 카우아이 섬으로 갔습니다. 나는 한 사람의 안내인을 고용했는데 그는 그의 친구들을 많이 소개해 주었으며 그들의 생활 상태를 보여 주기 위하여 몇 사람의 집으로 나를 안내하기도 했습니다. 나는 방문한 집에서 사람들이 행복하고 기쁨속에서 자유롭게 살아가고 있는 모습을 보았습니다.

그들은 친절하고 인심이 좋았으며 대단히 종교적이어서 하느님의 음악과 웃음에 차 있었습니다. 나는 그곳에서 하느님의 자유로운 정신 속에서 즐거운 생활을 보내고 있는 사람들을 보았습니다. 나는 어떻게 하면 당신도 그런 빛나는 생활의 패턴을 만들 수 있는가에 대해서 이야기를 해 보고자 합니다.

빛나는 생활의 패턴이 어떻게 발견되었는가

이 섬 변두리에 있는 마을에서 몇 가지 간단한 물건을 사고 있을 때, 나는 몇 년 전에 본토에서 여기로 와서 작은 가게를 경영하고 있는 사람과 흥미 있는 이야기를 나누었습니다. 그는 나에게 자기는 전에는 알코올 중독자였다고 말했습니다. 그의 아내는 그를 버리고 돈을 있는 대로 몽땅 가지고 도망쳤다는 것이었습니다(그들은 공동의 은행구좌를 가지고 있었습니다). 그는 무정스럽고 화를 잘 내며 증오심에 가득 찬 사람으로 변해버려 조직의 일원으로 섞이기에는 매우 곤란한 상태가 되고 말았습니다. 그럴 즈음 한 친구가 카우아이 섬으로 가 보라고 권하면서 그 섬은 하와이 군도 중에서 가장 오랜 섬이며 비할 데 없이 아름답고 푸른 나무와 꽃들이 만발해 있다고 설명했습니다.

그 친구는 그에게 짙은 색채로 싸여 있는 계곡이나 황금빛의 해변, 꼬불꼬불한 강줄기에 대해서 말해 줬습니다. 그 모든 것이 그의 상상력을 자극했습니다.

어떻게 마음의 변화가 일어나게 되었는가

그는 그 섬으로 가서 몇 달 동안 사탕수수밭에서 일했습니다. 어느 날 그는 병에 걸려서 몇 주일이나 병원에 갇혀 있게 되었습니다. 같이 노동하던 하와이 사람들은 매일같이 과일을 가지고 그를 방문하여 기도를 해주기도 하며 그의 건강에 대해서 깊은 관심을 나타냈습니다. 그들의 친절·사랑·배려 등이 그의 마음속 깊이 파고들어갔습니다.

그리하여 그는 그들에게 사랑과 평화와 선의를 그들에게 베풀어 줌으로써 그 은혜에 보답했습니다. 그는 완전히 다른 사람으로 바뀌게 되었던 것입니다.

완전한 인생을 위한 패턴

이 사람이 시도한 방식은 퍽 간단했습니다. 그것은 사랑은 언제나 증오심을 이기며 선은 항상 악에게 승리한다는 것이었습니다. 왜냐하면 그것이야말로 우주가 만들어낸 도리였기 때문입니다.

나는 이 사례에서 정신적으로 어떤 일이 일어났는가 하는 데 대한 주석을 달아보고자 합니다. 이 사람의 마음에는 괘씸한 생각과 자기 비난과 여자에 대한 증오심으로 가득차 있었습니다. 그러던 차에 같이 일하던 노동자들의 사랑과 친절과 기도가 그의 잠재 의식의 심층으로 침투해 들어가서 거기에 도사리고 있던 모든 사람들에 대한 사랑과 선의로 가득차게 되었던 것입니다. 그는 사랑이야말로 우주를 발전시키는 요소라는 것을 발견했던 것입니다.

"나는 매일 내가 만나는 사람들에게 하느님의 사랑과 평화와 기쁨을 주겠습니다."라는 기도가 지금의 그의 기도가 되고 있습니다. 그가 사랑을 주면 줄수록 보다 많은 것을 그는 받고 있습니다. 받기보다는 주는 것이 더 축복을 받게 되는 것입니다.

빛나는 인생을 보내기 위한 다섯 가지 단계

1. 매일 아침 눈을 뜨면 대담하게 그리고 뜨거운 감정과 깊은 이해 속에서 다음과 같이 힘차게 말하십시오. "오늘이라는 날은 주께서 만드신 날입니다. 나는 그것을 기뻐하며 즐겁게 생각합니다. 나는 별들의 회전을 인도하시며 태양의 원천이신 영원한 지혜에 의해서 나의 생활이 지배되고 있는 것을 감사하며 기뻐하고 있습니다."

2. "나는 오늘뿐만 아니라 날마다 빛나는 인생을 보내려 합니다. 오늘 하루 종일 그리고 매일같이 보다 많은 하느님의 사랑과 빛과 진리와 아름다움을 나는 경험하게 될 것입니다."

3. "나는 나하고 접촉하는 모든 사람들에게 도움의 손길을 내밀려고 하고 있습니다."

4. "나는 나의 사업과 봉사를 할 수 있는 기회를 가진 것에 대하여 큰 열의를 갖고 있습니다."

5. "나는 점점 더 많은 하느님의 사랑과 생명과 진리를 매일 내가 느끼고 있다는 것과 더 많은 하느님의 영광을 분명히 알게 된 것을 기뻐하며 감사하고 있습니다."

기적을 가져다 줄 이 진리의 말을 신념을 가지고 매일 외는 것으로 하루의 일과를 시작하십시오. 그리고 그것이 진실이라는 것을 믿어야 합니다. 당신이 믿으며 신념을 가지고 기대하는 것은 그것이 어떤 일이건 간에 실현될 것입니다. 그리고 당신의 인생에 기적이 일어날 것입니다.

어떻게 하면 하느님과 함께 걷고 이야기를 나눌 수 있을까

나는 또 그곳에서 이상한 사람과 만났습니다. 그는 96세나 된 할아버지였습니다만 걸음걸이도 씩씩했으며 유명한 그롯드로 가는 보트 안에서도 아름다운 하와이의 노래를 힘차게 부르는 것이었습니다. 그 여행이 끝난 후에 그는 나를 자기 집으로 초대하였습니다. 그것은 참으로 진기한 경험이었습니다. 저녁 식사 때 우리들은 그 집에서 만든 생강이 들어 있는 과자빵이라든지 파파이아 · 사과파이 · 쌀밥 · 연어구이 그리고 이웃 섬에서 생산되는 커피를 마셨습니다.

식사를 하면서 그는 자기가 어떻게 하여 하느님 안에서 사는 사람이 되었는가에 대한 이야기를 했습니다. 건강하고 혈색이 좋은 그의 볼은 빛나고 있었으며, 그의 눈은 빛과 사랑에 넘치고 있었고, 기쁨이 얼굴에 충만해 있었습니다. 그는 영어 · 스페인어 · 중국어 · 일본어 · 하와이어를 유창하게 구사하고 있었습니다. 그는 내가 지금까지 들어보지 못한 멋있고 가식 없는 지혜와 유머 등으로 나를 즐겁게 해주었습니다.

나는 그의 인품에 완전히 반해 버렸기 때문에 참을 수 없어서 이렇게 물어봤습니다. "삶과 기쁨에 대한 선생님의 비결을 가르쳐 주시지 않으시렵니까. 선생님은 열의와 에너지에 넘쳐 있는 것처럼 보입니다만 내가 행복하고 건강하면 왜 안 되죠?"그는 이렇게 대답했습니다. "보시다시피 나는 섬을 가지고 있기는 하지만 무일푼입니다." 그리고 그는 이렇게 덧붙였습니다. "하느님은 무엇이나 다 가지고 계십니다. 하지만 섬 전체와 그곳에 있는 모든 것들은 나를 즐겁게 해 주기 위해 있는 거죠—산도 강도 동굴도 사람들도 무지개……. 당신은 내가 어떻게 이 집을 소유하게 되었는지 알겠소?" 그는 이렇게 묻고는 다음과 같이 자문자답하는 것이었습니다. "어떤 친절한 여행가가 나를 위해 이 섬을 사서 나에게 선물로 주었습니다. 그런 일이 없었다면 난 이 섬을 가질 수가 없었지요."

하느님은 어떻게 하여 그를 치료하셨는가

그가 계속 이야기한 바에 의하면 60년쯤 전에 그는 폐결핵으로 죽기 일보 전에 있었다고 합니다. 그러나 그 지방의 카프나(토착민의 성직자)가 그를 찾아와서 그와 그의 어머니에게 하느님이 그를 치료하기 때문에 죽지 않을 것이라고 말해 주었습니다. 그 카프나는 기도를 하면서 자기의 손을 그의 목과 가슴에 대었습니다. 그리고 소박한 목소리로 하느님의 치유력에 호소했습니다. 한 시간쯤 기도한 후에 그 카프나는 이젠 다 낫다고 말했다고 합니다. 그 다음날 그는 낚시질을 갈 수 있을 정도가 되었다는 것이었습니다. 그의 말에 의하면 그 다음부터는 "난 한 번도 병을 앓지 않았어요. 난 이상한 다리를 갖고 있습니다. 보시는 바와 같이 난 산이라는 산은 다 돌아다니고 있지요. 그 뿐이겠습니까— " 그는 이야기를 계속했습니다. "나에게는 친절하고 사랑스러운 친구들이 있습니다. 몇 마리의 개와 산양(山羊)과 이 멋있는 섬이죠. 그리고 나는 내 마음속에 하느님을 모시고 있지요. 그러니 어찌 내가 행복하지 않을 수가 있겠습니까?"

이 사람은 실제로 하느님과 함께 걷고 있으며 대화를 하며 마음속에 하느님을 안고 있어서 늘 행복했습니다. 이 멋있는 사람은 자기의 땅에서 농사를 지었고 산양과 양을 사육하고 있었으며 환자들을 돌보았습니다. 또한 모든 축제에 참석하여 사람의 영혼을 뒤흔드는 하와이의 사랑 노래를 부르고 있었던 것입니다.

건강과 활력을 낳은 그의 노래

카프나가 그에게 준 단 하나의 처방은 "시편 제 100편을 노래하시오. 밤과 낮을 가리지 말고 마음속에 이 진리의 말을 안고 사십시오. 그러면 당신은 두 번 다시 병에 걸리지 않을 것입니다."라는 말이었습니다. 그 노인은 나를 위해 그 노래를 들려 주었습니다. 나는 이때까지 그렇게 사람의 마음을 뒤흔들고 부드럽고 가슴을 치는 것 같은 노래는 들어본 적이 없었습니다. 그것은 마치 하느님의 멜로디와 같았습니다.

다음이 그 하느님을 찬양하는 성영(聖詠)입니다.

온 세상이여, 야훼께 환성을 올려라.
마음도 경쾌하게 야훼를 섬겨라.
기쁜 노래 부르며 그분께 나아가거라.

야훼는 하느님, 알아 모셔라.

그가 우리를 내셨으니
우리는 그의 것, 그의 백성,
그가 기르시는 양떼들이다.

감사 기도 드리며 성문으로 들어가거라.
찬양 노래 부르며 뜰 안으로 들어가거라.
감사 기도 드려라
그 이름을 기리어라.

야훼님 어지시다.
그의 사랑 영원하시다.
그 미쁘심 대대에 이르리라.

(시편 제100편 1~5절)

신앙과 감수성이 어떻게 병을 치유하는가

마음의 법칙을 알고 있는 당신은 그 카프나가 그에게 준 인상을 쉽게 짐작하였을 것이라 생각됩니다. 그는 카프나가 갖고 있는 힘을 절대적으로 믿고 있었습니다. 그래서 그는 자기 병이 치유된다는 것을 굳게 믿었던 것입니다. 그의 믿음은 그의 잠재의식을 반응시켰습니다. 현재 매일같이 시편 제100편을 노래할 때마다 그의 마음은 하느님께 대한 끝없는 감사로 부풀어오릅니다. 거기에는 한없이 축복을 가져다주는 법칙의 자동적인 반응에 계속되고 있습니다.

감사의 법칙

감사하는 마음이 충만하면 늘 하느님과 가까이 있게 됩니다. 이 노인이 매일같이 자기의 건강과 풍요로움과 안전과 그리고 자기에게 주어진 여러 가지 축복에 대해 감사함에 따라 하느님께서는 그의 선을 점점 더 증식시켜 주시는 것입니다. 이것은 우주 만물에 공통적인 작용과 반작용의 법칙을 따르고 있기 때문입니다. 성서에는 이렇게 씌어 있습니다. "하느님께 가까이 가십시오. 그러면 하느님께서 여러분에게 가까이 오실 것입니다."(야고보의 편지 제4장 8절) 솔로는 "우리는 우리가 태어났다는 사실에 감사하지 않으면 안 된다."고 말했습니다. 시편 제100편을 노래하고 그 진리 속에 살 것을 실천해야 합니다. 이 말씀을 천천히 정성껏 진심으로 되풀이함으로써 당신의 마음에 이 진리를 새겨두도록 하십시오. 당신이 그렇게 함으로써 그러한 생각이 되풀이되어 당신의 마음속 깊은 데까지 스며들어 씨앗과 마찬가지로 그 싹이 돋아나게 되는 것입니다. 당신 인생에 기적이 일어나게 하십시오.

그 할머니는 어떻게 고무되어 인생에 흥미를 갖게 되었는가

유명한 와이미아 협곡으로 가는 배 안에서 나는 내 옆에 앉아 있던 할머니와 이야기를 나누었습니다. 그녀는 두 손녀를 데리고 구경하러 가는 길이었습니다. 그녀는 절벽에 있는 지층의 눈부신 색깔이나 협곡 양쪽으로 뒤덮고 있는 열대 식물에 대해 설명을 하고 있었습니다. 끊임없이 변하는 구름의 그림자가 잊을 수 없는 광경을 펼쳐 주고 있다는 것도 여기에 덧붙여 놓고 싶습니다. 이 아름답고 종교적인 부인은 자기는 이제 90세를 넘겨 버렸지만 지금까지 한 번도 병에 걸려 본 적이 없는데 그 이유는 "나는 이제까지 한 번도 기도를 하지 않은 적이 없기 때문입니다."라고 말하는 것이었습니다. 이 하와이 여성은 주일

학교에서 가르치며 시를 쓰고 보트를 저으며 낚시질을 하고 매일 자기 집에 있는 두 마리의 젖소의 젖을 짜며, 부인 단체에서 강연을 하고 지금도 유럽 여행을 계획중에 있었습니다.

그녀는 "너희 목마른 자들아, 오너라. 여기에 물이 있다. 너희 먹을 것 없는 자들아, 오너라. 돈 없이 양식을 사서 먹어라. 값 없이 술과 젖을 사서 마셔라."(이사야서 제55장 1절)라고 하는 성서의 귀절을 쓴 카드를 나에게 보여주었습니다.

성서에서 말하는 포도주라는 것은 성령이 당신 안에서 흐르며 당신의 온몸을 활기 있게 해 주는 하늘로부터의 영감을 의미하고 있습니다. 당신의 육체가 그런 것처럼 당신의 정신도 음식물이 필요합니다. 당신 영혼을 축복하고 높여 주고, 격려하고, 영혼을 치유하고 거룩하게 하는 마음으로 기르십시오. 매일 사랑 · 평화 · 믿음 · 자신 그리고 하느님의 정도를 생각하는 것으로 당신의 마음을 양육해야 합니다. 당신이 꼭 해야 할 일은 이 영원한 진리에 따라 헌신하며 충성을 다하는 일입니다.

기쁨에 넘친 인생에 대한 열쇠

이 부인은 그 진리가 그녀의 인생의 일부가 될 때까지 그 성서의 말씀을 마음속에 살게 함으로써 즐거운 인생을 영위할 수 있는 열쇠를 발견했던 것입니다. 그녀는 자기가 신념을 가지고 말한 것들을 믿었습니다. 그리고 자기가 한 말을 마음속으로부터 기대하며 살아왔던 것입니다. 그녀는 활기 · 기쁨 · 선의를 발산했던 것입니다. 그녀는 자기 내부에 있는 하느님 아버지와 매일같이 교류하는 일이 완전한 인생을 위한 우주의 힘에 대한 응답이라는 사실을 발견했던 것입니다.

일곱 단계의 기적적인 방식

이 섬에 체재하고 있는 동안에 나는 카우아이 섬의 호텔에서 나에게 상담하고 싶어하는 사람들을 위해서 면접날을 하루 정해 두었습니다. 맨 먼저 나를 찾아온 사람은 어떤 남자였는데 이 사람과는 몇 년 전에 호놀룰루의 로얄 하와이안 호텔에서 상담한 적이 있는 사람이었습니다. 그때의 그는 상습적인 알코올 중독자여서 형편없는 술주정꾼이었습니다. 그는 약물 요법, 최면 요법 등 온갖 요법을 다 시도하고 있었습니다. 그는 내게 이렇게 말했습니다. "저는 선생님께 감사의 말씀을 드리려고 찾아왔습니다. 잠깐이면 충분합니다. 선생님께서는 저에게 저는 술병의 주인이며 병은 힘을 갖고 있지 않다고 말씀하셨습니다. 선생님은 또 저에게 핑계를 대지 말고 참 인간이 되라고 말씀하셨습니다. 저는 선생님이 가르쳐주신 테크닉대로 했습니다. 저는 저 자신과 다른 사람들을 용서해 주었습니다. 지금 저는 제 소유의 점포를 갖고 있으며 결혼도 했고, 이 지방의 교회에 속해 있는데 아들도 둘이나 두고 있습니다. 저는 선생님께 감사의 말씀을 드리려고 찾아왔습니다. 그뿐입니다."

나는 그를 잘 기억하고 있었습니다. 그리고 호놀룰루에서 있었던 그와의 대화를 기억해내었습니다. 그때는 그가 치료받고 있던 병원에서 갓 퇴원했을 때였습니다. 다음의 글이 내가 그에게 주어 그의 인생을 변화시킨 일곱 가지 단계입니다.

1. 나는 다른 사람에 대해 원망하고 화를 내며 악의를 품고 있었던 것에 대해 나 자신을 완전히 용서해 주겠습니다. 내가 다른 사람들을 생각할 때는 언제나 인생의 모든 행복을 그들을 위해 빌겠습니다.
2. 나는 나의 생각 · 말 · 행동 · 감정 · 반응의 왕이며 완전한 주인입니

다. 나는 내 생각의 영역을 절대적으로 지배하고 있습니다.

3. 나는 이 습관에서 완전히 해방이 되고 싶습니다. 나는 그렇게 될 것이며 온전한 마음으로 그렇게 생각하고 있습니다. 나는 그것을 끊으려고 하는 나의 생각이 그것을 계속하려는 생각보다도 강하다는 사실을 알고 있습니다. 나는 벌써 60퍼센트는 치유되고 있습니다.
4. 나는 결심하고 있습니다. 그리고 내가 결심하면 그것은 나에게 주어진다는 것을 알고 있습니다. 나의 잠재 의식은 내가 진심이라는 것을 알고 있습니다.
5. 나는 지금 나의 상상력을 바르게 사용하고 있습니다. 내가 상상하고 있는 힘은 인간의 근원적인 힘이며 나의 능력 중에서 최대의 것이라는 것을 나는 알고 있습니다. 하루에 3회, 3,4분간씩 나는 내 마음속에 있는 스크린에 영상을 비추고 거기에서 나의 어머니가 내가 완전히 건강을 되찾고 나쁜 버릇에서 해방된 것을 기뻐하고 있는 모습을 봅니다. 나는 어머니의 음성을 들으며 어머니의 포옹을 느끼며 기쁨에 잠깁니다. 내가 술을 마시고 싶다는 생각이 들 때에는 즉시 이 마음의 그림을 마음속에서 펼쳐 보려고 합니다. 나는 나의 마음의 그림이 하느님의 힘으로 뒷받침되고 있다는 것을 알고 있습니다.
6. 나는 내가 하고 있는 일, 어째서 그렇게 하고 있는가에 대해 알고 있습니다. 나는 나의 신념에 따라 성과를 거두게 된다는 것을 알고 있습니다. 나는 믿는다는 것은 사실 그대로를 받아들이는 일이라는 것을 알고 있습니다. 나는 나의 희망은 진실이고 내 마음속의 그림은 현실의 것이며 나를 받치고 있는 힘은 하느님의 것이라는 사실을 알고 있습니다. 나는 하느님의 것이라는 사실도 알고 있습니다. 나는 하느님의 모든 힘이 내 주의력의 초점에서 지배되고 있다는 것을 알고 있습니다.

7. 나는 지금 자유이며 감사를 드리고 있습니다.

나는 지금까지 이 일곱 가지 단계의 기적적인 방식을 여러 알코올 중독 환자, LSD나 마약의 희생자, 마약 상습자들에게 제공해 왔습니다. 이 간단한 원리를 따르게 되면 당신은 어떤 나쁜 습관도 극복할 수 있습니다. 이 사람은 행복하고 쾌활했으며 생명의 활기에 넘쳐 있었습니다. 나는 그에게서 저녁 식사를 초대받았는데 그의 집에는 코코넛나무가 산들바람에 흔들거리고 있었으며 바다의 물결이 집 가까이까지 밀려왔다가 되돌아가곤 했으며 바닷가 모래톱에 거품을 남기곤 했습니다. 그리고 형형색색의 열대의 꽃들이 우리들을 둘러싸고 있었습니다. 얼음으로 냉각시킨 파파야와 레몬은 신들의 미주처럼 감미로웠습니다. 아름다움과 안정과 생의 기쁨이 집 전체에 넘치고 있었습니다. 그와 그의 가족은 식사 전후에 그들에게 주어진 축복에 대해 감사의 기도를 했습니다. 하와이의 감미로운 노래와 음악이 그 가정에 넘치고 있었습니다. 실제로 나는 우리들이 완전한 인생을 위한 무한한 힘이라고 부르는 것 안에 들어가 있었습니다.

인생의 기쁨을 내것으로 하려면

나는 이 섬에 살고 있는 젊은 여자와 서신 교환을 하고 있었는데 그 여자를 메리라고 부르기로 하겠습니다. 그녀는 몇 개월 전에 내가 보내 준 〈잠재 의식의 힘〉이라는 책으로 공부하고 있었습니다. 비벌리힐에 있는 나의 집으로 보내온 최초의 편지에는 이상한 공포에 짓눌려서 당장에라도 질식할 것 같다고 씌어 있었습니다. 그녀는 어떤 청년과의 약혼을 파기하게 되었는데 그 청년은 카프나가 그녀에게 저주를 했다 해서 파혼을 했다는 것이었습니다. 그녀는 끊임없는 공포 속에서 생활하고 있었습니다. 그래서 나는 그녀에게 이 세상에는 단 하나의 힘만이 있다는 것, 그 힘은 세계와 일체가 되어 조화해서 움직이고 있다는 것, 하느님은 정신이며 하나뿐이라는 것, 정신의 일부는 정신의 다른 일부와 대립할 수가 없다는 것, 그러므로 두려워할 것이 하나도 없다는 것을 설명한 편지를 보내 주었습니다. 그리고 나는 모든 공포를 소멸시키는 정신적인 테크닉을 써 보내면서 그것을 지키도록 말해 주었습니다.

오늘 그녀와의 면접에서 내가 그녀에게서 본 것은 열의와 기쁨에 넘쳐 있는 빛나는 표정이었습니다. 그녀는 "저는 편지에 써 있는 대로 선생님의 지시에 따랐습니다. 그래서 안으로부터의 빛에 의해 변신되었습니다."라고 말하는 것이었습니다.

다음의 글은 내가 편지에서 지시했고 그녀가 하루에 몇 번이나 실행했던 정신 섭생법(攝生法)입니다.

"하느님은 여기에 계십니다. 하느님과 같이 있는 사람은 다수파입니다. 그것은 '하느님께서 우리 편이 되셨으니 누가 감히 우리와 맞서겠습니까?'(로마인들에게 보낸 편지 제8장 31절)와 같은 뜻입니다.

나는 하느님께서는 전지 전능하신 살아 있는 성령이시며 모든 것을 아시며 영원히 사시며, 하느님에게 대적할 수 있는 힘은 어디에도 없다는 것을 알고 있고 또 믿고 있습니다. 나는 내 생각이 하느님의 생각이라면 하느님의 힘이 나의 착한 생각에 가해진다는 것을 알고 그것을 완전히 받아들입니다. 나는 내가 주지 않는 것을 받을 수가 없다는 것을 알고 있습니다. 그리고 나는 사랑·평화·광명·선의 등의 생각을 나의 이전의 보이프렌드와 그와 관계가 있는 모든 사람들에게 주겠습니다. 나는 하느님께 몸과 마음을 다 바치고 있으며 하느님의 완전한 방패가 나를 둘러싸고 나를 안고 있습니다.

나는 하느님의 인도를 받고 지시를 받으며 인생의 기쁨속에 들어 갑니다. '삶의 길을 몸소 가리켜 주시니 당신 모시고 흡족할 기꺼움이, 당신 오른편에서 누릴 즐거움이 영원합니다.'(시편 제16편 11절)"

그녀는 이 진리를 신념을 가지고 외우면 정신적인 침투 과정에 의하여 그 말이 그녀의 잠재 의식에 침전되어 자유, 내심의 평화, 안정감, 자신, 보호 등으로 실현된다는 것을 알고, 믿으며, 이해하면서 아침, 낮, 밤에 각각 10분씩 이 진리를 규칙적, 조직적으로 되풀이했습니다. 그녀는 절대로 실패하지 않는 마음의 법칙을 사용하고 있다는 것을 알고 있었습니다. 10일쯤 지나자 그녀의 모든 공포는 없어지고 말았습니다. 그녀는 나에게 새 약혼자를 소개했습니다.

그는 "그녀는 내 인생의 기쁨입니다."라고 말했습니다. 얼마 전에는 상상을 초월한 저주의 공포 때문에 떨고 있던 이 젊은 여성이 지금은 기쁨을 나타내며 자신의 재능을 꽃피우고 인생의 기쁨속에 젖어 있었습니다.

카프나란 뜻

이 섬이나 다른 섬에 살고 있는 하와이 사람들의 대부분은 이제 카프나는 여기에 없다고 말하고 있습니다. 그리고 대부분의 하와이 사람들은 카프나에 대해 이야기하기를 꺼리고 있습니다. 하지만 지금도 화이트 카프나라고 불리우고 있는 유형의 사람들이 있는데 이 사람들은 가벼운 마술을 한다든지 부적을 달아주는 등의 일을 하고 있습니다. 내가 고용한 하와이언 안내인의 말에 의하면 이 카프나는 어릴 적부터 부모나 추장으로부터 엄격한 훈련은 받는다고 하는데, 그 훈련은 비밀리에 행해진다고 하였습니다.

그들의 대부분은 우리들이 오늘날, 잠재의식의 지식이라고 부르고 있는 것을 이용하며 치료를 해 주고 있기 때문에 대단한 존경을 받고 있습니다. 그들은 또한 약초를 질병에 이용하는 방법도 알고 있습니다. 다른 사람들보다는 이 문제에 대해 관심이 많은 것 같아 보이는 나의 가이드는 카프나 중의 어떤 사람에 대해서는 카프나 아나나스, 즉 죽음과 요술을 취급하는 사람이라 하여 공포의 대상이 되고 있다는 사실도 일러 주었습니다.

메리는 자기가 받은 위협이나 부정적인 암시 등이 그들로서는 절대로 창조해내지는 못한다는 것을 배웠던 것입니다.

당신이 살고 있는 세계에서는 당신이 유일한 사고자(思考者)인 것입니다. 창조적인 것은 당신의 생각입니다. 좋은 일을 생각하면 좋은 일이 계속되고 나쁜 일을 생각하면 나쁜 일이 생깁니다. 하느님과 손을 마주잡으십시오. 당신의 생각이 하느님의 생각과 같을 때 하느님의 힘이 당신의 좋은 생각 위에 얹혀지는 것입니다.

'하느님과 일체가 되고 있는 사람은 다수파'인 것입니다. 그리고 "하느님께서 우리 편이 되셨으니 누가 감히 우리와 맞서겠습니까."(로마인들에게 보낸 편지 제8장 31절)

이 장의 요약

1. 온갖 좋은 일에 대한 사랑, 혹은 온갖 좋은 것에 대한 감정적 애정을 의미하는 하느님의 사랑은 당신의 인생을 멋있게 살아가는 것을 가능케 한다.
2. 사랑・친절・선의는 다른 사람의 마음속에 있는 얼음을 녹일 것이며, 그들로부터 그것을 되받게 될 것이다. 사랑은 만능의 용제(溶劑)이다.
3. 아침에 눈을 뜨면 다음 말을 기쁨 속에서 확실하게 말해야 한다. "오늘은 주님께서 나를 위해 만드신 날입니다. 나는 그것을 기뻐하고 축하합니다. 나는 나의 인생이, 별들의 운행을 인도하시고 태양을 빛나게 하시는 하느님의 지혜에 의하여 인도되고 있는데 대해 감사하고 있습니다." 라고 하느님의 인도하심을 믿어야 한다. 그렇게 하면 당신의 인생에 반드시 기적이 일어날 것이다.
4. 연령은 나이를 쌓은 것만이 아니라는 것을 이해해야 한다. 그것은 당신의 마음속에 있는 지혜의 시작인 것이다. 하느님은 모든 것을 가지고 계시며 전세계는 당신이 태어나기 전부터 존재하고 있었다. 주님의 기쁨을 당신의 것으로 하라.
5. 시편 제100편의 위대한 진리를 터득하고 살아가야 한다. 그것은 하느님께 대한 감사의 송가(頌歌)이다. 그것이 완전히 당신의 일부가 될 때까지 이 진리의 말을 노래하며 당신의 영혼에 스며들게 하라. 마치 소화된 빵이 당신 피의 일부가 되는 것처럼…….
6. 감사하는 생각이 충만한 마음은 언제나 하느님과 가까이 있는 것 같다. 성서에는 "하느님께 가까이 가십시오. 그러면 하느님께서 여러

분에게 가까이 오실 것입니다."(야고보의 편지 제4장 8절)라고 씌어 있다.

7. 당신은 일생 동안 고무되어 흥미를 가지고 살 수가 있다. 매일 아침 하느님께 구하라. 그러면 하느님께서는 당신에게 응답하실 것이다.
8. 당신은 규칙적, 조직적으로 하느님의 진리를 기대함으로써 인생의 기쁨을 발견할 수 있다. 당신이 기대하는 것을 얻게 된다.
9. 당신은 당신이 주지 않은 것을 받지 못한다. 이것은 마음의 법칙이다. 사랑과 기쁨과 선의를 모든 사람들에게 베풀도록 하라. 당신이 주면 줄수록 축복이 당신에게로 올 것이다.
10. 당신은 당신의 세계속에서 단 한 사람의 생각하는 사람이다. 하느님의 세계에는 두려운 것은 아무것도 없다. "나 비록 음산한 죽음의 골짜기를 지날지라도 내 곁에 주님 계시오니 무서울 것 없어라."(시편 제23편 4절) "하느님과 함께 있는 사람은 다수파이다." "하느님께서 우리 편이 되셨으니 누가 감히 우리와 맞서겠습니까."(로마인들에게 보낸 편지 제8장 31절)

10. 무한한 힘을 자기 편으로

인생을 이해하는 열쇠 중의 하나는 모든 현상은 한 쌍으로 되어 있다는 사실을 이해하는 데 있습니다. 모든 행동은 반대물과의 상호 작용으로 이루어지고 있습니다. 남자와 여자의 콤비네이션이 우주를 창조했습니다. 에머슨은 전에 이렇게 말했습니다. "대립, 혹은 작용과 반작용이야말로 우리들이 모든 면에서 부딪게 되는 현상이다." 라고. 우리들은 정신과 물질, 남자와 여자, 적극과 소극, 안과 밖, 단맛과 신맛, 위와 아래, 긍정과 부정, 남과 북, 주관과 객관, 운동과 정지, 성공과 실패, 슬픔과 기쁨 등을 가지고 있습니다. 정신과 물질은 한낱 실재의 양면(兩面)에 지나지 않습니다. 물질은 눈으로 볼 수 있을 정도로 격하된 정신입니다. 물질은 정신의 가장 낮은 단계이고 정신은 물질의 가장 높은 단계입니다. 인생에 있어서의 이 대립물들은 유일한 하느님의 현시(顯示)이며 인생을 경험하기 위해서 필요한 것들입니다.

절대적인 상태하에서는 차별이라든지 대조라든지 비교 같은 것은 없습니다. 그것들은 일체(一體)와 비슷한 상태로 되어 있습니다. 절대자가 상대적인 것으로 되었을 때, 즉 하느님이 우주를 만드실 때, 하느님은 반대물을 창조하시어 우리들로 하여금 감각과 기능과 생명감을 경험할 수 있게 만드신 것입니다. 우리들은 자신이 살아 있다는 것을 실감하기 위해서는 감정과 감수성을 갖고 있어야 합니다. 우리들은 대비함으로써 온과 냉, 고와 저, 길이와 폭, 단맛과 쓴맛, 의기 소침과 의기 고양, 남자와 여자, 주관과 객관 등의 차이를 알게 되는 것입니다. 이 모든 반대물들은 각각 완전하며 불가분의 유일하신 하느님의 반신(半身)인 것입니다.

생각은 한 쌍이 되어 나타난다

내가 매일 아침 강의하는 라디오 프로를 듣고 있던 12세의 소년은 방학 때 오스트레일리아에 있는 숙부네 집으로 가겠다고 어머니에게 말했습니다. 가고 싶어하는 그의 생각은 매우 강렬했습니다만 그는 '엄마는 날 못 가게 할 것이다.'라는 다른 또하나의 생각도 갖고 있었습니다. 어머니는 이전에 "우린 돈이 없으니까 못 가요. 아빠도 아마 그런 여유는 없을 거야. 그건 꿈 같은 이야기야."라고 말한 적이 있었기 때문입니다.

그러나 그 소년은 라디오 강의에서 당신이 무엇을 하고 싶다고 생각하고 있고 당신 안에 있는 창조적 지력이 그것을 실현해 준다고 믿기만 한다면 당신의 기도는 응답을 받게 될 것이다라고 말했다고 주장했습니다. 그의 어머니는 "그럼, 그렇게 해 보렴."하고 말했습니다. 이 소년은 전에 오스트레일리아나 뉴질랜드에 관한 이야기를 쓴 책을 읽은 적이 있었습니다. 소년의 숙부는 오스트레일리아에서 목장을 경영하고 있었습니다. 그는 다음과 같이 기도를 했습니다.

"하느님께서는 휴가 때에 오스트레일리아로 가는 부모와 나를 위해서 길을 열어 주십니다. 저는 그것을 믿습니다. 하느님은 저의 소망을 반드시 들어주십니다." 부모에게 그만한 돈이 없다는 생각이 들게 되면 그는 "하느님께서는 그 길을 반드시 열어 주신다."라고 신념을 가지고 단언했습니다. 그의 생각은 한 쌍으로 되어 있었지만 그는 건설적인 생각에만 정신을 집중시키고 부정적인 생각은 무시했습니다.

그는 어떻게 하여 영혼의 여행을 했는가

어느 날 밤, 그는 꿈속에서 자기가 뉴사우드웰스에 있는 숙부네 목장에 있었고 몇천 마리나 되는 양떼를 보았으며 숙부와 사촌들과 만나고 있었습니다. 다음날 아침 눈을 뜬 그는 꿈에서 본 광경을 죄다 어머니에게 말해서 어머니를 놀라게 했습니다. 같은 날 그들은 그들 세 사람을 자기 목장에 초대하고 왕복 여비도 보태주겠다는 숙부의 전보를 받았습니다. 그들은 기꺼이 그 초청을 받아들이기로 했습니다. 숙부를 방문하고 싶다는 소년의 강력한 욕망이 그가 잠자고 있는 동안에 명령을 내리는 것같이 그의 잠재 의식에 작용했던 것입니다. 그리고 4차원의 몸을 이용해서 그는 그 목장으로 영혼의 여행을 했던 것입니다. 소년은 나에게 부모와 함께 목장에 가서 본 광경은 꿈속에서 본 것과 똑같다고 말했습니다. 이와 같이 그 사람이 믿는 대로 그것이 현실로 나타났던 것입니다.

두 번째 결혼의 공포가 어떻게 해서 사라졌는가

한 젊은 부인이 나에게 "저는 결혼하려고 생각하고 있습니다만 전번의 남편과 같은 사람을 만나서 또다시 고생을 하지나 않을까 하는 공포가 언제나 머리에서 떠나지 않고 있습니다."라고 말했습니다. 공포가 그녀의 욕망과 싸우고 있었던 것입니다. 게다가 그녀의 공포감은 퍽 강한 것같이 보였습니다. 나는 그녀에게 어떤 것이라도 한 쌍이 되어 찾아오게 된다는 것을 설명해 주었습니다. 예를 들어 건강에 대한 생각을 하면 질병이 생각나게 됩니다. 또한 원기 왕성한 것을 생각하면 반사적으로 원기가 없을 때에 관한 생각이 나는 따위입니다.

나는 그녀에게 말하기를 부정적인 생각을 극복하는 방법은 완전히 그것과는 반대되는 것에 그녀의 마음을 집중시키는 일, 즉 좋은 사람과 결혼하는 기쁨이 이루어지게 된다는 생각만을 해야 한다는 것을 설명해 주었습니다.

기쁜 일을 실현시키기 위해 사용한 테크닉

"나는 어떤 대립물도 알고 있지 않은 유일한 전능의 힘이 존재한다는 것을 알고 있습니다. 그것에 대립하고 도전하여 그것을 손상시킬 존재는 아무것도 없습니다. 그것은 손상시킬 수 없는 존재이며 무적의 존재입니다. 지금 나는 정신적으로나 육체적으로 나와 일체가 될 수 있는 좋은 사람이 나에게 끌리게 될 것을 명령하겠습니다. 나는 나의 잠재 의식의 법칙이 그것을 실현한다는 것을 믿으며 내 마음속에 있는 이 생각에 온 주의력을 기울이겠습니다." 공포감이 그녀의 마음에 스며들었을 때는 그녀는 "하느님은 나의 희망에 대해 생각해 주시고 계십니다."라고 신념을 가지고 단언했습니다. 며칠이 지나자 그녀의 공포감은 사라지고 말았습니다. 그녀는 자기의 희망을 마음속에 있는 믿음의 확신으로 자라게 함으로써 이상적인 가정을 이룩했습니다.

그녀는 어떻게 해서 미래의 남편과 4차원의 세계에서 만났는가

당신은 매일 밤 잠들게 되면 이 평면의 세계에서 떠나 4차원이라고 하는 다음 차원으로 들어가게 됩니다. 그녀는 기도를 시작한 지 얼마 안 되어 내 주재하에 우리 집에서 자기가 결혼식을 올리고 있는 꿈을 꾸었습니다. 그녀는 미래의 남편을 확인했고 내가 신랑의 이름을 부르며 그에게 결혼 선서를 요구하고 있는 음성도 들었습니다. 그것은 너무나도 생생한 꿈이었습니다. 그녀는 우리 집에서 장식물이나 벽에 걸려 있는 그림에 손을 댄 것을 생생하게 느꼈습니다.

커다란 기쁨과 행복감 속에서 그녀는 잠에서 깨어나서 나에게 전화를 걸어 꿈속에서 있었던 일들을 알렸습니다. 그녀는 내가 결혼을 주재하고 있는 방의 모양을 상세하게 설명했습니다. 나는 그녀에게 잠자고 있는 동안에 그녀는 4차원의 몸으로 나의 집으로 왔었다는 것을 설명해 주었습니다. 그리고 나는 틀림없이 결혼식은 이미 그녀 마음속의 다음 차원에서 행해지고 있다는 것, 그리고 그녀 자신의 확신과 마음속에서의 실현화가 이윽고 그것을 현실의 것으로 만들어낼 것이라고 지적해 주었습니다.

그녀의 영혼의 여행이 이루어 놓은 끝마무리

어떤 큰 회사에서 비서로 근무하고 있던 이 젊은 부인은 중역의 부인으로부터 자기 집으로 오라는 초대를 받았습니다. 그 중역 부인은 자기 아들에게 그녀를 소개했습니다. 그 아들이 바로 그녀가 꿈에서 본 그 남자였습니다. 그는 그녀에게 "어디서 만난 적이 있는 것 같습니다."라고 말하는 것이었습니다. 그리고 그는 어떤 개인 집에서 알지도 못하는 목사 앞에서 결혼식을 올린 꿈에 관한 이야기를 그녀에게 해주었습니다. 그 두 사람은 똑같은 꿈을 꾸었던 것입니다. 그리고 그 후에 나는 그들의 결혼식을 주재하게 되었는데 그 광경은 두 사람이 경험했던 4차원의 세계에서 극적으로 나타났던 것입니다. 왜냐하면 객관적으로 일어나는 모든 사건은 우선 주관적으로 반드시 발생하기 때문입니다. 그녀의 잠재 의식 속에 있는 무한한 지력이 4차원의 세계에서 그녀에게 보여 주었고, 그 다음 3차원의 세계에서 그 일을 실현시켰던 것입니다.

유익한 경험이나 실패의 경험을 갖는 것이 왜 당신의 책임일까

당신의 습관적인 생각, 착상, 의견 등이 당신 안에서 특정의 감정을 불러일으키고 그것이 당신의 잠재 의식에 인상지우게 되어 당신은 마치 자동 기계 혹은 어떤 기계적 로봇이 된 것처럼 당신의 인생 경험 속에서 이러한 패턴을 자동적으로 되풀이하게 되는 것입니다.

마음의 법칙이라는 것은 당신의 잠재 의식에 인상짓게 한 것은 어떤 일이라도 당신의 인생에서 경험, 상태, 사건 등으로 실현된다는 뜻입니다(좋은 일이든 나쁜 일이든). 당신의 생각이란 인생의 책이라고도 할 수 있습니다. 그러므로 당신은 당신 자신을 위한 법칙 · 규칙 · 규약 등을 만들고 있는 셈이 되는 것입니다. 이 법칙을 알고 있으면 당신은 반드시 행복한 인생으로 인도해 주는 성공 · 행복 · 평화 · 조화 · 풍부 · 바른 행동 · 안정 등의 생각을 당신의 마음속에 쓰려고 할 것입니다.

그 세일즈맨은 어떻게 그 징크스를 피할 수 있었는가

어떤 세일즈맨이 나를 찾아와서 말하기를 자기는 오늘까지 4일간이나 계속해서 한 건의 실적도 올리지 못했다는 것, 그리고 단골집엘 방문하면 언제나 "오늘은 필요없어요." 혹은 "오늘은 만날 시간이 없어요." 등의 말을 듣게 되므로 자기에게는 틀림없이 재수 없는 귀신이 따라다니고 있는 것 같다고 나에게 호소하는 것이었습니다.

이 세일즈맨은 완전히 자신을 잃고 "저는 모든 것이 싫어지고 말았습니다. 어떤 일도 잘 안 됩니다. 전 실패자입니다."라고 말하는 것이었습니다. 그의 말에는 그의 잠재 의식 안에 도사리고 있는 공포가 가득차 있었습니다. 그의 잠재 의식은 일반적인 법칙대로 작용하여 그의 내심에 있는 공포감과 신념에 따라 외계의 사건과 자동적으로 반응하여 현실의 사건으로 나타났던 것입니다. 다시 말하면 그는 패배주의나 실패로 연결되는 자기 비판과 자기 비난을 잠재 의식에서 기계적으로 반응시키고 있었던 것입니다.

그는 어떻게 해서 자기 안에서 승리를 발견했는가

나는 그에게 성공과 행운을 회복하는 첫걸음은 어떠한 자기 비판도 완전히 지양하고 자기 안에 있는 하느님의 존재를 알고 하느님이 이끌어 주신다는 것과 옳은 행동과 조화와 풍요를 선택해야 한다고 권했습니다. 그리고 성공과 희망이 달성된다는 것, 만일 그가 이 능력을 사용하게 되면 당신의 깊은 마음은 반드시 응답해 준다고 일깨워 주었습니다. 그는 자기의 생각과 심상이 자기의 경험과 감정을 바꾸어 준다는 것을 이해하기 시작했습니다.

이 세일즈맨은 다음과 같은 기도를 이해하고 그렇게 적용시킴으로써 그를 불리한 쪽으로 보내던 흐름을 바꿔 버리고 말았습니다.—"이 순간부터 나는 최선만을 기대하기로 하겠습니다. 그리고 나는 최선만이 내게로 온다는 것을 알고 있습니다. 나 자신을 낮추거나 비난하려는 마음이 일어나려 할 때면 언제나 나는 즉시 '모든 점에서 나를 인도하시고 지켜 주시는 내 안에 있는 하느님을 공경합니다.'라는 말을 신념을 가지고 단언하겠습니다. 나는 나의 진실한 본질은 하느님이라는 것, 하느님은 내 안에 살아 계시며 모든 점에서 나를 번영의 길로 인도해 주신다는 것을 알고 있습니다. 나는 나에게 성공하게 되고 풍요롭게 되며 나의 희망이 달성될 것을 명령합니다. 하느님의 사랑이 나를 인도하셔서 나는 생각지도 못할 만큼 번영하고 있습니다."

이 세일즈맨은 이 진리의 말을 몇 번이나 되풀이함으로써 자기의 마음을 수선했습니다. 그는 옛날의 그답게 서비스와 매상액과 행운을 증가시키게 되었으며 큰 능력을 발휘하게 되었습니다.

이 장의 요약

1. 모든 사물은 한 쌍으로 이루어지고 있다. 예를 들어 당신은 밤과 낮, 밀물과 썰물, 남과 북, 단맛과 쓴맛, 운동과 정치, 질병과 건강, 슬픔과 기쁨 등을 의식한다.
2. 인생에서의 대립물은 하느님의 현시인 한낱 통일체의 반신이다. 이들 대립물이나 대조나 비교는 살아 있다고 하는 감정을 우리에게 주고 있다.
3. 절대적인 상태는 단일성, 완전이라는 느낌을 갖게 하지만 하느님이 우주를 만드실 때 하느님은 우리들이 기능감(機能感)을 경험할 수 있게, 그리고 그것으로 인해서 발생하는 기쁨, 즉 진정한 신성을 발견하는 기쁨을 맛볼 수 있게 하기 위하여 대립물을 만드셨다. 하느님께서는 자기 자신을 발견하는 기쁨을 위해 인간이 되셨다. 왜냐하면 거기에 있는 것은 하느님뿐이기 때문에……. 모든 사람은 하느님의 현신(顯身)인 것이다.
4. 어떤 소년이 오스트레일리아로 갈 결심을 했지만 어머니가 그 여행을 허락하지 않을 것이라고 두려워하고 있었다. 소년은 그 여행에 대한 생각에 온 정신을 집중시킨 결과 드디어 그 여행을 할 수 있게 되었다.
5. 어떤 젊은 여자가 결혼하고 싶다는 욕망을 강하게 가지고 있었다. 그러나 그녀의 공포감이 그녀의 욕망과 싸우고 있었다. 그 결과 그녀는 욕구 불만에 빠져 버렸다. 그녀는 첫번째 결혼에 실패한 이래 또다시 그런 일이 되풀이되는 것을 두려워하고 있었던 것이다. 그녀는 하느님의 지혜가 마음에서 공포감을 추방해 준다는 것을 믿으면

서 그녀가 바라는 특질이 남편에게 있기를 기대했다.

6. 당신은 당신의 습관적인 사고 방식과 당신이 진실이라고 생각하는 것을 합쳐서 그것으로 당신 자신을 위한 법칙을 만들고 있다. 당신의 잠재 의식에 인상지어진 것은 어떤 것이건 경험, 상태, 사건으로 실현된다. 당신의 사고(思考)라는 펜을 사용하여 당신은 당신의 잠재 의식에 성공·인도·바른 행동·조화·풍요·안정 등을 써 넣을 수 있다.
7. 그 세일즈맨에게 따라다니고 있던 '징크스'는 그의 자기 비난, 자기 비판, 자기 혐오였다. 그는 무한한 지력이 모든 점에서 그를 인도하고 지배하고 전진시키고 있다는 것을 대담하게 단언함으로써 그의 마음가짐을 고치고 그의 내부에 있는 하느님과 힘을 합쳤다.

11. 당신 마음의 배터리에 재충전하라

얼마 전 나는 어떤 사업가와 면담을 했는데 그는 이러한 말을 나에게 하는 것이었습니다. "이 복잡하고 혼란한 세상에서 나는 어떻게 하면 조용한 마음을 가질 수가 있을까요? '조용한 마음에서 모든 일이 생긴다.'라는 격언이 있는 것도 나는 알고 있습니다. 나는 혼란한 상태에 있으며 곤란을 겪고 있습니다. 신문이나 라디오, 텔레비전 등에서 행하고 있는 선전이 나를 미치게 하고 있습니다."

나는 그에게 괴로움에 어떠한 빛이 비치도록 해 주겠다, 그의 공포와 불안을 진정시키는 마음의 약을 마련해 주겠다, 그리고 어떤 일도 성취할 수 있는 조용한 마음을 주겠다고 말해 주었습니다. 그리고 그의 생각이 항상 전쟁 · 범죄 · 질병 · 사고 · 불행 따위만을 생각하고 있다면 그는 자동적으로 의기 소침 · 불안 · 공포 등의 분위기 속으로 빠지게 될 것이라고 지적해 주었습니다.

그러나 만일 이와는 반대로 그가 갖고 있는 시간과 주의를 얼마쯤이라도 우주와 전인류를 지배하고 있는 영원의 법칙이나 원리에게로 향하게 한다면 그는 자동적으로 마음의 안정과 침착한 심리적 분위기 속으로 들어가게 될 것이라고 덧붙여 말했습니다.

그의 마음의 약

그 결과 이 사람은 다음의 진리를 그의 마음에 채우기로 했습니다. "'하늘은 하느님의 영광을 속삭이고 창공은 훌륭한 솜씨를 일러줍니다.'(시편 제19편 1절) 나는 지고한 지력이 별의 운행을 지배하며 전 우주를 통제하고 있다는 것을 알고 있습니다. 나는 전세계를 절대적인 정확성을 가지고 움직이게 하시며 밤이 되면 많은 별들을 하늘에 나타나게 하시고 전우주를 통어(統御)하시는 하느님의 법칙과 질서가 있다는 것을 알고 있습니다. 하느님께서는 세계를 통치하고 계십니다. 나는 내 마음을 조용히 하고 다음과 같은 하느님의 진리를 믿습니다."

"마음이 한결 같아 당신께 몸을 맡기는 그들, 당신께서는 번영과 평화로 그들을 지켜 주시옵니다."(이사야서 제26장 3절)

"나는 너희에게 평화를 주고 간다. 내 평화를 너희에게 주는 것이다. 내가 주는 평화는 세상이 주는 평화와는 다르다. 걱정하거나 두려워하지 말라."(요한복음 제14장 27절)

"하느님께서 바라시는 것은 무질서가 아니고 평화이기 때문이다." (고린도인들에게 보낸 첫째 편지 제14장 33절)

"그리스도의 평화가 여러분의 마음을 다스리게 되기를 바랍니다." (골로새인들에게 보낸 편지 제3장 15절)

인생의 위대함에 생각을 집중시켜라

이 사업가는 걱정이나 근심에서 얼굴을 돌리고 인생의 위대한 원리와 진리에 생각을 돌리게 하여 그것에 희망을 걸고 마음을 집중시켰습니다. 그는 작은 일에는 관심을 두지 않고 오로지 큰일, 훌륭한 일, 좋은 일에 대해서만 생각하기 시작했습니다. 그가 이 세상의 재난이나 트러블에서 등을 돌리고 그런 것에 관심을 두거나 이야기조차도 하지 않게 되었을 때, 그의 걱정과 근심은 사라져 버렸으며 안정을 얻게 되었습니다. 그는 자신의 마음을 하느님의 평화가 지배해 주도록 원했던 것입니다. 그 이후 그의 사업은 그의 올바른 결정에 의하여 보다 순조롭게 진전되어 갔습니다.

안정된 마음을 유지하려면

각종 교파에 속해 있는 사업가나 전문적 기술자들과 대화를 나누면서 나는 그들이 정기적 또는 규칙적으로 교회에서의 묵상에 참가하여 거기서 하느님에 관한 것, 기도에 관한 것, 묵상의 기술 등에 대한 말을 들은 다음 피정(수련)으로 들어간다는 말을 들었습니다. 아침 묵상 시간이 끝나면 그들은 방금 들은 내용을 생각해야 하며 며칠 동안 말을 하지 말 것과 식사 때에도 말을 하지 말라는 당부를 받고 있었습니다. 그 묵상 기간 동안 매일 아침에 주어지는 가르침과 묵상을 지키며 조용하게 있어야 한다는 것이었습니다.

그들은 모두 마음이 새로워지고, 씻어지고 다시 충족되어 돌아왔다고 말하고 있었습니다. 그들은 회사나 공장 등으로 세속생활로 돌아온 후에도 매일 아침과 밤에 15분에서 20분 동안 조용히 묵상하는 일을 계속하고 있었습니다.

그들은 그렇게 함으로써 성서에 "그러면 사람으로서는 감히 생각할 수도 없는 하느님의 평화가 그리스도 예수를 믿는 여러분의 마음과 생각을 지켜주실 것입니다."(필립비인들에게 보낸 편지 제4장 7절)라고 씌어 있는 말씀이 진리라는 것을 발견했다고 말하고 있었습니다.

마음의 배터리에 재충전하는 것의 이점

그들은 마음의 배터리에 종교적으로 재충전한 것으로서 그들은 신앙과 용기와 확신을 가지고 매일같이 일어나는 여러 문제(투쟁, 가슴 아픈 일, 논쟁)에 정면으로 대립하여 대처해 나갈 수 있게 되었습니다.

그들은 에머슨이 말했던 것처럼 하느님의 파장과 자기의 파장을 조용히 맞추게 되면 거듭난 마음의 힘을 얻게 된다는 것을 그들은 알고 있었던 것입니다. 에너지 · 힘 · 인스피레이션 · 지혜 등은 침묵과 하느님과 조화된 마음의 안정으로부터 태어나게 되는 것입니다. 그 사람들은 마음을 평안하게 하고 자기 중심의 자존심을 버려야 한다는 것을 배웠던 것입니다. 그들은 눈에 보이는 것도 보이지 않는 것도 다 포함한 만물을 창조하시고 모든 것을 쉬는 일 없이 영원히 다스리고 있는 지혜와 힘을 인정하고 공경하며 원했던 것입니다. 그들은 지혜의 길을 걷기로 결심했던 것입니다. "지혜의 길은 즐겁고 슬기의 길은 기쁘다."(잠언 제3장 17절)

조용한 마음은 당신의 손이 닿는 곳에 있다

만일 내가 당신에게 책을 드리겠다고 하면 당신은 손을 내밀어서 받아야 합니다. 이와 마찬가지로 하느님의 모든 부는 당신 안에 있으므로 그것을 구하려면 당신은 조금쯤은 노력을 해야 합니다. 하느님은 주시는 분이시며 당신은 그것을 받는 사람입니다. 당신의 마음을 열고 하느님의 평화의 강물이 흘러들어오게 하지 않으면 안 됩니다. 하느님은 평화이시므로 그것으로 당신의 마음을 가득채워야 합니다.

시편 제8편을 조용히 음미해 보십시오. 그러면 당신은 마음속의 빈

곳을 채울 수 있으며 근심하는 마음에 평안을 가져다 주는 생명과 사랑과 정적과 안정의 깊은 강을 발견할 것입니다.

"당신의 작품, 손수 만드신 저 하늘과 달아 놓으신 달과 별들을 우러러 보면"

"사람이 무엇이기에 이토록 생각해 주시며 사람이 무엇이기에 이토록 보살펴주십니까?"

"그를 하느님 다음가는 자리에 앉히시고 존귀와 영광의 관을 씌워 주셨습니다."

"손수 만드신 만물을 다스리게 하시고 모든 것을 발밑에 거느리게 하셨습니다."(시편 제8편 3~6절)

이 시편에 내포되고 있는 영원한 진리와 우리들이 속해 있는 우주의 측량할 수조차 없는 본질과 우리를 창조하고 활동시키고 받쳐주고 있고, 그리고 리드미컬하게 조화시키며 소멸되는 일 없이, 변함없는 수학적인 정확성 속에서 움직이고 있는 무한한 정신과 무한한 지력에 관하여 조용히 생각하게 되면 당신에게 신앙과 확신과 힘과 안정을 가져다 줄 것입니다. 그러면 당신을 기쁨속에서 생활하게 하고 하느님을 찬양하며 지상에서 살아갈 수 있는 힘을 주는 자존심과 가치관과 역감(力感)으로 채워줄 것입니다.

환경의 희생자가 어떻게 그 희생을 면하게 되었는가

여름 동안 나는 콜로라도주 뎀버 근교에서 강연회를 개최하고 있었는데 그때 매우 즐거웠던 일이 있었습니다. 그곳에서 나는 어떤 사람과 면접을 했는데 그는 이렇게 말하는 것이었습니다. "저는 모든 길이 다 막혀버려서 비참한 상태에 있습니다. 저는 목장을 팔아버리고 다른 지방으로 가고 싶지만 그것이 잘 되지 않아서 꼼짝도 못하고 있습니다."

나는 이렇게 말해 주었습니다. "만일 내가 지금 당신에게 최면술을 건다면 당신은 내가 이러이러하다고 암시한 대로 믿게 될 것입니다. 왜냐하면 추리하고 판단하고 평가하는 당신의 의식은 정지되며 내가 암시한 것을 잠재 의식이 받아들이게 되기 때문입니다. 만일 내가 당신에게 당신은 인디언 안내인이며 범인을 추적해야 한다고 암시하면 당신은 범인을 잡기 위하여 산속으로 수색하려고 나갈 것입니다."

"만일 내가 당신에게 당신은 지금 형무소에 들어가 있으며 거기에서 밖으로 나올 수 없다고 암시하면 당신은 자기가 죄수라고 생각하고 사면이 벽으로 된 형무소 감방에 들어가 있다고 믿게 될 것입니다. 그리고 나의 암시에 의하여 당신은 거기에서 도망치려고 애쓰게 될 것입니다. 벽을 뚫으려고 할지도 모르며 문을 열고자 노력하기도 할 것입니다. 탈옥하기 위해 모든 노력을 다하게 될 것입니다. 그러나 여기 이 콜로라도의 넓은 공간에서 당신은 언제나 자유입니다. 그러한 헛수고를 하게 되는 원인은 모두 암시에 대해 당신의 잠재 의식이 너무 온순하게 따르고 있기 때문입니다. 잠재 의식은 암시를 받게 되면 충실히 실행하게 되는 것입니다."

"이것과 마찬가지로 당신은 당신의 잠재 의식에게 당신은 목장을 팔지 못한다, 당신은 이곳에 머물러 있어야 한다, 당신은 뎀버로 가서 하고 싶어하는 일을 하지 못한다, 당신은 빚 때문에 꼼짝도 못하게 되어 있다. 앞길이 콱 막혀 있다고 암시해 왔던 것입니다. 잠재의식이란 것은 선택력을 갖고 있지 못해서 당신이 주는 암시를 받아들일 뿐입니다. 사실에 있어서 당신은 자기 자신에게 최면술을 걸고 있었던 겁니다. 당신이 속박과 구속을 느끼고 있는 것은 당신 자신이 자기의 잘못된 생각과 신념탓으로 괴로워하고 끊임없는 정신적인 갈등 때문에 고민하고 있기 때문인 것입니다."

바르게 생각하는 방법의 학습

나는 그 사람에게 옛부터 내려온 다음과 같은 진리에 따를 것을 종용했습니다. —"마음을 새롭게 함으로써 당신 자신을 바꾸십시오. 회개하십시오. 왜냐하면 하느님의 왕국은 바로 곁에 있기 때문에" 회개한다는 것은 다시 한번 생각한다는 것—기본적 원리와 영원한 진리의 입장에서 생각하는 것을 의미합니다. 나는 그에게 대담하게 일어나서 당신의 선(善)을 분명하게 말하라고 했습니다. 왜냐하면 셰익스피어도 말한 것처럼 "만일 당신의 마음이 그렇게 되어 있다면 모든 것은 준비되어 있다."고 하기 때문입니다. 나는 조화·건강·평화·인도·풍요·안정의 왕국이 바로 옆에서 받아주기를 기다리고 있으므로 당신은 당신의 선을 지금 곧 받아들일 준비를 해야 한다는 말도 해 주었습니다.

그를 구해낸 처방

"내 마음은 지금 영원히 변치 않는 하느님의 진리에 흡수되어 마음을 빼앗기고 있습니다. 나는 지금 조용한 마음으로 하느님은 내 안에 살아 계시고 걸으시며 말씀하시고 계시다는 위대한 진리를 기대하고 있습니다. 나는 하느님께서 내 안에 살아 계시다는 것을 알고 있습니다. 나는 다음의 말을 알고 있으며 믿고 있습니다. —'나에게 왕국을 주시는 일은 아버지이신 하느님의 기쁨이시다.' '당신의 길을 하느님께 맡기십시오. 그리고 하느님을 믿으십시오. 그러면 하느님께서 그 일을 실현시켜 주실 것입니다.'"

"무한한 지력이 내 목장을 갖고 싶어하는 사람을 내게로 보내 주십니다. 그리고 우리는 하느님에 의해 교환이 이루워질 것입니다. 그 사람은 목장을 훌륭하게 키워나갈 것이며 우리 두 사람은 모두 축복을 받게 될 것입니다. 이 목장을 인수하는 사람도 정직한 사람이어서 정당한 가격으로 매매가 성립될 것입니다. 그리고 나의 깊은 곳에 있는 잠재 의식의 흐름이 우리 두 사람을 모두 하느님의 질서 안에서 살게 해 주실 것입니다. 나는 '만일 당신의 마음이 그렇게 되어 있다면 모든 것은 준비되어 있다.'라는 말을 알고 있습니다. 만일 근심과 걱정이 내 마음을 평온 · 안정 · 침착 · 냉정 등으로 재조정하고 있다는 것을 알고 있습니다. 나는 자유롭고 풍요로우며 안정된 새로운 세계를 구축하고 있는 중이라는 것을 알고 있습니다."

몇 주일 후 나는 이 목장 주인에게서 그의 목장이 팔렸기 때문에 언제라도 뎀버로 갈 수 있게 되었다는 전화를 받았습니다. 그는 이제 자기 마음의 죄수가 아니었습니다. 그는 이렇게 말했습니다. "저는 저의 부정적인 생각 때문에 저 자신을 욕망 · 한계 · 제한 등의 감방 속에 가두고 있었다는 것과 저 자신에게 자기 최면을 걸고 있었다는 것을 알았습니다."라고―.

이 사람은 자기의 사고력이 창조력을 가지고 있었다는 것, 지금까지의 그의 욕구 불만은 모두 자기가 받아들인 다른 사람들의 암시 때문이었다는 것, 그리고 사건이나 환경이나 상태가 그 원인이 될 수 없다는 것 등을 배웠습니다. 다른 사람들이 준 공포심과 한계점은 곧 그의 잠재 의식에 받아들여졌으며 그대로 생각하는 것이 잠재 의식의 세계였으므로 그것을 거부하지를 못했던 것이었습니다. 그러나 되풀이해서 행한 묵상이 그에게 건설적으로 생각하는 힘을 주어, 우주의 원리에서 자기에게 필요한 것을 선택하는 현명함이 그에게 있다는 것을 증명해 주었던 것입니다.

불안 · 근심 · 공포 등이 당신에게 찾아왔을 때는 마음을 평온하게 하고 “나는 나에게 힘을 가져다 주는 언덕 위에 눈길을 돌리겠다.”라고 단언해야 합니다. 그리고 자기에게는 “이런 것 때문에 나는 절대로 동요하지 않는다.”라고 단호하게 선언해야 합니다.

이 장의 요약

1. 만일 당신이 하루 종일 범죄 · 재난 · 질병 · 비극 등 이 세상에 있는 모든 불행한 것에 대해 생각하게 된다면 당신은 심리적으로 자기의 마음을 병들게 하고 있는 셈이 된다. 그 결과 실망과 우울 속에서 생활하게 되는 것이다. 하느님의 법칙과 질서가 이 세상을 지배하고 있다는 것을 깨달아야 한다. 그렇게 하면 당신은 하느님의 위대하심을 찬양하는 세계로 끌어올려질 것이며 그곳으로 들어가게 될 것이다.
2. 마음을 평온하게 갖고 모든 사물의 배후에 있는 불변의 법칙과 원리를 기대하라. 마음을 하느님께 두도록 하라. 그러면 당신은 평온한 마음을 얻을 수 있고 당신의 희망을 성취시킬 수 있을 것이다.
3. 당신의 질병이나 재난이나 근심 등을 기록하지 말라. 그러면 그런 것들은 점차로 없어지고 만다. 크게 생각하며 하느님과 파장을 맞추도록 하라.
4. 분노 · 혼란 · 악의 등은 지고한 위치에 계시는 하느님의 진리를 기대하는 효과적인 기도를 실행하는 것에 의해 없어지게 된다.
5. 우주의 선(善)은 선물하시는 분 그 자체이며 하느님의 선물이다. 당신은 받는 편에 속해 있다. 지금이야말로 당신은 하느님의 평화의 강물을 받아들이기 위해 마음속에서 손을 내밀고 당신의 마음을 그것으로 가득 채우도록 하라. 하느님은 평화이시며 하느님의 평화는 당신이 받아들이기를 기다리고 계시다. 주저하지 말고 지금 곧 그것을 받아들여야 한다.
6. 당신은 환경이나 상태나 유전이나 외부로부터의 희생자가 아니다.

모든 것은 원칙적인 입장에서 생각해 봐야 한다. 그렇게 하면 당신 마음의 법칙이 당신의 사고 방식의 성질에 따라 반응하게 될 것이다.

12. 당신을 이끌어가는 무한한 힘

우주를 통해서 당신에게 작용하고 있는 하느님의 인도하심의 원리가 있습니다. 그리고 당신은 당신 안에 있는 무한한 지력을 사용함으로써 당신은 꿈도 꾸어 보지 못했던 여러 가지 좋은 경험과 일들을 당신에게 오게 할 수 있습니다. 이 장에서는 당신의 인생에 여러 가지 축복을 끌어오게 하기 위해 사용할 수 있도록 여러 가지 형태로 이 인도(引導)의 원칙을 당신에게 보여주겠습니다

그 여자는 어떻게 해서 좋은 남편을 얻게 되었는가

지금까지 두 번이나 결혼에 실패한 경험이 있는 어떤 젊은 비서가 나에게 이런 말을 했습니다. "저는 세 번째의 실패는 하고 싶지 않습니다. 과거의 두 번이나 있었던 실패는 내가 외관만으로 사람을 판단했던 탓이라는 것을 잘 알고 있습니다. 저는 인도(引導)의 원리를 저의 인생에서 어떻게 적용해야 하는지 모르고 있습니다. 그러니 제가 지금 행하고 있는 기도가 옳은 것인지 아닌지를 가르쳐 주십시오." 그녀의 기도는 다음과 같은 것이었습니다.

"제 안에 있는 무한한 지력이 저에게 좋은 배필을 구해 주십니다. 그 사람은 부드럽고 호감이 가며 온화한 성품의 신앙심이 두터운 사람입니다. 저는 그의 기쁨과 행복에 힘을 보태주고 있으며 우리들 사이에는 조화와 평화와 이해가 있습니다. 저의 무한한 지력은 반드시 제 생각에 응답해 준다는 것을 저는 믿고 있습니다. 그리고 저는 그 응답이 잘못된 점이 절대로 없다는 것도 알고 있습니다. 저는 좋은 남편과 만나게 된다는 것을 기대하고 있으며 그것을 적극적으로 강력하게 믿고 있습니다. 저는 이 원리가 지금 움직이고 있다는 것과 제가 그 빛 속에서 걷고 있다는 것을 알고 있습니다."

나는 이 기도와 그녀 안에 있는 힘을 사용하려고 한 그녀의 지성과 지혜에 대해 칭찬해 주었습니다. 그 후에 하느님의 인도하심의 원리가 그녀를 위해 작용하게 되었습니다. 그리고 그녀는 쾌활하고 훌륭한 남성을 끌어당기는 데 성공했습니다. 그리고 나는 그들의 결혼식을 주재하는 영광을 얻었습니다.

내가 있어야 할 장소로 가기 위해 개인적인 인도를 받으려면

당신은 하느님의 무한하신 생명이며, 당신은 밖으로 나타나 있는 영원한 생명이라는 것을 앎으로써 무한한 인도의 힘을 믿을 수 있게 됩니다. 생명의 원리는 당신을 통해서 그것이 표현되는 것을 원하고 있습니다. 당신은 다른 사람과는 다른 생각을 하고 있으며 다른 이야기를 하며 다른 행동을 하고 있습니다. 이 세상에는 당신과 똑같은 사람은 없습니다. 생명의 원리는 절대로 동일하게 되풀이하지 않습니다. 당신은 독자적인 재능과 능력을 갖고 있는 특별한 존재라는 것을 깨닫고 알고 또 믿어야 합니다. 당신은 이 세상 사람들이 아무도 그렇게 할 수 없는 특별한 방법으로 일을 해낼 수 있습니다. 왜냐하면 당신은 당신이기 때문입니다. 당신은 자기 자신을 완전하게 나타내기 위하여, 당신이 하고 싶은 일을 하기 위하여, 그리고 그렇게 함으로써 인생에서의 당신의 숙명을 완전한 것으로 하기 위하여 이 세상에 존재하는 것입니다. 당신은 중요한 존재입니다. 당신은 하느님의 기관(器官)이며 하느님의 표현입니다. 하느님은 현재의 당신을 필요로 하고 계십니다. 그렇지 않다면 당신은 이 세상에 존재해 있을 리가 없습니다. 하느님의 존재가 당신 안에 있는 것입니다. 하느님의 모든 힘, 속성, 특질이 당신 안에 있는 것입니다. 당신은 신념과 상상력과 그리고 선택하고 생각하는 힘을 갖고 있습니다. 당신은 당신의 사고 방식에 의하여 당신 자신의 운명을 형성하며 창조하고 있습니다.

인도의 원리가 어떻게 해서 목숨을 건져 주었는가

〈사람과 일〉 등의 저자인 해리 게이즈 박사는 일을 하는 경우에도 인도의 원리를 믿고 있었습니다. 어느 날 그는 비행기를 타려고 했는데 마음속의 목소리가 그에게 비행기를 타면 안 된다고 말했습니다. 짐은 이미 비행기에 실려 있었습니다만 그는 그 짐들을 비행기에서 내리고 그 여행을 중지했습니다. 그는 이 직관적인 충동을 따랐기 때문에 목숨을 건졌습니다. 그 비행기에 타고 있던 사람들은 한 사람도 남김없이 죽었기 때문입니다. 그가 즐겨 읽고 있는 성서의 성구는 다음과 같은 것이었습니다. "주께서 너를 두고 천사들을 명하여 너 가는 길마다 지키게 하셨으니 행여 너 돌뿌리에 발을 다칠세라 천사들이 손으로 너를 떠받고 가리라."(시편 91편 11~12절)

당신은 이끄심에 따라 바른 행동을 할 수 있다

하느님의 인도하심은 당신의 동기가 옳을 때, 그리고 당신의 참 마음이 소망하는 일이 옳은 일일 때에 나타납니다. 당신의 생각이 옳은 때라고 하는 것은 그 생각이 모든 사람에 대한 선의의 법칙에 따르고 있는 황금률(黃金律)일 때에는 마음속의 평화와 안정된 감정이 당신에게서 샘물처럼 솟아나오게 됩니다. 안정 · 균형 · 평화 등 이러한 감정 때문에 당신은 인생에서의 어떤 단계에서도 옳은 행동을 취할 수 있게 됩니다. 당신이 자기가 원하고 있는 것과 똑같은 일을 남을 위해 원하고 있을 때, 당신은 바로 건강과 행복과 마음의 평화에 대한 법칙을 실현하고 사랑을 실행하고 있는 것이 됩니다.

당신은 어떻게 하면 자동적으로 인도를 받게 되는가

건축업을 하고 있는 나의 친구는 언제나 바쁜 일이 많아서 사업상의 주문이 있어도 마음대로 응할 수 없었습니다. 그는 나에게 "남들은 모두 나의 일하는 템포가 늦다고 말하고 있지만 나는 그 사람들의 요구에 따라갈 수 없었어요."라고 말하고 있었습니다. 그리고 그는 이렇게 덧붙였습니다. 자기는 과거에 많은 실수를 저질러 사업에도 실패해서 두 번이나 재산을 날린 적이 있었는데 6년 전에 〈잠재 의식의 힘〉이라는 책을 읽어 본 후부터는 즉시 그 책에 씌어 있는 대로 원리를 사용하기 시작했다는 말도 했습니다. 그는 언제나 갖고 다니며 기도할 때 읽는 한 장의 카드도 보여 주었습니다. 거기에는 다음과 같이 씌어 있었습니다.

"나는 과거의 모든 내 잘못을 용서하겠습니다. 나는 아무도 책망하지 않습니다. 나의 과오는 모두 나의 성공, 번영, 전진을 위한 디딤돌이었습니다. 나는 하느님이 언제나 나를 인도해 주신다는 것과 내가 하는 일은 모두 옳은 행동이라는 것을 절대적으로 믿고 있습니다. 나는 두려움없이 자신을 가지고 전진하고 있습니다. 나는 나의 모든 일에 온 힘을 기울이고 있습니다. 나는 내가 모든 면에서 끌어올려지고 인도되고, 뒷받침을 받고 번영되고 보호되고 있다는 것을 느끼며, 믿고 단언하며 그리고 알고 있습니다. 나는 옳은 일을 하고 있으며 옳은 생각을 하고 있습니다. 그리고 나는 나에게 응답해 주는 잠재 의식 속에 무한한 지력이 숨겨져 있다는 것을 알고 있습니다. 나는 거래처에 대해서는 전력을 다하고 있습니다. 나는 적정 가격으로 공사를 맡도록 인도되고 있습니다. 나는 내가 하지 않으면 안 되는 일을 하도록 격려받고 있습니다. 나는 나하고 잘 조화해서 일을 할 수 있는 사람을 내 곁으로 끌어당기고 있습니다. 나는 이러한 나의 생각이 내 잠재 의식 속에 침전되어서 주관적인 패턴이 된다는 것을 알고 있습니다. 그리고 나는 나의 습관적인 사고 방식에 의하여 잠재 의식으로부터 자동적인 반응을 얻게 된다는 것을 믿고 있습니다."

이것이 그 건축업자가 하는 기도였습니다. 그리고 그는 자동적으로 최고의 선으로 인도되고 있었습니다. 그는 자신이 마치 손에 닿는 것은 모두 황금으로 만들어버리는 마이다스의 손을 가지고 있는 것처럼, 손을 대는 일마다 잘 되고 있다고 말하는 것이었습니다. 지난 6년 동안 그의 사업에서는 하나의 잘못도 손해도 없었습니다. 노동 쟁의마저도 없었습니다. 정말로 그는 자동적인 인도를 받고 있었습니다. 물론 당신도 그렇게 될 수 있습니다.

당신의 잠재 의식은 당신의 의식이 생각하는 것과 심상의 성질에 따라서 반응하게 된다는 것을 잘 기억해 둬야 합니다.

인도의 원리가 어떻게 당신이 추구하는 것을 끌어들이는가

내가 알고 있는 어떤 여자가 아일랜드에서 나에게 편지를 보내왔습니다. 그 편지에서 그녀는 큰아버지가 돌아가시면서 그가 소유하고 있던 농장을 미국으로 건너간 그녀의 오빠에게 상속했는데 오빠의 소식을 전혀 모르고 있다는 것이었습니다. 그녀는 오빠를 찾아내어 편지를 보낼 방법을 가르쳐 주기를 원하고 있었습니다. 그녀는 아일랜드에서 변호사에게 의뢰하였지만 변호사는 조그만 단서도 발견하지 못해서 손을 쓰지 못하고 있다는 것이었습니다. 그녀는 오빠의 사진도 갖고 있지 않았습니다.

나는 어느 날 밤에 조용히 앉아서 마음을 가라앉히고 시편 중에서도 휴식과 마음의 평정을 얻기 위해서는 가장 효과적인 제 23편을 읽었습니다. 이 성시 안에서 다윗은 주는 그를 인도하시고 푸른 풀밭과 조용한 냇가로 데리고 가시는 것 — 이것은 무한한 인도의 원리가 그 사람에게 응답해 주고 그를 평화롭고 행복하며 기쁨에 찬 상태로 이끌어 가신다는 것을 의미합니다 — 을 노래하고 있습니다. 다윗은 이 인도의 원리를 믿었습니다. 그리고 그 원리는 그의 믿음에 응답해 주었던 것입니다. 그가 말하고 있는 주라는 것은 당신을 창조했고 당신을 뒷받침해 주고 있으며 사람의 잠재의식 속에 깃들어 있는 창조적 지력(知力)을 말합니다.

이 성시의 지혜에 대해 묵상하면서 나는 어느 날 밤, 다음과 같이 생각했습니다. "별의 운행을 인도하고 태양을 빛나게 하며 전우주를 통솔하는 원인이 되고 있는 무한한 인도의 원리는 내 안에 있는 인도의 원리와 같은 원리이다. 그것은 모든 것을 알고 모든 것을 보고 있다. 이 높은 지력은 그 사람이 어디에 살고 있는지를 알고 있으므로 그것을 밝혀줄 것이다. 그는 곧 동생에게 편지를 보낼 것이다. 존재하는 것은 하나의 마음뿐이며 이 마음의 원리에는 분리라는 것이 없다. 뿐만 아니라 마음에는 시간도 공간도 없다. 나는 그의 존재를 곧 알게 되어 아일랜드에 있는 동생과 변호사에게 그의 소재지를 알 수 있도록 명령하겠다. 내 안에 있는 무한한 지력은 그것을 실현하는 방법을 가장 잘 알고 있으며 그 나름대로의 방법으로 그렇게 실행할 것이다. 나는 그것을 믿으며 또 이 일이 지금 행해지고 있는 데 대해 감사하고 있다.

인도의 원리가 작용하는 것은 참으로 계시적이며 감동적입니다. 수 주일이 지났을 때, 나는 아일랜드의 그 여자로부터 항공편의 편지를 받았는데 거기에는 그녀의 오빠로부터 전보가 왔으며 그는 현재 귀국 도중이라는 것이었습니다. 그가 가출한 이래 소식이 있는 것은 이번이 처음이었습니다. 그 동안 46년이라는 긴 세월이 흘러갔습니다. 이것은 단순한 우연은 아니었습니다. 이것이야말로 법과 질서의 세계인 것입니다. 우연히 일어나는 일이란 어떤 것도 없습니다. 에머슨이 말했던 것처럼 '모든 것은 뒤에서 밀리고 있다.'는 것입니다. 이 세상에는 인과(因果)의 법칙이 존재하고 있으며 그것은 전우주에 이르고 있습니다. 그 안에서 우리들 모두가 살고 있으며 활동하고 존재하고 있는 것입니다. 나의 생각은 그 속에 들어간 것입니다. 그리고 이 생각은 행방불명이던 오빠가 받아들였으며 생명에 대한 인도의 원리가 즉시 동생에게 편지를 보내도록 그에게 명령했던 것입니다.

그 다음에 온 그녀의 편지에는 오빠의 이야기를 다음과 같이 전해 왔습니다. 그는 어느 날 밤에 고국으로 돌아가서 여동생의 집을 방문해 보고 싶은 충동을 강렬하게 느꼈다고 합니다. 그는 동생에게 전보를 치고 아일랜드로 가는 비행기를 예약하는 것으로 그 심령적(心靈的)인 충동에 응했습니다. 자기의 생가의 도착했을 때 그는 그의 마음이 그를 집으로 돌아가게 서둘러댄 것은 축복할 일을 알려 주기 위해서였다는 것을 알았습니다. 왜냐하면 그는 농장뿐만 아니라 좋은 집도 상속받았기 때문입니다.

당신의 기도에 대해 어떻게 응답이 오게 되는지 당신은 모릅니다. 성서에는 이렇게 씌어 있습니다. "하늘이 땅에서 아득하듯 나의 길은 너희 길보다 높다."(이사야서 제55장 9절)

이 장의 요약

1. 당신은 당신이 저지른 과오로부터 배울 것을 얻는다. 당신의 실패는 성공을 위한 디딤돌이라는 것을 이해해야 한다. 그것에서 얻은 당신의 신념에 응답해 주는 우주의 인도에 대한 원리가 있는 것이다.
2. 당신은 당신 안에 있는 인도의 원리를 추구하는 것에 의해 그리고 "무한한 지력이 내 안에 숨겨져 있는 재능을 드러내고, 내 재능을 최고로 표현할 수 있는 길을 열어 주십니다. 나는 내가 의식하고 있는 이성적인 마음속에서 일어나는 인도에 따르겠습니다."라는 말을 신념을 가지고 단언하는 것으로 당신의 숨겨져 있는 재능을 발견하게 될 것이며 그것을 발휘할 수 있다.
3. 인도의 원리는 당신을 재난에서 지켜주며 다가오는 위험을 당신에게 경고해 줄 수 있다. 해리 게이즈 박사는 시편 제91편의 11~12절을 규칙적으로 읽고 있었다. 그래서 하느님의 보호가 그에게 내려졌고 그는 목숨을 구할 수가 있었다.
4. 당신의 동기가 정당하고 황금률과 사랑의 법칙에 따라 옳은 일을 하려고 마음속으로부터 원할 때에는 하느님의 옳은 행동이 당신에게 주어진다.
5. 많은 사람들은 자동적인 인도를 받았던 경험을 갖고 있다. 그것은 그들이 자기는 옳은 일을 하도록 항상 인도를 받고 있다는 것과 자기의 잠재 의식이 그 인도에 따라 응답해 준다는 것을 그들의 잠재의식에 확신시켰기 때문이다. 당신은 언제나 인도를 받고 있으며 뒤에서 밀어 주고 있고, 축복받고 있다는 것을 느끼고 믿고 단언하며 알아야 한다. 당신이 이러한 진리를 되풀이한다면 당신은 자동적으

로 인도를 받게 될 것이다.

6. 당신은 성공하기 위하여 승리에 가득찬 건설적인 인생을 보내기 위해서 태어났다는 것을 똑똑히 마음에 새겨두라. 성공으로 가는 큰길은 이제 당신의 눈앞에 있으며 우주의 인도에 대한 원리가 당신을 승리와 놀랄 정도의 성공으로 인도해 준다는 것을 단언하고 믿어라.
7. 당신은 당신의 마음속에 부가 있다는 것을 발견할 것이다. 당신과 인류에게 기쁨을 가져다 주는 새로운 창조적인 생각을 손에 넣기 위해 무한한 지력에 구하라. 그 생각은 완전히 당신 안에 있으며 당신은 그것이 확실하게 보인다고 단언하라. 그러면 그 응답이 당신에게 올 것이다. 당신이 하지 않으면 안 될 일은 믿는 일이다. 당신의 신념에 따라서 그것은 당신에게로 올 것이다.
8. 만일 당신의 친구나 친척이 어디에 있는지를 몰라서 찾고 있다면, 우주의 지력은 모든 것을 알고 있고 무엇이나 다 보고 있다는 것을 깨달아라. 반드시 응답이 온다는 것을 굳게 믿으면서 "우주의 지력은 그 사람이 어디에 있는지를 알고 있다. 그리고 하느님의 질서 속에서 그의 거처를 알려줄 것이다. 나는 이 문제를 나의 주관적인 마음의 바다에 방출하지만 그것은 독자적인 방법으로 그 해답을 알려줄 것이다."라고 단언하라. 이렇게 묵상할 때, 당신은 기도에 대한 응답을 얻는 데 대한 기쁨을 맛볼 수 있을 것이다.

"무슨 일을 하든지 야훼께 여쭈어라. 그가 네 앞길을 곧바로 열어 주시리라."(잠언 제3장 6절)

13. 무한한 힘의 치유력

당신의 육체를 만든 우주의 치유력은 그것을 치유하는 방법도 알고 있습니다. 당신 안에는 당신 육체의 모든 프로세스나 기능을 잘 알고 있는 하느님의 치유력이 있습니다. 당신이 이 무한한 힘과 '파장을 맞출' 때 그것은 당신의 생명 속에서 활동하여 효과를 나타냅니다. 성서에는 이렇게 씌어 있습니다. "나는 야훼, 너희를 치료하는 의사이다." (출애굽기 제15장 26절)

건강하고 활력이 있으며 활동적인 것은 하느님으로부터 받은 선천적인 권리입니다. 이 장에는 건강을 얻기 위해서 당신이 해야 하는 방법과 단계가 자세히 기록되어 있습니다. 당신께 이 장에 있는 방법과 수단을 꼭 실행하기를 권합니다. 왜냐하면 그렇게 함으로써 당신은 건강과 조화와 안정의 길을 찾을 수 있기 때문입니다.

건강은 건설적인 생각에 의하여 확보된다

성서의 잠언에는 "대저 그 마음의 생각이 어떠하면 그 위인도 그러한즉"(잠언 제23장 7절)이라고 씌어 있습니다. 당신의 잠재 의식을 의미합니다. 당신의 잠재 의식에 심어 놓은 생각・의견・신념 등은 당신의 몸에서 사업에서 다른 모든 사건으로 실현됩니다. 당신의 건강은 그 대부분이 당신이 종일 어떤 생각을 했느냐에 따라 컨트롤되고 있습니다. 당신의 마음을 완전과 아름다움・완성・활력 등에 대해 생각하게 하면 당신은 평화로운 감정을 경험하게 될 것입니다. 만일 당신이 근심・두려움・증오심・질투・낙담・슬픔 등의 감정 속에 있으면 당신은 마음과 육체의 병과 기타 여러 가지 나쁜 일들을 경험하게 될 것입니다. 당신은 하루 종일 당신이 생각하는 대로의 당신인 것입니다.

무한한 치유력을 어떻게 풀어 놓을 수 있는가

나는 만성적인 인후염과 끈덕지게 열이 나는 병에 시달리고 있는 젊은 여성을 나의 친구인 의사에게 소개해 주었습니다. 그는 그녀에게 '연쇄상 균성'의 인후염이라고 진단하여 항생물질과 양치질용의 물약을 주었습니다. 그러나 그녀에게는 항생물질도 해열제도 효과가 없었습니다. 그 의사는 어째서 자기의 처치가 그녀에게 효과가 없는지 그 이유를 발견할 수 없었습니다. 그녀는 나의 요청에 따라 다시 내게 찾아왔습니다. 나는 그녀에게 혹시 내게 감추고 있는 일이 있지 않은가, 만일 그렇다면 그것을 내게 말해 주면 병을 치료해 줄 수도 있다고 말해 줬습니다.

그녀는 갑자기 이렇게 말하기 시작했습니다. "저는 어머니와 우리 집을 미워하고 있습니다. 어머니는 엄격하기만 하고 모든 일에 일방적이어서 자기 마음에 드는 남자와 저를 결혼시키려 하고 있습니다."

이러한 분노의 감정과 어머니를 미워하는 행위에 대한 죄악감이 그녀를 병들게 한 원인이었습니다. 그녀는 어떤 때는 어머니를 사랑한다고 말하기도 했고 어떤 때는 미워하고 있다고 말하기도 하는 것이었습니다. 그래서 나는 그녀에게 그러한 사랑과 미움의 이중적인 심리 상태가 그 병의 원인이라고 설명해 주었습니다. 그녀는 그 남자와 결혼하고 싶지가 않았기 때문에 그녀의 잠재 의식은 그의 목에 염증을 일으키게 함으로써 그녀에게 협력했던 것이었습니다. 그녀의 잠재 의식은 그녀의 의식에서 이렇게 말했던 것입니다. "당신은 병에 걸려 있으니까 그 남자와 결혼 안 해도 좋아요." 그것이 그녀의 육체가 그녀의 잠재적 욕망에 순응하는 방식이었던 것입니다.

그녀의 건강은 어떻게 해서 정상으로 돌아왔는가

내 충고에 따라 그녀는 자기가 그 남자를 사랑하고 있지 않으므로 그 사람과 결혼할 생각이 없다고 적극적으로, 분명하게 자기 어머니에게 말했습니다. 뿐만 아니라 그녀는 자기 혼자 살 집도 얻어 따로 나가 살면서 만사를 자기 뜻대로 행하기로 결심했습니다. 나는 그녀의 어머니와 이야기를 할 기회가 있었으므로 다음과 같이 말해 주었습니다. 사랑하지도 않는 남자와 억지로 결혼할 것을 강요하는 것은 매우 잘못된 점이라는 것, 사랑이 없는 결혼은 어떤 종류의 좋은 이유가 있다 해도 그것은 터무니없는 일이며 허구라는 것을 지적해 주었습니다.

그 어머니는 현명하게도 내 의견을 받아들여 그녀가 좋아하는 사람이라면 누구와 결혼해도 상관없다는 것, 자기는 '앞으로 너를 속박하지 않을 터이니, 너는 바람처럼 자유롭다.'는 것을 딸에게 말해 주었습니다.

실증된 치유의 기적

이 젊은 여성은 어머니와 툭 털어놓고 이야기를 교환하고 두 사람은 서로 상대방을 용서와 사랑과 선의를 주고받았습니다. 그녀의 병은 곧 완전히 사라지고 말았습니다, 그 이후부터 그녀는 아무데도 아픈 데가 없어지고 말았습니다.

새로운 건강을 주는 힘을 어떻게 해서 해방시키는가

최근에 나는 어떤 젊은 은행가와 이야기를 나눈 적이 있습니다. 그 사람은 대단히 신경질적이어서 분명히 심신이 모두 병들어 있는 것같이 보였습니다. 그는 "나는 홍콩 감기에 걸렸습니다. 이 독감은 나의 건강을 자꾸만 약하게 만들고 있습니다."라고 말하는 것이었습니다. 나는 그에게 건강에 필요한 처방을 써 주었습니다. 그리고 이 처방을 믿으며 되풀이해서 읽게 되면 건강과 안전과 힘 등의 생각이 그의 잠재 의식에 스며들어가서 반드시 기적적인 결과를 얻게 될 것이라고 강조했습니다.

건강을 위한 정신적 처방

내가 써 준 처방은 "나는 강하고 힘이 있으며 사랑스럽고, 조화에 넘쳐 있고 다이내믹하며 기쁨에 차 행복합니다." 였습니다. 그는 이 처방에 기록되어 있는 것이 모두 실현된다고 의식하면서 하루에 세 번 내지는 네 번씩 5분 동안 이 신념의 말을 외웠습니다. 1주일이 지난 어느 날 그는 나에게 전화를 걸어 이렇게 말했습니다. "선생님이 가르쳐 주신 그 정신적인 투약은 기적과 같은 효과를 가져다 주었습니다. 앞으로 저는 그 처방에 기록되어 있는 것은 모두 실현되리라 믿겠습니다." 그는 성과가 있기를 기대했으며 자기의 잠재 의식의 반응을 믿었던 것입니다.

태도를 바꾸면 인생도 달라진다

19세기 말에 미국에서 심리학의 아버지라고 불리고 있던 윌리엄 제임스는 "우리 세대에서의 최대의 발견은 인간이 그의 마음가짐을 바꾸는 것으로서 그 인생을 변화시킬 수 있다는 사실이다."라고 말했습니다. 이 말은 당신이 잠재 의식을 조화·기쁨·힘·정력·열의·승리 등 생명을 만들어 주는 패턴으로 길러 낸다면 당신은 건강·활력·생기 등을 크게 가질 수 있다고 말하고 있습니다.

태도를 바꾼 일이 어떻게 해서 이상한 병을 고치게 되었는가

몇 주일 전에 나는 라스베가스의 프론티어 호텔의 무도실에 모인 500명쯤 되는 사람들 앞에서 강연을 했습니다. 나는 '치유의 자각을 몸에 익히려면'이라는 연제로 이야기를 했습니다. 강연이 끝난 후에 한 젊은 의사가 대단히 재미있고 감동적인 이야기를 나에게 해 주었습니다. 어느 날 밤, 그는 어떤 가정을 방문했습니다. 그 집에는 병에 걸려 있는 소녀가 있었는데 그 소녀의 양친은 병도 믿지 않았거니와 어떤 의사도 믿지 않는다고 말하는 것이었습니다. 그녀의 아버지는 "내 딸은 공포에 가득차 있으며 죽음을 두려워하고 있습니다."라고 말했습니다. 의사는 소녀를 진찰했더니 열은 39도나 되었지만 병세가 급격히 악화될 것 같지는 않았으며 또한 죽을 위험도 없을 것 같았으므로 곧 나아질 것이라고 말해 주었습니다.

그러자 그 소녀는 의사에게 자기와 함께 기도를 해 주기를 부탁했습니다. 그는 매우 신앙심이 두터운 사람이었으므로 그녀와 함께 시편 제23편을 조용히 읽었습니다. 그녀는 자기가 믿는 종교에서의 가르침에 위배된다는 이유로 약을 복용하는 것을 거부했습니다. 그의 말에 의하면 그는 그녀가 곧 낫게 될 것이라고 믿으면서 완전히 나은 그녀의 모습을 상상했다는 것이었습니다.

한 달쯤 지났을 무렵, 이런 부모와 여동생의 종교와 결별하고 의사가 된 그 소녀의 오빠가 의사에게 찾아와서 말하기를 자기 동생에게 어떤 치료를 했는가 가르쳐 달라고 했다고 합니다. 그녀는 지금까지 1주일에 두세 번쯤은 간질의 발작을 일으키고 있었는데 지금은 그런 증상이 완전히 없어졌다는 것이었습니다. 그는 몇 년 동안 그녀에게 간질병에 듣는 신약을 복용시키려고 노력해 왔지만 성공하지 못했다는 것이었습니다. 그 의사는 소녀의 오빠에게 자기는 그녀가 병을 이길 수 있다, 곧 회복될 것이다라고 암시를 한 것 외에는 아무런 치료도 하지 않았다고 말해주었습니다.

그 두 사람의 의사는 그 놀라운 사실에 얼마 동안은 말도 하지 못했습니다. 그러다가 그 소녀의 오빠가 이렇게 말하면서 침묵을 깼습니다. "제가 할 수 있는 말은, 당신은 하느님의 치유력에 대한 믿음을 그녀에게 주입했다는 것, 그리고 당신의 적극적인 암시가 동생 잠재의식 속에 들어갔다는 말뿐입니다. 그것이 동생을 낫게 한 것입니다."

그 의사는 나에게 이렇게 말했습니다. "나는 그녀가 간질병 환자라는 것을 알았다면 그녀에 대한 처치를 그토록이나 적극적이며 자신에 차서 하지는 못했을 겁니다. 나는 이제야 알겠습니다만 분명히 그녀가 완전히 치유된다고 생각한 나의 심상(心象)이 그녀의 잠재 의식에 전달되어, 나의 태도와 그녀의 새로운 태도가 합쳐져서 모든 것을 변화시켜 완전한 치유를 가져오게 했던 것입니다."

"그후 1년이 지났습니다만 그녀는 한 번도 발작을 일으키지 않았습니다. 그녀는 지금 결혼도 했고 자기 손으로 자동차 운전도 하고 있습니다." 이와 같이 태도를 바꾸면 모든 것을 좋은 방향으로 바꿔 놓을 수 있습니다.

성서에는 이렇게 씌어 있습니다. "네 믿음이 너를 낫게 하였다. 평안히 가거라."(누가복음 제8장 48절)

이 장의 요약

1. 당신의 육체를 만든 우주의 지력은 그것에 대한 모든 프로세스와 기능을 알고 있으므로 당신을 치유시키는 방법도 알고 있다.
2. 당신의 건강은 당신이 하루 종일 생각하는 대로이다. 건강 · 완전 · 활력 · 힘 · 강함 · 조화 등의 생각을 해야 한다. 당신의 마음을 이러한 생각으로 채워 놓으면 당신의 육체는 습관적인 당신의 생각을 반영할 것이다.
3. 부정적인 생각은 많은 병을 일으키게 하는 원인이 된다. 당신의 잠재 의식 속에 도사리고 있는 파괴적인 감정은 기관의 활동을 나쁘게 하는 따위의 형태로 부정적인 돌파구를 만들게 된다.
4. 당신이 명확한 의사 결정을 했을 경우에는 마음의 갈등도 사라져 버린다. 당신이 다른 사람에게 지배되는 것을 거부하고, 자기 의사대로 생활할 것을 결심하며, 모든 일을 자기가 책임지고 결정하여 남을 용서하는 정신을 가질 때, 당신의 특정한 병은 정신력 혹은 그 밖의 방법에 의하여 치유가 가능할 것이다.
5. "나는……"이라는 말 뒤에 어떤 말을 붙이더라도 당신은 그대로 될 것이다. 건강한 몸을 얻기 위하여는 "나는 강하고 생기가 넘치고 행복하고 기쁨에 차 있습니다."라고 자주 단언해야 한다. 이 말을 습관적으로 되뇌이게 되면 당신은 놀라운 성과를 얻게 될 것이다.
6. 당신이 갖고 있는 완전한 생활과 건강한 태도는 환자에게 전달되어 환자의 잠재 의식 속에 활력과 완전을 부활시켜 주는 힘이 된다.
7. 당신의 태도를 바꾸면 당신의 인생도 달라진다. 태도를 바꾸면 모든 것을 바꿀 수 있다! 당신이 믿는 대로 당신에게로 오게 되는 것

이다.

14. 사랑의 무한한 힘

하느님은 생명이시며 생명은 우리들 낱낱을 매체로 해서 스스로를 조화·혹은 건강·평화·기쁨·풍요·아름다움·바른 행동 등 보다 풍부한 생명으로 나타내기를 좋아합니다. 우리들 안에는 우리들의 기원을 우리에게 생각나게 하고 우리들을 그 근원으로 돌아가게 하는 그 무엇이 있습니다. 이 기억을 확대하고 그것을 불씨로 해서 화염으로 성장시키는 것이 우리들의 임무이며 목적입니다. 그렇게 하면 우리들은 모든 생명의 근원이신 하느님과의 일체감(一體感)을 느끼게 됩니다. 당신 안에는 당신의 창조주이신 생명의 무한한 근원과 일체가 되고 싶은 욕망이 있습니다.

당신은 태어날 때 먹을 것을 구하며 울었습니다. 당신은 성장과 더불어 먹을 것 외에도 인스피레이션·가르침·지혜·힘 등의 정신적인 먹이를 모든 축복의 무한한 근원으로부터 받지 않고는 결코 만족하지 않는다는 것을 발견했습니다. 무한한 생명의 원리는 당신을 통해서 표현될 것을 원하고 있습니다. 그리고 하느님께 대한 당신의 사랑은 모든 축복, 모든 힘의 원천과 정신적인 일체가 되고 싶어하는 당신의 욕구에 의해서 나타나게 되는 것입니다.

당신 마음의 그림을 사랑하라

당신 마음의 패턴과 심상(心象)은 당신의 사랑의 본질에 따라, 즉 당신의 감정적인 애정에 의해 나타나게 됩니다. 어떤 생각이나 욕구를 당신이 느끼고 진실이라고 생각하게 될 경우에도 그 일은 당신의 세계 속에서 객관화되어 실현하게 됩니다. 이 장을 읽으면서 당신 자신을 위한 청사진을 만드십시오. 그것에 주의와 애착을 쏟아 넣으십시오. 규칙적으로 조직적으로 그것을 믿으십시오. 그렇게 하면 결국 당신의 청사진은 당신의 경험 속에 나타나게 될 것입니다. 당신이 사랑하는 것으로 당신은 될 수 있습니다.

하루에 몇 번이나 당신이 되고 싶고 하고 싶고 갖고 싶은 것을 마음 속에 그리십시오. 애정을 넣고 감정을 넣고 그리고 인내를 가지고 해야 합니다. 강제로 한다든지 강요하지는 말고 감정과 확신을 가지고 당신의 마음속의 그림을 잠재 의식으로 향하게 하는 겁니다. 당신의 잠재 의식이 당신 마음의 인상에 응답해 준다는 것을 믿으며 해야 합니다.

그 여자는 영원한 사랑을 그녀의 인생속에 어떻게 끌어들였는가

최근에 어떤 젊은 여성이 나에게 이렇게 물어 왔습니다. "저는 어디가 잘못된 걸까요? 저는 제가 교육도 받았고 회사의 간부이기도 하고 웬만큼 말을 할 줄도 알고 제 자신이 말하기는 좀 쑥스럽기는 하지만 매력적이라는 것도 잘 알고 있습니다. 하지만 저에게는 기혼자라든지 알코올 중독자 이외의 남자는 접근해 오지를 않습니다. 그리고 다른 남자들로부터는 언제나 좋지 못한 유혹만을 받고 있습니다."

그녀는 어째서 자기 자신을 거부하고 있었는가

그녀는 매력적이고 활기가 있으며 사랑스럽고 좋은 성격을 갖고 있기는 하지만 자기 자신을 거부하고 있는 많은 여성들의 전형적인 케이스였습니다. 그녀는 무자비하고 횡포한 아버지 밑에서 살고 있었습니다. 아버지는 그녀를 사랑하고 있지 않았습니다. 그는 일요일에 게임도 하지 못하게 하며, 하루에 세 번씩이나 교회에 나갈 것을 강요할 정도의 금욕적인 사람이었습니다. 뿐만 아니라 어머니와 심하게 다투곤 했습니다. 그녀는 아버지에게서 거부되고 있다는 것을 느끼고 있었습니다. 아버지는 그녀의 학교 성적이나 행복 같은 것에는 아무런 관심도 없는 것 같았습니다.

그녀는 마음속으로 아버지를 미워했으며 동시에 그 때문에 죄악감을 느끼고 있었습니다. 반드시 벌을 받게 된다는 공포심이 그녀 마음속에 싹트고 있었습니다. 그녀의 잠재 의식에서 끓어오르는 감정은 자신은 거부되고 있다. 자신은 사랑을 받을 만한 가치도 없는 여자다, 자신은 그다지 매력적인 여자가 못 된다고 하는 감정이었습니다.

흡인(吸引)의 신비적인 법칙

유유 상종(類類相從)이란 말이 있습니다. 그리고 '같은 깃털을 갖고 있는 새들은 무리를 짓게' 마련인 것입니다. 그녀의 마음속에는 거부감과 벌을 받게 된다는 공포로 가득차 있었으므로 그것이 자동적으로 욕구 불만의 신경질적인 억압된 남성을 그녀 곁으로 끌어당기게 한 것이었습니다. 마음의 법칙이라는 것은 그것에 주어진 패턴 혹은 지시에 따라서 부정적으로 또는 적극적으로 작용하기도 하고 반응을 일으키기도 하는 것입니다.

그녀는 어떻게 해서 자신의 잠재 의식을 깨끗하게 씻었는가

나의 충고에 따라 그녀는 다음과 같은 글을 써 가지고 다니면서 아침, 낮, 밤 이렇게 하루에 세 번을 각각 5분이나 10분씩 그 진리의 말을 자기의 잠재 의식에 채우기로 결심했습니다. "나는 하느님의 사랑이 그것과는 알맞지 않는 모든 것을 없애게 한다는 것을 알고 있습니다. '나는 내가 의식적으로 묵상하는 것이 내 잠재 의식에 인상지어지고 그것을 내가 경험하게 된다는 것을 알고 있으며 믿고 있습니다. 나의 자아는 하느님이십니다. 나는 내 안에 있는 하느님을 공경합니다.'라고 단언하겠습니다. 나는 아버지에 대해서 분노에 가득찬 생각을 하고 있던 내 자신을 용서하겠습니다. 그리고 아버지를 위해 하느님의 모든 축복을 바라겠습니다. 지금은 이미 돌아가셨지만 아버지를 생각할 때면 언제라도 나는 아버지를 축복하겠습니다. 나는 내 마음에 가시가 하나도 남아 있지 않을 때까지 이 기도를 하겠습니다. 지금은 하느님의 사랑이 내 안에서 흐르고 있습니다. 나는 하느님의 평화에 둘러싸여 있습니다. 하느님의 사랑이 나를 감싸고 있고 둘러싸고 있습니다. 이 무한한 사랑은 내 마음에 새겨지며 내 안에 기록됩니다. 나는 모든 남녀에게 사랑을 방사하고 있습니다. 하느님의 사랑은 지금 나를 치료해 주시고 있습니다. 사랑은 내 안에 있는 이끄심의 원리이며 나를 완전하고 조화적인 경험을 갖게 해 주십니다. 하느님은 사랑이십니다. '사랑에 사는 사람은 하느님 안에서 사는 사람이며 하느님은 그 사람 안에 계십니다.'"

그녀는 이 기도 요법을 1개월 동안 계속했으며 굳건한 마음으로 그것을 지켰습니다. 내가 그 후에 그녀와 면접했을 때는 완전히 다른 사람으로 변해 있었습니다. 자기 자신, 인생, 그리고 세계 전체에 대한 그녀의 마음가짐에 커다란 변화가 일어났던 것입니다.

그녀는 어떻게 결혼 준비를 했는가

그녀는 설령 결혼을 한다 해도 그 결혼 생활이 엉망이 되어버릴 것이 분명한 자기 자신을 부정하는 부정적인 태도를 시정했습니다. 그녀는 다음과 같이 기도했습니다. "나는 이상적인 남편을 발견하게 된다는 것을 믿고 있습니다. 나는 그것이 상대적인 계약이라는 것을 알고 있습니다. 나는 그에게 정절・헌신・성실・정직・행복을 바치겠습니다. 그리고 나는 그에게서 성실・신뢰・사랑・실행을 받겠습니다. 내 안에 살고 있는 무한한 지력은 이상적인 남자가 어디에 있는지 알고 있으며 나를 위해 결혼이 실현될 것을 원하고 있습니다. 나는 필요한 존재이며 나를 원하고 있는 사람이 있다는 것을 느끼고 있습니다. 그리고 나는 무한한 지력이 나를 위해서 선택해 준 사람에게서 열렬하게 요구되고 있다는 것을 알고 있습니다. 나는 그가 필요하며 그는 내가 필요합니다. 거기에는 조화・평화・사랑, 그리고 두 사람 사이에는 이해가 있습니다. 하느님의 사랑이 우리들을 맺어지게 하며 우리들은 정신적으로나 육체적으로 완전히 조화됩니다. 나는 모든 공포와 긴장을 제거시키고 무한한 지력이 우리들을 결혼하게 해 준다는 것을 믿고 있습니다. 우리들이 만날 때는 서로 상대방을 알아보리라는 것을 나는 알고 있습니다. 그는 나를 사랑하고 나는 그를 사랑합니다. 나는 사랑의 우주 법칙에 대해 그 일을 성취시켜 주는 것에 감사하면서 이상과 같은 생각을 무한한 마음의 손길에 맡기기로 하겠습니다."

그녀는 그러한 진리가 그녀의 잠재 의식에 스며들어가는 것을 믿으면서 이상과 같은 기도를 조석으로 진실한 마음에서 되풀이했습니다.

사랑은 사랑을 끌어당긴다

두 달이 지나갔습니다. 그녀는 몇 번이나 데이트를 했습니다만 아직

로맨스는 없었습니다. 그러나 그녀는 언제나 무한한 힘이 그녀의 요구를 들어준다는 것을 생각하고 있었습니다. 어느 날 그녀는 회사 일 때문에 뉴욕으로 가기 위해 비행기에 탑승했는데 그때 키가 크고 핸섬한 목사가 그녀 옆자리에 앉아서 그녀에게 말을 걸어 왔습니다. 두 사람은 여러 가지로 종교에 대한 이야기를 나눴습니다. 그리고 그녀는 그의 종교적, 정치적 신념이 자기의 그것과 일치된다는 것을 발견했습니다. 그녀는 뉴욕의 그 목사의 교회에서 예배를 보았습니다. 그리고 1주일도 지나지 않아 그들은 약혼했습니다. 그들은 지금 결혼해서 아름다운 목사관에서 생활하고 있습니다만 거기에는 언제나 조화가 그들을 지배하고 있습니다.

그 사업가는 자기의 지나친 질투심을 어떻게 사랑으로 극복했나

사랑은 맺어주고 질투는 분열시킵니다. 밀턴은 "질투는 상처받은 여인의 지옥이다."라고 말했습니다. 셰익스피어는 "질투는 조심하십시오. 그것은 자기의 몸을 갉아먹는 파아란 눈의 괴물입니다."라고 말했습니다. 다시 말하면 질투심이 강한 사람은 자기의 음식물에 독을 넣어 먹는 것과 같습니다.

그러한 실례로서 동료가 승진되고 인기가 있으며 성공했다는 것으로 같은 회사에 근무하고 있는 라이벌에게 깊은 원한을 품고 있던 한 남자에 대한 이야기를 소개하겠습니다. 나는 이 사람에게서 질투의 무서운 독소가 그의 생명에 필요한 각 기관에 해를 주어 그가 앓고 있는 출혈성 궤양·치질·고혈압 등을 일으키고 있다는 것을 말해 주었습니다. 뿐만 아니라 그가 축적해 둔 질투의 독소가 그의 얼굴을 바싹 마른 흙빛으로 만들었으며 그에게서 활력을 빼앗고 있었습니다.

그것에 대한 설명이 어떻게 치료 방법이 되었는가

이 사람의 신체적 고장에 대한 나의 설명은 다음과 같았습니다. — 무한한 힘은 하나로서 그것은 나누어지지가 않습니다. 그것이 자기와 경쟁한다는 것은 있을 수 없으므로 거기에는 경쟁이 없습니다. 거기에는 분열도 내분도 없습니다. 그것은 유일한 존재이며, 힘이며, 원인이며, 실체이므로 그것을 반대하거나 방해하거나 손상시킬 존재는 아무것도 없습니다. 무한한 존재는 무엇과도 누구하고도 경쟁 관계에 있지를 않습니다. 무한한 힘은 모든 사람들 안에 있는 생명의 원리이며 그것은 독자적인 비범한 방법으로 각자를 통해서 표현될 것을 원하고 있습니다. 전세계에는 30억의 인간이 있습니다. 그리고 이 생명의 무한한 보고는 모든 사람들 안에서 흐르고 있습니다.

마음속의 무한한 강물은 모두 사람들 마음속에 침투해 들어가므로 각자는 자기가 원하는 것을 가질 수 있습니다. 당신의 생각, 당신의 감정, 당신의 주의, 무한한 힘에 대한 당신의 인식 따위는 이 무한한 보고로 통하는 직접적인 파이프라인이 됩니다. 신념과 믿음의 결여로 이러한 관계를 단절시킬 수 있는 사람은 온 세상에서 당신 혼자뿐입니다.

사랑으로 교제를 시작하려면

당신은 깊이 자기 마음을 응시하면서 당신의 선 · 건강 · 부 · 풍요 · 영감 · 인도 · 사랑 혹은 당신이 원하는 그밖의 어떤 것이라도 신념을 가지고 구할 수 있습니다. 당신이 기대하고 믿는 바에 따라 반응이 당신을 위해 흘러나옵니다. 다른 사람이 가지고 있는 것에 욕심을 내서는 안 됩니다. 그 사람의 성공을 기뻐하십시오. 당신은 바른 사고 방식과 감정에 의하여 당신이 원하고 있는 것을 가질 수 있습니다. 다시 말해 당신 마음속의 심상에 당신이 원하는 것을 유지시킴으로써 그 열매를 거둘 수가 있다는 것입니다.

다른 사람의 재능·성공·달성·혹은 부에 대해 질투를 하게 되면 당신 자신을 낮추게 하여 보다 많은 결핍·손실·한계성마저도 끌어들이게 됩니다. 실제로 당신은 모든 선의 근원을 거부하고 "저 사람은 성공해서 저런 것도 가지고 있는데 난 잘 되지 않는다."고 하는 말을 자기에게 하는 경우가 있습니다. 이것은 참으로 어리석은 생각이며 결국에 가서는 당신에게서 승진의 기회와 성공을 빼앗아 가는 것이 되고 맙니다. 이 세상에는 단 하나의 마음과 하나의 생명밖에 없으므로 우리는 우리들의 사고나 감정 안에서 이 세상의 모든 남녀나 어린이들을 위해 생명·자유·행복·하느님의 모든 축복을 진심으로 원할 때, 우리들은 정녕 그들을 사랑하고 있다는 것을 배우게 될 것입니다. 사랑(선의)은 성공·행복·마음의 법칙에 대한 실현인 것입니다.

사랑은 어떻게 그의 인생을 변화시켰는가

위에서 말한 바와 같이 마음의 법칙에 관하여 간결하기는 하지만 실제적인 토론의 결과 그는 인생에서 새로운 전망과 통찰을 얻게 되었습니다. 그는 다른 사람의 승진이나 성공 등에 대하여는 두 번 다시 질투를 하거나 화를 내지는 않을 것이며 오히려 그와는 반대로 성공한 사람이 어떤 사람이건 그를 위해 기뻐하게 되었다고 말했습니다. 나는 그에게 다음과 같은 기도를 가르쳐 주고 그 기도문을 자주 읽으라고 권했습니다.

이 장의 요약

1. 생명은 그 본질상 스스로를 조화·아름다움·기쁨·평화 등으로 나타내기를 좋아한다. 다시 말하면 당신에 대한 하느님의 의사는 지금 곧 풍요로운 인생을 갖는 데 있다.
2. 당신이 생각하는 패턴과 심상이 당신이 갖고 있는 사랑의 본질 혹은 애정에 의하여 당신의 인생에 나타나는 것이다. 당신이 어떤 생각을 가지고 있건 그 일은 실현되는 것이다.
3. 자기 자신을 거부하지 말라. 비슷한 것끼리 모이게 마련이다. 하느님의 사랑은 하느님의 속성과 닮지 않은 다른 모든 것을 녹여 없애 버린다는 것을 이해해야 한다. 만일 당신이 거부하는 패턴 혹은 공포의 관념을 가지고 있다면 조화·사랑·평화·기쁨·바른 행동의 생명을 주는 패턴으로 당신의 잠재 의식을 채워야 한다. 그렇게 하면 당신은 정신적인 부활을 경험하게 될 것이다.
4. 우주의 지력이 모든 잠에서 당신과 조화되는 사람을 당신에게 보내고 있다는 것을 실감함으로써 당신은 이상적인 배우자를 얻게 된다. 당신의 깊은 마음이 하느님의 질서 안에서 그 일을 실현시킬 것이다.
5. 질투는 손실·결핍·비참 등을 당신에게 가져다 주는 마음의 독약이다. 그것을 극복하려면 유일한 우주의 마음속에는 경쟁이 없다는 것을 이해하지 않으면 안 된다. 사랑은 질투를 추방한다. 원하는 것이 있으면 무엇이든 마음속에서 신념을 가지고 말하라. 그렇게 하면 하느님은 사랑에 대한 당신의 신념에 따라 당신의 소망을 들어줄 것이다.

6. 당신의 마음에 시기심이 일어나면 “나는 그 사람의 행복과 성공을 기뻐합니다.”라는 말과 바꾸어 놓도록 하라. 그것을 습관적으로 하라. 그렇게 하면 반드시 당신의 인생에 기적이 일어날 것이다.
7. 우주에는 올바른 행동의 원리가 있다. 당신 안에 있는 우주의 지력은 당신이 신념을 가지고 말하고, 느끼고, 믿는 것을 그것이 어떤 것이든 당신에게 줄 것이다. 우주의 마음은 그것들을 통해서 무한한 축복을 줄 수 있는 무수한 통로를 가지고 있다. 당신은 하느님의 통로이다. 지금이야말로 당신의 선(善)을 받아들이도록 한다.
8. “사랑 안에 있는 사람은 하느님 안에 있으며, 하느님께서는 그 사람 안에 계십니다.”(요한의 첫째 편지 제4장 16절)

15. 불가능을 가능케 하는 무한한 힘

성서에는 이렇게 씌어 있습니다.

“그러므로 내 말을 잘 들어 두어라. 너희가 기도하며 구하는 것이 무엇이든 그것을 이미 받았다고 믿기만 하면 그대로 다 될 것이다.”(마르코의 복음 제11장 24절) “이 말에 예수께서 ‘할 수만 있다면’이 무슨 말이냐? 믿는 사람에게는 안 되는 일이 없다.”(마르코의 복음 제9장 23절)

믿는다는 것은 어떤 것을 진실한 마음으로 받아들이는 일입니다. 그러나 많은 사람들은 절대적으로 잘못된 것을 믿고 있어서 그 결과 그들이 믿고 있는 크기만큼의 괴로움을 받게 됩니다. 예를 들면 만일 당신이 로스앤젤레스가 아리조나주에 있다고 믿고 그곳으로 편지를 보내게 되면 그 편지는 이리저리 돌아다니다가 당신에게로 되돌아오게 될 것입니다. 어떠한 생각을 받아들인다는 것은 그것을 믿기 때문이라는 것을 알아야 합니다. 만일 어떤 사람이 당신에게, 당신은 성공하기 위하여 그리고 인생의 여러 문제에 승리하기 위해 태어났다고 암시를 줄 때, 당신이 그 암시에 대해 조금도 의심하지 않고 완전히 받아들인다면 반드시 당신의 인생에 기적이 일어날 것입니다.

절대적인 신념의 기적

고대의 제왕이었던 알렉산더 대왕이 매우 감수성이 강한 어린 시절에 그의 어머니 올림피아는 그의 본질은 하느님이라는 것, 제우스신(神)에 의하여 임신을 했으므로 그는 다른 소년들과는 다르다는 것, 그렇기 때문에 그는 여느 소년들이 하지 못하는 일을 해낼 것이라 하는 등의 말을 그에게 해 주었습니다. 소년은 그 말을 굳게 믿으면서 신장면에서나 힘에 있어서 뛰어나게 성장했습니다. 그리고 그의 인생은 보통 사람의 이해를 넘어선 빛나는 위업(偉業)의 연속이었습니다. 그는 '신의 광인(狂人)'이라고 불리웠습니다. 알렉산더는 상상도 못했던 일, 불가능이라고 생각되던 일 등을 해냈던 것입니다. 그는 뛰어난 군인이 되었고 정복자가 되었습니다. 그는 인간인 그의 아버지—마케도니아의 필립왕의 아들이 아니라는 신념을 굳게 받아들였던 것입니다.

기록에 의하면 어느 날 그는 사납게 날뛰던 말의 목을 잡고 안장도 고삐도 없는 그 말 위에 올라탔더니 그 말은 양처럼 순하게 되었다는 말이 전해지고 있습니다. 그의 아버지도 마부도 그 말에게는 손도 대지 않으려던 말이었습니다. 그러나 그는 자기는 신(神)이므로 모든 동물을 지배하는 힘을 갖고 있다고 믿고 있었던 것입니다. 그는 그 당시 알려지고 있던 세계를 정복하고 제국을 수립했습니다. 정복해야 할 민족이 이젠 없어졌다는 말을 듣고 그는 울었다는 이야기가 전해지고 있습니다.

내가 이러한 역사적인 것을 인용하는 이유는 불가능을 가능케 하는 신념의 힘이란 어떤 것인가 하는 것을 보여 주기 위해서입니다.

"하느님께서는 무슨 일이든 하실 수 있다."(마태복음 제 19장 26

절)인 것입니다. 알렉산더는 믿고 있었으며 그 신념을 자기에게 극적으로 나타내어 독자적인 방법으로 그의 마음과 몸과 일에서 이 무한한 힘을 실현시켰던 것입니다.

왜 당신은 자신이 하느님이라는 것을 깨닫지 않으면 안 되는가

당신은 살아 계시는 하느님의 아들입니다. 성서에는 "이 세상 누구를 보고 아버지라 부르지 말아라. 너희의 아버지는 하늘에 계신 아버지 한 분뿐이시다."(마태복음 제82장 9절)라고 씌어 있습니다.

당신은 하느님에게서 태어났습니다. 당신은 신성을 가지고 있습니다. 당신은 하느님이 하시는 것과 같은 힘과 능력과 재능을 가지고 있습니다. "나의 선고를 들어라. 너희가 비록 신들이요 모두 지극히 높으신 이의 아들들이다."(시편 제82편 6절) 당신 안에 있는 무한한 힘을 구할 때, 당신은 온갖 기적적인 일이 달성될 수 있다고 생각하십시오. 하느님의 아들이라는 당신의 신념은 인간이 갖는 잘못된 신념이나 의견을 모두 물리치고 즉각 하느님의 일을 하는 것을 당신에게 가능케 합니다.

신성(神性)을 가지고 있다는 것을 당신은 어떻게 알 수 있는가

다음의 말을 신념을 가지고 되풀이하십시오. "나는 내가 하느님의 아들이며 하느님의 모든 힘·특질·속성 등이 나에게 주어졌다는 것을 알고 있으며 믿고 있습니다. 나는 나의 신성을 절대로 믿고 있으며 태어날 때부터 하느님의 권능을 누리고 있습니다. 나는 하느님의 모습과 비슷하게 만들어졌습니다. 나는 모든 것을 다스리는 지배권을 부여

받았습니다. 나는 내 안에 있는 하느님의 무한하신 힘에 의하여 어떤 문제나 도전에 대해서도 극복할 수가 있습니다. 나의 모든 문제는 하느님의 능력에 의하여 해결됩니다. 나는 나 자신이나 다른 사람들의 괴로움을 없애주는 하느님의 치유력을 풀어 놓을 수 있다는 것을 절대적으로 믿고 있습니다.

나는 가장 높으신 분의 존재에 의하여 격려를 받고 있으며 비추어지고 있습니다. 나는 매일같이 더 많은 하느님의 사랑 · 빛 · 진리 · 아름다움을 발휘하고 있습니다.

하느님은 나의 아버지이시고 그분과 한몸인 나도 하느님이므로 모든 일이 내게는 가능하다는 것을 알고 있습니다. 나는 지금이야말로 하느님의 빛이 내 안에서 빛나고 나의 아버지이신 하느님의 영광이 내 위를 비추고 있다는 것을 신념을 가지고 단언합니다. 나는 나를 강건하게 하시는 하느님의 힘에 의해서 모든 일을 할 수가 있습니다."

이 진리를 그것이 당신의 몸에 배었다는 생각이 들 때까지 되풀이해서 읽으십시오. 그렇게 하면 반드시 당신의 인생에 기적이 일어날 것입니다.

어느 성직자가 자신에 대한 신념의 힘을 어떻게 실증했는가

몇 개월 전에 나는 어느 성직자와 재미있는 대화를 나누었습니다. 그의 말에 의하면 뛰어난 내과의사인 그의 형이 1년 전에 "톰, 너는 악성의 병에 걸려 있어."라고 말했다고 합니다. "그것은 정말이지 나에겐 큰 충격이었습니다."라고 그는 말하면서 이야기를 계속했습니다.

"나는 내가 설교를 할 때 하느님은 사랑이다. 믿음은 산이라도 움직일 수 있다고 한 일들에 대해 생각해 봤습니다. 그리고 나는 나에게 이렇게 말했습니다. '만일 그것이 정말이라면 나는 어째서 이렇게 놀라며 두려워하고 있을까? 이 진리를 나는 정말이라고 받아들이고 있지 않는 걸까? 그저 머리속에서만 그런 소리를 하고 있는 걸까?'하고 말입니다. 그러자 갑자기 나는, 만일 내가 정말로 믿고 있다면 나는 성서에 씌어 있는 진리에 살며 충실하게 그것을 실증시켜야 하지 않는가 하는 생각이 들었습니다. 나는 형님이 가르쳐 준 요법에 따랐습니다. 참을 수 없을 정도로 아팠으며 엑스선 요법이나 약의 효과도 거의 없었습니다. 내 병은 점점 더 악화되어 갔습니다. 나는 하느님의 치유력에 대해 그다지 믿지 않고 있었습니다. 그것은 그저 말의 장난일 뿐이라고 생각하고 있었습니다. 그러다가 나는 성서에서 다음의 말씀을 읽었습니다. '나는 분명히 말한다. 누구든지 마음에 의심을 품지 않고 자기가 말한 대로 되리라고 믿기만 하면 이 산더러 번쩍 들려서 저 바다에 빠져라 하더라도 그대로 될 것이다.'(마르코복음 제11장 23절)"

그는 눈을 감고 이 말씀을 조용히 생각해 봤습니다. 그리고 다음과 같이 기도를 드렸습니다. "나는 성서에 있는 이 말씀에 내포되어 있는 진리를 믿었습니다. 두려움과 근심과 질병의 산은 제거되며 잊어버리게 될 것입니다. 나의 병은 지금 내게서 떠나가고 있습니다. 나는 하느님의 치유력과 하느님의 자애로우심과 하느님의 은총을 믿습니다. 나는 내 육체의 현재 상태는 내 잠재의식에 도사리고 있는 공포와 부정적인 생각으로 인해서 오게 되었다는 것을 알고 있습니다. 나는 하느님의 치유력을 가지고 있는 사랑이 모든 부정적인 패턴을 녹여서 씻어 없애준다는 것을 알고 있습니다. 그리고 나는 지금 막 행해지고 있는 치료에 대해 하느님께 감사하고 있습니다. 나는 곤란한 문제가 힘을 더 얻게 된다는 것을 절대적으로 부정합니다. 그리고 '나는 야훼, 너희를 치료하는 의사이다.'(출애굽기 제 15장 26절)라는 진리를 찬양합니다."

그는 하루에 몇 번이나 소리내어 이 기도를 염송했습니다. 두려움과 의혹이 마음속에 일어날 때는 즉시 "하느님은 지금 나를 치유하고 계십니다."라고 단호하게 말했습니다. 3개월이 지날 무렵에는 병의 징후는 완전히 사라졌습니다. 지금 그는 질병에서 완전히 해방되어 원기 왕성하게 열성적으로 교회 일을 사목하고 있습니다.

"또 너희가 기도할 때에 믿고 구하는 것은 무엇이든지 다 받을 것이다."(마태복음 제21장 22절)

무한한 치유력을 믿고 건강해지려면

역사를 돌이켜보면 기적적인 마음의 치유력에 관한 예는 얼마든지 있습니다. 예수는 장님과 절름발이를 낫게 했습니다. 예수는 우리들과 마찬가지로 태어난 사람이었습니다. 예수와 우리가 다른 점은 예수는 묵상과 하느님의 위대한 진리를 믿음으로써 보다 많은 신성을 소유하고 있었다는 것, 그리고 예수는 하느님과의 일체감을 가지고 있었다는 데에 있습니다. 예수는 모든 사람에게 이렇게 말했습니다. "믿는 사람에게는 기적이 따르게 될 것인데 내 이름으로 마귀도 쫓아내고 여러 가지 기이한 언어로 말도 하고…… 병자에게 손을 얹으면 병이 나을 것이다."(마르코복음 제16장 17~18절)

치유력은 하느님과 함께 있으며 모든 일이 가능하다고 믿는 당신의 신념 속에 있습니다.

그 어머니는 어떻게 해서 불가능을 가능케 했는가

나는 루이지애나에 살고 있는 어떤 부인에게서 전화를 받은 적이 있습니다. 그녀의 아들이 입원하고 있었던 것입니다. 그는 심한 뇌출혈을 일으켜서 살 가망이 없다는 진단이 내려져 있었습니다. 절망적이라는 것이었습니다. 이 부인과 대화하는 중에 나는 그녀가 매우 신심이 두터운 사람이라는 것을 알았습니다. 나는 그녀에게 "당신은 아들의 두뇌와 육체를 만드신 무한한 치유력이 아들을 치료하여 본래의 상태로 돌아가게 할 수가 있다는 것을 믿습니까?"라고 물었습니다. 그녀는 이렇게 대답했습니다. "저는 성서에 '너희의 상처에 새살이 돋아 아물게 하여 주리라. 이는 내 말이라, 어김이 없다.'(예레미야 제 30장 17절)라는 말을 믿습니다."라고.

우리들은 전화에 대고 함께 기도했고 무한한 치유력은 육체의 다른 기관을 고치는 것처럼 뇌를 치료하는 방법도 알고 있다는 데에 의견의 일치를 보았습니다. 우리들은 또 사랑과 평화와 조화의 분위기가 아들을 둘러싸고 있다고 분명하게 말했습니다. 나는 그녀에게 아들이 집으로 돌아오는 모습을 상상하며 "어머니, 기적이 일어났습니다. 전 완전히 나았어요."라고 말하는 소리를 듣도록 노력하라고 말해 주었습니다.

그 어머니는 기도를 계속하며 하느님의 치유력이 아들을 낫게 해 준다는 것을 믿었습니다. 그녀는 끊임없이 아들이 집으로 돌아와서 행복스런 표정으로 웃고 있는 모습을 마음속에 그렸습니다. 두려움이나 근심스런 생각이 일어나면 그녀는 즉시 "무한한 치유력이 지금 기적을 일으키고 있다는 것을 믿습니다. 진심으로 믿습니다."라고 신념에 찬 마음으로 말했습니다. 이 청년은 지금 완전히 건강을 되찾았습니다. 치유력이 어떻게 작용하는가에 대해서는 아무도 정확하게 알지는 못합니다. 마찬가지로 아메리카 삼나무가 세코이아의 종자에서 어떻게 성장하는가에 대해서는 나도 정확히는 모르고 있습니다만 아마 정확하게 알고 있는 사람은 드물 것입니다. 이 부인은 아들의 병을 낫게 하고 본래의 건강한 몸으로 되돌려 주는 방법을 알고 있는 무한한 지력이 있다는 것을 확신하고 있었습니다. 그녀는 외관(外觀)을 초월해서 사물을 보았으며 그렇게 함으로써 불가능을 가능케 했던 것입니다.

당신의 신념의 옳고 그름을 알려면

"내가 구하고 있는 이것은 정말로 나를 위해 존재하고 있을까?" 라고 자기에게 물어 보십시오. 그리고 당신은 훌륭한 친구들과 교제하고 있다는 것을 믿고 있습니까? 자기가 필요로 하고 있는 모든 부(富)를 당신도 얻을 수 있다는 것을 당신은 믿고 있습니까? 살아가는 데에 있어서 자기가 꼭 있어야 할 장소를 발견할 수 있다고 당신은 믿고 있습니까? 나를 위한 하느님의 의사가 풍요로운 인생 · 많은 행복 · 평화 · 기쁨 · 번영 · 건강 등에 있다는 것을 당신은 믿고 있습니까? 당신은 이러한 모든 질문에 대해 긍정적으로 응답하고 인생에서 최선을 기대하며 믿어야 합니다. 그렇게 하면 그 최선의 것이 당신에게로 반드시 오게 됩니다.

많은 사람들은 인생의 풍요로움에 관해서 어떻게 믿고 있는가

많은 사람들은 부 · 행복 · 풍요 등은 그들을 위해 있는 것이 아니라 다른 사람들을 위해서만 존재한다고 생각하고 있습니다. 이것은 열등감이나 거부감 때문입니다. 남보다 못한 사람이라든지 잘난 사람이란 것은 원래 존재하지 않습니다. 그것이 설사 싹이 트고 있는 도중이라 하더라도 모든 사람은 하느님인 것입니다. "너희가 비록 신들이요 모

두 지극히 높으신 이의 아들들이다."(시편 제82장 6절)

당신은 가족, 인종, 혹은 초기의 상태에 의해서 제한받고 있는 것은 아닙니다. 가난한 집에서 태어났는데도 불구하고 자기의 환경을 초월하여 군중 위에 높이 솟아오르게 된 사람은 셀 수 없으리만큼 많습니다. 아브라함 링컨은 오두막집에서 태어났습니다. 예수는 목수의 아들이었습니다. 위대한 과학자였던 조지 카버는 노예 출신이었습니다. 하느님의 은총은 인종이나, 사상이나 피부색에 관계없이 모든 사람에게 고루 베풀어지고 있습니다.

당신이 믿는 대로 당신에게 주어지는 것입니다. 만약 당신이, 법칙은 사람을 선택하는 것이 아니라 당신의 신념에 응답한다는 것을 알고 있으면서도 당신이 필요한 것을 요구할 권리를 갖고 있다는 것을 믿지 않는다면 당신은 당신이 필요로 하는 것을 얻지 못하게 될 것입니다.

당신은 풍요롭고 기쁨에 찬 인생을 즐길 권리가 있다

광대 무변한 선이신 하느님은 즐겨야 할 모든 것을 당신에게 주셨습니다. 그리고 당신은 하느님의 영광을 찬미하고 영원히 하느님을 받아들이기 위하여 이 세상에 있는 것입니다. 당신이 원하는 것의 동기가 이기적인 것이 아니고 그것을 다른 모든 사람들을 위해서도 원하고 있다면 어떤 좋은 것이라도 당신의 인생으로 소유할 완전한 권리가 있는 것입니다. 건강 · 행복 · 평화 · 사랑 · 풍요 등에 대한 당신의 소망을 방해할 사람은 아무도 없습니다. 당신은 믿을 수 없을 만큼 많은 수입이 있는 지위를 얻을 권리도 가지고 있습니다. 그렇게 하기 위해 다른 사람의 지위를 빼앗으려 들면 안 됩니다. 무한한 힘은 당신의 성실함과 정직함에 알맞는 수입이 있는 정당한 고용 관계의 길로 반드시 인도해 주십니다.

당신은 당신이 원하고 있는 선을 소유할 권리를 가지고 있다는 것을 믿어야 합니다. 그리고 그러한 것이 오게 된다고 생각되는 모든 일을 행하십시오. 그러면 반드시 실현될 것입니다. 당신은 다른 사람들이 즐기고 있는 것을 욕심내서는 안 됩니다. 하느님의 무한하신 부는 모든 사람에게 주어지는 것입니다. 인생은 그 권리에 대한 당신의 신념과 그것을 당신이 어떻게 사용하느냐에 따라 당신에게 응답해 줄 것입니다.

당신은 당신이 믿는 것을 얻게 된다

당신의 경험, 상태, 일어나는 모든 일은 모두 당신의 신념에서 생기는 것입니다. 원인과 결과는 하나로 굳게 맺어져 있습니다. 당신의 습관적인 사고 방식이 당신 인생의 모든 단계에서 현실화되어 나타나게 되는 것입니다. 당신을 위로하시고, 인도하시고, 지도해 주시고 그리고 아무도 닫을 수 없는 문을 당신에게 열어주시는 무언(無言)의 동반자를 기다리고 있다는 것을 믿어야 합니다. 최선의 것을 즐거운 마음으로 기다리며 살아야 합니다. 그러면 최선의 것이 항상 당신을 찾아오게 될 것입니다.

매일 아침 눈을 뜨게 되면 조용히 애정을 담아 다음의 말을 단호하게 말하십시오. "오늘은 주님께서 만드신 날입니다. 나는 이 날을 즐겨하며 기뻐합니다. 오늘은 내 인생에서 기적이 일어나는 날입니다. 오늘 나에게는 놀랄 만한 접촉이 있게 됩니다. 나는 멋있고 가장 흥미있는 사람들과 만나게 될 것입니다. 나는 오늘 하느님의 질서에 따라 나의 일을 모두 완성시키며 위대한 일을 성취하게 될 것입니다. 내 무언의 동반자는 어떤 일도 다 해낼 수 있는 새롭고 보다 좋은 방법을 나에게 가르쳐 주십니다. 무한한 힘에는 장애물도 없고 어떠한 방해도 알고 있지 않다는 것을 나는 알고 있습니다.

하느님은 내가 생각지도 못할 만큼 나를 번영케 해 주신다는 것을 나는 믿고 있습니다. 나는 "사람에게는 안 되는 일이 없다."(마르코복음 제9장 23절)는 것을 알고 있으며 또한 믿고 있습니다."

이 장의 요약

1. 성서에는 "'할 수만 있다면'이 무슨 말이냐? 믿는 사람에게는 안 되는 일이 없다."(마르코복음 제9장 23절)고 씌어 있다.
2. 믿는다는 것은 어떤 일을 받아들인다는 뜻이다. 당신은 거짓을 믿을 수는 있지만 그것을 증명하지는 못한다. 만일 틀린 것을 믿는다면 당신의 믿음의 깊이만큼 괴로워하게 될 것이다.
3. 알렉산더 대왕은 어머니에게서 자기가 제우스신에 의하여 임신했다는 말을 들었다. 그래서 알렉산더는 자기의 본질은 하느님이라고 믿게 되었다. 그 때문에 그는 다른 사람들이 불가능한 일이라고 믿고 있던 것을 자기라면 할 수 있다고 믿고 실제로 그 일을 성취시켰다.
4. 당신은 살아 계시는 하느님의 아들이며 자신에게는 무한한 힘과 하느님의 본질이 부여되고 있다고 믿어라. 이 신념을 가지고 있다면 당신은 당신의 인생에 기적을 가져오게 할 것이다. 당신을 강하게 해 주신 하느님의 힘에 의하여 모든 일을 할 수 있다고 믿어라.
5. 만일 당신이 산(장애물 · 곤란 · 문제)을 보고 그 자리에서 떠나 망각의 바다로 들어가라고 말하고 하느님의 무한한 힘이 그렇게 할 수 있다고 믿는다면 그 일은 실현될 것이다.
6. "나는 야훼, 너희를 치료하는 의사이다."(출애굽기 제15장 26절)라고 한 성서의 성구를 인용하라. 이 진리를 당신의 마음속에서 규칙적으로 되풀이하여 무한한 치유력을 믿도록 하라. 그렇게 하면 당신의 병은 치유될 것이다. 당신이 믿는 대로 당신에게도 배풀어질 것이다.
7. 무한한 치유력에 의지하면 모든 일이 가능하다는 것을 단호히 믿어

라.

8. 당신의 육체를 만들고 당신의 모든 기관을 창조하신 무한한 힘은 그것을 치료하여 본래의 건강체로 다시 만들 수 있다는 것을 믿어라. 다음의 위대한 진리를 신념을 가지고 말하고 당신의 마음을 그것으로 채우도록 하라. — "이제 너희의 상처에 새살이 돋아 아물게 하여 주리라. 이는 내 말이라, 어김이 없다."(예레미야 제30장 17절) 이 진리를 자주 마음속으로 되새김으로써 당신은 마음의 평화를 얻을 수 있으며 병도 낫게 될 것이다.

9. 사물을 볼 때 외관만을 보지 말고 원하는 것이 채워지는 모양을 자세히 봐야 한다. 그렇게 하면 당신은 불가능을 가능케 할 것이다.

10. 당신의 신념을 다시 한 번 확인하고 위대한 긍정적인 빛 안에서 그것을 재정비하라. 하느님의 친절과 인도하심을 믿으며, 보다 풍요로운 인생을 믿어라.

11. 당신은 하느님의 힘에 의하여 인생에서의 모든 부를 누릴 권리가 주어져 있다. 하느님은 주시는 분이며 베푸시는 분이시다. 그리고 만일 마음속에서 그렇게 생각하고 있다면 모든 것을 다 당신에게 주어질 준비가 되어 있다. 이제 당신은 선을 받아들이고 최선의 것은 기대하는 기쁨 속에서 살도록 하라. 당신은 가족 · 인종 · 교육 등에 의해서 차별을 받지 않게 된다.

12. 하느님께서는 당신이 받을 만한 것은 모두 풍부하게 주셨다. 당신은 하느님의 영광을 찬미하며 하느님이 주신 것을 영원히 즐기기 위하여 이 세상에 존재한다. 하느님의 무한하신 부는 어떤 사람이라도 다 받아들일 수가 있다. 인생은 그것에 대한 당신의 신념과 당신이 그것을 어떻게 사용하느냐에 따라 당신에게 응답할 것이다.

13. 당신의 경험 · 상태 · 일어나는 일 등은 모두 당신의 신념에서 태어

나는 것이다.

16. 조화를 이루게 하는 무한한 힘

이 장은 하와이주를 형성하고 있는 많은 섬들 중에서도 가장 아름다운 마우이 섬에서 썼습니다. 이곳 사람들은 "누구든지 하와이를 보기 전까지는 살아 있었다고 말하지 말라."고 말하고 있습니다. 마우이 섬에서도 가장 매력적인 것은 1만 피트 이상이나 높게 솟아 있는 사화산(死火山)으로서 '태양이 사는 집'이라고 부르고 있는 하레아크라산입니다. 거기에는 숨이 막힐 것 같은 풍경과 원주민들이 식량을 얻기 위해 바다에서 그물질하는 모습과 그들의 조상이 하던 방법대로 감자밭을 경작하고 있는 극히 원시적인 생활을 볼 수 있습니다.

이들 섬들에는 각각 다른 인종의 사람들이 각기 다른 종교를 갖고 있으면서도 조화가 되고 평화롭게 하느님의 사랑의 햇빛을 즐기면서 함께 살고 있습니다. 나를 공항에서 마우이 · 힐턴 호텔까지 자동차로 데려다 준 원주민은 자기의 핏줄은 아일랜드, 포르투갈, 독일, 일본 그리고 중국의 혼혈이라고 내게 말해 주었습니다. 그는 말하기를 여기 사람들은 수세대에 걸쳐서 이민족 간의 결혼이기 때문에 인종 문제 같은 것은 한 번도 일어난 적이 없었다고 지적했습니다.

남들과 사이좋게 살아가려면

이 세상에서 성공하지 못한 사람들의 이유의 하나는 다른 사람들과 사이 좋게 지낼 수 없는 데에 그 원인이 있습니다. 그들은 남들을 잘못된 방법으로 대하고 있기 때문이라고 생각됩니다. 점잖은 척하는 그들의 태도는 융통성이 없고 공격적일 때가 많은 것 같습니다. 남들과 잘 사귀는 최선의 방법은 다른 사람들 안에 있는 신성을 존경하고 어떤 사람이라도 전인류의 축도(縮圖)이며 견본이라는 것을 실감하는 데 있습니다. 이 세상에 살고 있는 사람은 누구나 살아 계시는 하느님의 아들이며 딸인 것입니다. 그래서 우리들은 우리들 안에 있는 신성을 존경하고 흠숭할 때는 자동적으로 다른 사람 안에 있는 하느님의 존재를 존경하며 흠숭하는 것이 되는 법입니다.

그 호텔 종업원은 어떻게 해서 소망대로 승진하게 되었는가

마우이 섬의 코아나파리 비치에 있는 한 호텔을 방문했을 때 나는 어떤 웨이터와 재미있는 이야기를 나누었습니다. 그가 말하기를 해마다 본토에서 괴팍한 성격의 대부호가 그 호텔을 찾아온다는 것이었습니다. 그 부호는 호텔 종업원들에게 팁을 주기 싫어하는 아주 인색한 사람이라는 것이었습니다. 그는 야비하고 예의를 모르는 구질구질한 사람이었습니다. 어떤 것에도 만족하는 법이 없었으며 음식물이나 서비스에 대해 항상 불평을 했으며 웨이터가 서비스를 해줄 때는 꼭 잔소리를 하는 것이었습니다. 이 웨이터는 나에게 "저는 그 사람은 병들은 사람이라고 느꼈습니다. 우리들의 카프나(원주민의 성직자)는 사람이 저런 행동을 할 때는 그 사람의 내부에서 어떤 것이 그 사람을 잡아먹고 있기 때문이라고 가르치고 있습니다. 그래서 저는 친절로서 그것을 죽여 없애주려고 결심했던 것입니다."라고 말하는 것이었습니다.

특별한 테크닉이 어떤 기적을 가져다 주었는가

이 웨이터는 어떤 경우에도 마음속으로 '하느님은 이 사람을 사랑하고 계십니다. 나는 이 사람 안에 있는 하느님을 보며 이 사람은 내 안에 있는 하느님을 봅니다.'라고 생각하면서 호의와 친절과 존경으로서 그에게 대했습니다. 그는 약 1개월 동안 이 테크닉을 실행했는데, 그 무렵에 가서 그 쩨쩨한 억만장자는 처음으로 그에게 "일찍부터 수고가 많군 그래, 토니 오늘 날씨는 어떤가? 자네는 내가 지금까지 만났던 웨이터 중에서 최고였어."라고 말했습니다. 토니는 "저는 졸도할 정도로 놀랐습니다. 저는 잔소리를 기대하고 있었는데 오히려 칭찬을 받았던 겁니다. 그 사람은 저에게 5백 달러를 주더군요."라고 내게 말하는 것이었습니다. 이 돈은 그 까다로운 손님이 주는 작별의 팁이었습니다만 동시에 그는 토니를 경제적으로 관계하고 있는 호놀룰루의 큰 호텔 부지배인으로 근무하도록 추천해 주었습니다.

"할 말이 때맞춰 나오면 얼마나 좋으랴!"(잠언 제15장 23절)

말이란 생각의 표현입니다. 이 웨이터의 말(생각)은 그 괴팍하고 고약한 손님의 영혼(잠재 의식)으로 들어가서 그의 마음속에 있는 얼음을 서서히 녹였으며 그리고 그는 사랑과 친절로서 그것에 보답했던 것입니다. 토니는 다른 사람 안에 있는 하느님의 존재를 보았으며 위대한 영원의 진리를 믿는다는 것은 인간 관계에서 정신적으로나 물질적으로 믿을 수 없을 만큼의 혜택이 온다는 것을 실증한 것이었습니다.

모든 사람을 이해한다는 것은 모든 사람을 용서하는 것이다

이 말은 심오한 진리를 내포하고 있는 명언입니다. 나는 이곳 마우이 섬의 어떤 호텔에서 그 호텔 접수계의 간부와 재미있는 이야기를 나누었습니다. 그녀의 말에 의하면 그녀가 손님에게 "오늘은 날씨가 좋은데요."라고 말하면 "그게 어쨌다는 거요? 난 여기 날씨가 마음에 안 들어요. 난 이곳의 것은 무엇 하나 좋아하는 게 없어요."라고 말하는 손님이 때때로 있다고 했습니다. 그리고 그녀는 어떤 손님을 감정적으로 혼란이 되어 이성적인 행동을 하지 못하는 사람도 있다고 말했습니다. 그녀는 호놀룰루의 하와이 대학에서 심리학을 전공했는데 교수가 그녀에게 사람은 선천적인 불구자, 즉 곱추나 기타 지체 부자유자에게 기분 나쁜 말을 해 주거나 화를 내면 안 되는 것과 마찬가지로 어떤 사람이 감정적인 곱추가 되어 있거나 비뚤어지고 뒤틀린 정신 상태가 되어 있을 경우에 그 사람의 행위에 대해 비난해서는 안 된다고 가르쳐준 것을 기억하고 있었습니다.

우리는 이러한 사람들에 대해서는 동정심을 가져야 하는 것입니다. 그들의 정신적 및 감정적인 혼란 상태를 이해하게 되면 그들은 용서해 주는 것쯤은 아주 쉬운 일입니다.

이해심은 어떻게 해서 괴로운 감정에 대한 면역성을 만들어내는가

이 젊은 여성은 매력적이고 인사성이 밝았으며 얌전하고 은근한 성품이어서 누구도 그녀를 노하게 만들 수 없을 것 같은 인상을 주었습니다. 그녀는 말하자면 하느님을 통해서 어떤 면역성 같은 것을 만들어내고 있었던 것입니다. 그리고 그녀는 자기 이외의 사람은 아무도 자기를 손상시킬 수 없다는 것을 완전히 이해하고 있었던 것입니다.

말하자면 그녀는 다른 사람들과 마찬가지로 남을 축복해 주든지 그렇지 않으면 남에게 화를 낼 수 있는 자유를 가지고 있다는 것입니다. 그녀는 축복해 주는 쪽을 선택했던 것입니다. 그녀는 자기를 손상시킬 수 있는 유일한 사람은 그녀 자신, 즉 완전히 자기 지배하에 있는 자기 자신의 생각에 달려 있다는 것을 잘 알고 있었기 때문이었습니다.

그 음악가의 잠재 의식은 어떻게 해서 기적을 가져오게 했는가

밤에 현악기를 연주해서 학비를 조달하고 있던 하와이 대학의 젊은 음악가가 구두 시험과 필기 시험을 치르는 동안 몇 사람의 교수들과 말썽을 일으키는 바람에 시험 준비한 것을 완전히 잊어버렸다고 내게 말해 온 적이 있습니다. 이 청년은 신경질적이며, 화를 잘 내는 성품이었습니다. 나는 그 청년에게 그의 잠재 의식은 그가 배운 것을 모두 완전히 기억하고 있기는 하지만 그의 의식이 너무 긴장되어 있으면 잠재 의식의 지혜는 마음 표면으로 떠올라 오지를 못하게 된다고 말해 주었습니다.

내 충고에 따라 그는 매일 아침저녁으로 다음과 같은 기도를 하기로 했습니다. ─ "나는 잠재 의식 안에 있는 무한한 지력은 내가 알지 않으면 안 되는 모든 것을 내게 알려주고 있습니다. 그리고 나는 공부할 때에도 하느님의 인도를 받고 있습니다. 나는 교수들에게 사랑과 호의적인 감정을 방사할 것이며 교수들과 평화롭게 지내고 있습니다. 나는 하느님의 질서에 따라 반드시 시험에 합격할 것입니다."

3주일이 지났을 무렵, 나는 그에게서 한 통의 편지를 받았습니다. 거기에는 그가 좋은 성격으로 시험에 합격했다는 것과 교수들의 관계도 지금은 좋은 상태에 있다고 써 있었습니다.

그는 내가 그에게 가르쳐 준 신념의 말을 되풀이해서 읽음으로써 그가 알지 않으면 안 되는 모든 것을 완전히 기억할 수 있다는 신념을 잠재 의식에 심어 넣는 일에 성공했던 것이었습니다. 그가 방출한 사랑과 선의는 교수들의 잠재 의식에 받아들여졌기 때문에 조화가 이루어진 관계가 형성된 것입니다.

그 의사는 화를 잘 내는 자신의 성격을 어떻게 고쳤는가

전에는 불을 내뿜던 하레아크라 분화구가 지금은 차갑고 원추형의 활화산의 면모만을 남기고 있습니다. 나는 많은 사람들과 함께 있었는데 그 중 몇 사람은 뎀버, 피츠버그, 스톡홀름, 스웨덴, 오스트레일리아 등 각 지역에서 온 사람들이었습니다. 나는 관광 버스 안에서 오스트레일리아인 의사와 그의 부인 옆에 자리를 잡고 있었습니다. 그가 나에게 말한 바에 의하면 우리들이 보고 있는 화산 활동의 결과와 같은 일이 그의 인생에서도 일어났던 적이 있다는 것이었습니다. 그는 사람들을 너무나도 엄격하게 판단하는 습관이 있었기 때문이라고 말했습니다.

그의 말을 요약하면 그는 신문 기사에 대해서도 화를 내는 일이 다반사였습니다. 그는 국회의원이나 여러 단체의 장들에게 독설적이고 보복적인 신랄한 편지를 보내곤 했었습니다. 이처럼 내부에서 불타고 있는 혼란은 두 번에 걸친 격렬한 심장 발작과 가벼운 뇌일혈이라는 형태로 폭발했던 것입니다.

이 발작이 회복된 후, 그는 그러한 일이 있게 된 것은 자기 자신 때문이었다는 것을 깨달았습니다. 병원에 입원하고 있을 때, 어떤 간호원이 그에게 시편 제91편을 주면서 “이것이야말로 선생님에게 필요한 약입니다."라고 말했기 때문이었습니다. 그는 그 성구에 대해 생각하기 시작했습니다. 그리고 그 의미가 그의 영혼(그의 잠재 의식) 속으로 스며들어간 것입니다. 그는 그후부터 사람들은 제각기 다른 조건을 가지고 있다는 것, 이 세상은 하느님의 완전을 지향하여 노력하고 있는 불완전한 인간의 세상이라는 것을 깨닫고 남들에게 순응하는 법을 배웠다고 말하는 것이었습니다.

내부의 자신에게 충실하라는 말은 무엇을 의미하는가

이 의사는 그가 말하고 있는 것과 같이 자기 안에 있는 하느님, 즉 자아에 충실해야 한다는 것, 그리고 다른 사람 안에 있는 같은 하느님을 흠숭해야 한다는 것을 배웠던 것입니다. 셰익스피어는 "당신 자신의 자아에 충실하라. 그러면 밤을 낮이 이어가듯이 당신은 어떤 사람에 대해서도 악의를 품지 못하게 될 것이다."라고 말했습니다. 이 의사는 모든 것을 이해한다는 것은 모든 것을 용서한다는 뜻이라는 것을 배웠던 것입니다.

그는 어떻게 인간 관계의 위대한 교훈을 배웠는가

깨끗하고 훌륭한 마우이 호텔 근방의 바다에서 함께 수영을 하고 있던 사람이 나에게 "저는 모든 것에서 도피하기 위해 여기에 와 있습니다."라고 말하는 것이었습니다. 그는 자기가 근무하던 회사 사람들에 대해 비판하기 시작했습니다. 정부에 대해서도 그랬습니다. 그는 하느님께 대해서도 원망하고 있는 것 같았습니다. 사실 그는, 만일 하느님이 자기를 혼자만 있게 해준다면 만사가 다 잘 될 것이라고 내게 말하는 것이었습니다.

그는 "이 비열한 사람들과 어떻게 하면 인간 관계를 잘 형성해 나갈 수가 있겠습니까?"라고 내게 물었습니다. 나는 그에게 말하기를, 조사한 바에 의하면 많은 사람들이 인간 관계에 있어서 곤란을 겪고 있는 것은 그 원인을 자기 안에서 찾으려고 하지 않기 때문이라고 가르쳐 주었습니다. 먼저 까다로운 자아와 조화되어 있어야 한다는 것이었습니다. 나는 그에게 그가 부하나 동료들 사이에서 일어나는 트러블의 대부분은 주로 자기 자신에게서 야기된다는 것, 따라서 다른 사람들은 이차적인 원인이라고 생각해야 한다고 지적해 주었습니다.

그는 자기에게는 숨겨져 있는 노여움과 적의를 많이 가지고 있다는 것, 그리고 인생에 있어서의 자기의 계획이나 야심에 대해 커다란 욕구 불만을 가지고 있었다는 것을 솔직히 인정했습니다. 그리고 그는 억압되어 있는 그의 노여움이 그의 주위에 있는 사람들에게 눈으로는 볼 수 없는 저의와 노여움을 던져주고 있었다는 것, 그리고 그는 자기가 일으킨 그 작용 때문에 괴로워하고 있다는 것을 알기 시작했습니다. 그는 동료들이나 부하들이 자기에게 보여주는 적의나 악의는 사실은 그 대부분이 그 자신의 적의나 욕구 불만을 반영하고 있었다는 것을 발견했습니다.

나는 그에게 규칙적이고 조직적으로 지켜야 하는 정신적 처방을 써 주었습니다. 그것은 다음과 같은 것이었습니다.

"이 세상에는 인과(因果)의 법칙이 있다는 것, 그리고 내가 일으키고 있는 기분이 나와 접촉하는 사람들에게 반작용을 일으키고 있으며 그것이 어떠한 상태나 사건으로 내게 되돌아오게 된다는 것을 알고 있습니다. 나는 내 마음의 혼란이나 분노가 다른 사람들, 혹은 동물들에게마저도 비열한 행위나 분노를 일으키게 된다는 것을 이해하고 있습니다. 나는 내가 경험하게 되는 것은 어떤 일이든 그것과 유사한 것을 의식적이든 무의식적이든 간에 내 마음속에 가지고 있기 때문이라는 것을 알고 있습니다. 왜냐하면 나는 내가 생각하고 느끼고 있는 그 자체이며 나는 내가 생각하거나 느끼는 대로 표현하고 경험하고 행동하기 때문입니다.

나는 나 자신에게 마음의 약을 하루에 몇 번이나 주고 있습니다. 나는 내 안에 있는 하느님의 마음으로 생각하고 말하며 행동하고 있습니다. 나는 내 주위에 있는 모든 사람들에게, 그리고 전세계에 있는 모든 사람들에게 사랑과 평화와 선의를 방출하고 있습니다. 하느님이 내 안에서 평안하게 미소하며 휴식하시고 계십니다. 평화는 하느님 마음에 있는 힘이며 하느님의 평화의 강물은 내 마음과 나의 모든 존재에 흐르고 있습니다. 나는 하느님의 무한하신 평화와 한몸입니다. 내 마음은 하느님 마음의 일부이며 하느님의 진리는 나의 진리이기도 합니다.

나는 이 세상에 살고 있는 어떤 사람이라도, 어떤 장소라도 혹은 어떤 사건이라도 내 마음의 동의를 얻지 않고는 나를 혼란하게 만들거나 짜증스럽게 만들거나, 초조하게 만들거나 하는 힘을 가지고 있지 않다는 것을 이해하고 있으며 알고 있습니다. 나의 생각은 창조적입니다. 그리고 하느님은 나를 인도하시는 분이시며 상담역이시며 나를 통솔하시는 분이라는 것과 그리고 하느님은 언제나 나를 지켜주시고 있다는 것을 신념을 가지고 말함으로써 모든 부정적인 생각이나 암시 등을 의식적으로 거부하고 있습니다. 하느님은 나의 주인이시며 나는 하느님을 위하여 일하고 있다는 것을 알고 있습니다.

나의 진짜 자아는 하느님이기 때문에 손상되거나 방해를 받는 일은 없습니다. 나는 자기 비판이나 자기 비난이나 자기 모욕 등이 나 자신을 가장 크게 손상시키고 있는 원인이라는 것을 잘 알고 있습니다. 나는 모든 사람들에게 친절과 사랑과 기쁨을 보냅니다.

그리고 나는 선, 진리, 미(美)가 내 생활의 나날을 아름답게 꾸며 주고 있다는 것을 알고 있습니다. 왜냐하면 나는 영원히 하느님의 집에서 살고 있기 때문에……."

3주일이 지났습니다. 그는 내게 편지를 보내어 이러한 마음의 법칙을 실행한 결과 그의 혼란되고 들끓고 있던 큰솥과 같았던 마음의 상태가 평온과 안정으로 바뀌어졌다는 것이었습니다.

사람들에게 유익한 철학적 태도를 어떻게 몸에 익히게 되었는가

나는 하와이에서 어떤 동양인 사업가와 면담을 한 일이 있는데 그의 철학은 다음과 같은 것이었습니다. "저는 사업가로서 50년 동안이나 일하는 동안에 널리 세계 각국을 돌아다녔습니다. 나는 인간이란 원래 정직하고 선량하다는 것을 배웠습니다. 나는 사람들의 있는 그대로의 상태를 받아들입니다. 그들은 모두가 다 다릅니다. 그들은 각기 다른 습관과 종교를 가지고 있습니다. 그리고 그것은 그들대로의 훈련과 교육과 습관적인 사고 방식의 결과인 것입니다."

"나는 남들을 비난하거나 고객이 말귀를 못알아듣는다고 화를 내거나 하는 사람들을 알고 있습니다. 나는 그런 일 때문에 나 자신을 괴롭게 하지는 않습니다. 나는 어떤 사람이건 나의 마음을 괴롭게 하는 것을 거부합니다. 나는 그들 모두를 축복해 주고 있으며 나 자신의 길을 걷고 있습니다."

부도난 수표가 어떻게 해결되었는가

그는 퍽 많은 돈을 그에게서 차용하고 부도난 수표를 해결해 주지 않았던 10명의 고객 명단을 내게 보여 주었습니다. 그는 이렇게 말했습니다. "나는 그들을 위해 기도했습니다. 즉 하느님은 그들을 번영시켜 주신다는 것과, 하느님은 그들을 인도하고 감독하며 그들의 선한 마음을 강하게 하신다는 것을 실감하면서 아침 저녁으로 그 사람들을 위해 기도했습니다. 나는 그 사람들이 다 내게 돈을 반환하리라는 것, 그리고 그들은 정직하며 진실한 사람들이기 때문에 모든 잠에서 축복받고 있다는 내용으로 말입니다. 1개월 전에 이러한 기도를 시작했습니다. 그들 중 8명이 늦어진 데 대해 사과를 하면서 돈을 보내왔습니다. 2명이 아직 남아 있기는 하지만 그들도 곧 보내올 것을 나는 확신합니다."

그는 자기에게 차용금을 반환하지 않는 고객에 대한 마음가짐을 바꾸었을 때 그들도 또한 바뀌어졌다는 것을 발견했던 것입니다.

행복한 관계에 대한 열쇠

존경하는 마음을 가지고 사람들을 대하십시오. 다른 사람들 안에 있는 신성을 흠숭하고 존경해야 합니다. 모든 사람들에게 사랑과 선의를 베푸십시오. 온순한 사람에게 싸움을 걸거나 적의를 품거나 대립적이며 험악한 방법으로 대드는 사람은 없다는 것을 이해해야 합니다. 어디에나 정신적인 갈등이라는 것은 있기 마련입니다. 하와이의 카프나가 말했듯이 '그들의 내부에는 그들을 잡아먹고 있는 무엇인가가' 있는 것입니다. 어디에나 가슴아픈 일은 있기 마련입니다. 하느님은 당신의 참모습인 것입니다. 하느님은 어떤 일에도 손상되거나 방해를 받지 않습니다. 만일 당신이 해결할 수 없는 사람을 만나게 되었다면 그들을 하느님께 일임하고 하느님으로 인해서 당신은 자유라는 것을 선언하여 하느님이 그들에게 주의를 주시도록 하는 것입니다. 그렇게 하면 당신은 자신이 푸른 목장과 조용한 물가에서 쉬고 있는 것을 발견하게 될 것입니다.

이 장의 요약

1. 사람들이 일상 생활에서 성공하지 못하는 중요한 원인 중의 하나는 그들에게 남들과 원만히 지낼 수 있는 능력이 없기 때문이다.
2. 이 세상에 있는 사람들은 모두가 하느님의 아들딸이라는 것을 이해해야 한다. 당신이 자기 안에 있는 하느님, 즉 자아를 존경하고 흠숭할 때는 자동적으로 다른 사람들 안에 있는 하느님의 존재도 흠숭하고 있는 것이 된다.
3. 심술이 사납고 거칠며 언제나 욕지거리를 잘 하는 손님을 담당하고 있던 어느 웨이터는 그 사람이 정신적으로 병들어 있다는 것을 알았다. 그래서 그는 그 손님에게 친절과 상냥함과 존경으로 대해 주기로 했다. 그는 그 손님에게 서비스를 할 때마다 "하느님은 이 사람을 사랑하고 계십니다."라는 관념을 가지고 마음속에서 기도를 했다. 이러한 태도는 그 손님의 마음에 있는 얼음을 녹이게 했고 그 웨이터에게 승진과 부유라는 형태로 갚음을 했다.
4. 사람들을 이해한다는 것은 그 사람들을 용서한다는 것이다. 다른 사람의 마음속에 혼란에 대한 원인을 이해하면 당신은 동정심이 더 깊어질 것이며 남을 위하는 마음이 더 커질 것이다. 그리고 당신은 그 사람이 그러한 행동을 하게 된 것은 그 사람이 교육, 훈련 및 주위의 상태 때문이라는 것을 이해하게 될 것이다.
5. 당신의 완전한 통제하에 있는 당신 자신의 생각과 행동에 의한 것 이외에는 아무도 당신의 감정을 상하게 하거나 해를 줄 수가 없다는 것을 알아야 한다.
6. 불화나 혼란이나 노여움은 당신의 기억력이나 공부하는 것을 방해

한다. 왜냐하면 마음속 깊은 곳에 있는 지혜는 의식이 긴장되고 대립하고 있을 때에는 의식의 표면으로 떠올라오지 않기 때문이다. 당신의 마음속에 그들과 만나고 당신이 평화로운 마음이 될 때까지 다른 사람에게 사랑과 선의를 부어넣도록 하라.

7. 심한 분노는 심장 발작이나 기타 파괴적인 상태를 일으키게 한다. 이와 같은 유해한 감정을 갖지 않으려면 시편 91편의 진리를 항상 마음속에 두어 그것이 잠재 의식 속으로 들어가게 하며 그것에 의해서 적의나 억압된 분노를 소멸시키도록 해야 한다. 당신 안에 있는 하느님의 진리에 충실케 하라. 그러면 당신은 즐겁게 평화의 길을 걷게 될 것이다.
8. 남들과 좋은 관계를 확립시키는 첫걸음은 당신의 마음에 "다른 사람들의 적의나 악의는 그 대부분이 나 자신의 적의나 욕구 불만을 반영하고 있다는 말이 있는데 사실 그럴까?" 하고 물어봐야 한다. 당신의 마음을 바꾸면 남과의 관계도 달라지기 때문이다.
9. 항상 작용하고 있는 인과의 법칙이라는 것이 있다. 당신이 발생시키는 기분이 다른 사람들의 반응, 혹은 당신의 인생에서 상태나 사건이 되어 당신에게로 되돌아오게 된다.
10. 만일 당신이 돈을 빌려 준 일이 있다면 그들의 번영, 성공, 행복을 위해 항상 기도하라. 그들은 정직하고 진실하므로 하느님의 질서에 따라서 그 빚을 모두 청산할 것이다.
11. 남들과 조화가 되는 관계를 유지하는 열쇠는 당신 안에 있는 신성에 대해 건전하고 경건한 존경의 마음을 가져야 하며 그와 동시에 남들 안에 있는 신성도 존경해야 한다.
12. 만일 같이 지내기가 어려운 사람이 있으면 그 사람을 완전히 하느님께 맡기고 하느님 안에 있는 당신의 자유를 선언하라. 불유쾌한

일들은 당신의 기억에서 사라지게 될 것이다. “마음먹은 일은 무엇이든지 다 이루어지고 앞길은 환하게 빛날 것일세.”(욥기 제22장 28절)

17. 하느님과 동행하는 이점

최근에 나는 포르투갈, 프랑스, 영국, 아일랜드 등지를 순회하는 유럽 강연 여행을 했습니다. 캘리포니아에서 동쪽으로 향하여 뉴욕 공항에 도착했을 때 〈마음의 흡인력에 대한 법칙〉이라는 책의 저자인 오랜 친구, 잭 트리드빌과 만났습니다. 그는 나에게 자기와 같은 호텔에 투숙하고 있는 관절염 때문에 절름발이가 된 노인에 대한 이야기를 했습니다. 그는 이 노인에게 기도 요법을 한다고 암시하고 "하느님이 치유하시는 사랑은 지금 내 몸의 모든 원자를 완전과 아름다움과 탁월한 것으로 바꾸고 계십니다."라는 특별한 기도를 시행하도록 가르쳐 주었다 합니다.

이 노인은 매일 10분 내지는 15분간 신념을 가지고 이 진리를 읽었습니다. 그리고 1개월이 지났을 무렵, 그는 자유롭게 기쁨에 가득찬 마음으로 병들기 전처럼 걷게 되었던 것입니다. 관절염을 앓게 했던 석회질의 부착물은 완전히 없어졌습니다. 이 노인은 정신적으로나 육체적으로 하느님과 함께 여행하기로 결심하고 있었던 것입니다.

이 치유는 기적이 아닙니다. 그의 육체를 창조한 무한한 치유력은 원래부터 그의 안에 있었습니다만 그는 이것을 사용할 줄을 몰랐던 것입니다. 잭 트리드빌이 이 노인 안에 있던 이 하느님의 선물에 대한 사용 방법을 그에게 가르쳐 준 것에 불과합니다. 성서에 다음과 같이 씌어 있는 것도 이것을 의미하고 있습니다. "그래서 나는 다시 그대를 깨우쳐 줍니다. 내가 그대에게 안수했을 때에 하느님께서 그대에게 주신 그 은총의 선물을 생생하게 간직하시오."(디모테오에게 보낸 둘째 편지 제 1장 6절) 당신이 하느님과 함께 걷고 이야기하고 여행할 때에는 하느님답지 않은 것은 모두 당신의 마음이나 육체나 환경 속에서 사라지게 됩니다.

하느님과 함께 동행하려면

나는 여행을 하거나 강연 여행을 떠날 때는 언제나 다음과 같이 기도하고 있습니다. "나의 여행은 하느님의 여행이고 하느님의 길은 모두 즐겁고 하느님의 오솔길은 모두 평화롭습니다. 나는 성령의 인도와 하느님의 인도를 받고 있습니다. 내가 걷는 길은 고대 문명인의 왕도이며 불타(佛陀)의 중용의 길이며 그리스도의 곧고 좁은 길이며 왕의 대도입니다. 왜냐하면 나는 나의 모든 생각과 감정의 왕이기 때문입니다. 나는 나의 길을 곧고 아름답고 기쁨이 가득하고 행복한 것으로 만들기 위하여 사랑 · 평화 · 빛 · 아름다움 등으로 이름지을 수 있는 하느님의 천사를 내 앞에 내세우겠습니다. 나는 언제나 하느님과 함께 여행하고 있어서 어디로 가든 하느님의 평화와 기쁨의 천사와 만납니다. 나는 나의 눈을 하느님에게로만 향하게 하고 있으면 내 길에는 막힘이 없다는 것을 알고 있습니다."

"내가 비행기 · 버스 · 기차 · 자동차 · 혹은 여객선으로 여행하는 동안 하느님의 힘은 항상 내 주위에 있다는 것을 알고 있습니다. 그것은 눈에 보이지 않는 갑옷이어서 나는 이곳에서 저곳으로 자유롭게 기쁨 속에서 애정을 가지고 여행합니다. 성령이 내게 임하셔서 천상의 길이나 이 지상의 길이 모두 나의 하느님을 위한 큰길로 만들고 계십니다. 이것은 참으로 멋있는 일입니다."

나는 해외 여행을 하려는 수천 명의 사람들에게 이 기도를 가르쳐 주었습니다. 그리고 그들은 실제로 위에서 말한 진리를 그들의 마음속에 스며들게 함으로써 쾌적한 여행을 할 수가 있었습니다. 이 기도는 그들이 잠재 의식 속에 깊숙이 들어갔으며 그들의 마음이 그것에 대한 응답을 했던 것입니다. "네 믿음이 너를 구원하였다. 평안히 가라." (누가복음 제7장 50절)

당신은 기적을 믿을 수 있는가

뉴욕을 출발해서 내가 최초로 방문한 곳은 리스본이었습니다. 포르투갈은 울퉁불퉁한 산들, 기복이 많은 평지, 조용한 농촌, 그리고 13세기에서 14세기 사이에 생긴 작은 촌락의 나라입니다.

나는 안내원이 딸려 있는 자동차를 한 대 빌어 타고 리버플에서 온 나의 조카와 함께 파티마의 성지를 방문했습니다. 우리 안내원은 파티마에 대한 이야기를 해주었습니다. 1917년 5월 13일에 루시아, 프란치스코, 히야찐타라는 3명의 어린이 앞에 성모 마리아께서 나타나셨다는 이야기였습니다. 그 어린이들에게 갑자기 하늘에서 한 줄기의 빛이 비추어졌습니다. 어린이들이 빛이 오는 쪽에 있는 나무 위를 보았더니 거기에는 햇빛보다도 더 빛나는 성모 마리아께서 서 계셨습니다. 루시아는 성모께 당신은 누구십니까 하고 물었습니다. 그랬더니 '나는 천국에서 왔습니다. 매월 13일, 이 시간에 앞으로 여섯 번 이 장소로 오겠습니다.'라는 대답을 들었습니다.

어린이들은 동네 사람들로부터 거짓말을 한다고 책망만 들었습니다. 하지만 그 말을 믿는 사람도 여럿 있었습니다. 그러나 성모 마리아를 볼 수 있는 사람은 어린이들뿐이었습니다. 그리고 성모께서 나타나셨다는 그 장소에서는 병든 사람이 치유되는 기적이 일어났습니다.

성모 마리아께서 마지막으로 나타나신 날은 10월 13일이었습니다. 그 날은 비가 오고 있었는데 번갯불이 성모께서 나타나신 것을 알려주었습니다. 성모께서 3년째 계속되고 있던 전쟁이 끝날 것이라고 예언하고, 그 밖에도 예언적인 말씀이 많았습니다. 안내원의 말에 의하면 그날, 4만 명이나 되는 사람들이 태양이 춤추는 것을 목격했다는 것이었습니다. 비가 갑자기 그치면서 번쩍이는 왕관에 둘러싸여 불꽃의 수레바퀴처럼 빙글빙글 도는 태양을 보았을 때 사람들은 모두 자기도 모르는 사이에 무릎을 꿇고 기도를 했다고 합니다.

기적적인 치유

우리들은 성모께서 나타나셨다는 성당을 찾아갔습니다. 우리 안내원은 오른쪽 다리가 마비되어 있는 어떤 부인을 가리켰습니다. 그 부인은 지팡이를 짚고 있었는데 그녀의 아들이 부축하고 있었습니다. 그녀는 포르투갈어로 기도를 했는데 안내원이 그것을 통역해 주었습니다. 그것은 "성모님이 오셨던 곳에 제가 무릎을 꿇고 있으면 저의 다리는 나을 것입니다. 감사합니다."라는 내용이었습니다. 우리들은 그녀가 손에 로자리오를 들고 한쪽 무릎만으로 무릎을 꿇고 있는 모습을 보고 있었습니다. 그녀는 성모께 열심히 기도하는 것이었습니다. 15분쯤 지났을 때 우리들은 그녀가 일어서서 기쁨의 눈물을 흘리며 성당에서 자기 발로 걸어 나가는 모습을 봤습니다.

성서에는 이렇게 씌어 있습니다. "할 수만 있다면이 무슨 말이냐? 믿는 사람에게는 안 되는 일이 없다."(마르코복음 제 9장 23절)

기적의 의미

기적은 자연의 법칙에 위배되는 것이 아닙니다. 기적은 불가능한 것을 실증하는 것입니다. 기적은 사람들이 지금까지 알고 있던 것보다 더 높은 법칙 속으로 들어갔을 때에 비로소 일어나는 어떤 현상인 것입니다.

그녀가 치유된 원인

그 부인은 자기의 믿음과 기대 때문에 치유된 것입니다. 그녀는 성모께서 나타나셨던 곳으로 가기만 하면 병이 치유된다고 믿고 있었습니다. 생명의 법칙이란 믿음의 법칙이며, 믿음이란 간단히 말해서 당신의 생각입니다. 믿는다는 것은 어떤 사상(事象)을 받아들이는 일입니다.

당신의 의식적이고 이성적(理性的)인 마음이 진실이라고 받아들이는 것은 어떤 것이든 당신 안에 있는 무한한 지력과 일체인 당신의 잠재 의식에서 그 일에 대응하는 반작용을 끌어내는 것입니다. 이 부인의 굳은 믿음과 신념이 자기 자신을 치유케 했던 것입니다.

무한한 치유력과 그것을 사용하는 방법

정신력으로 치유시키는 진짜 방법은 지팡이를 휘두른다든지 성지의 순례를 한다던지 성골(聖骨)에 손을 댄다든지 어떤 특수한 물로 목욕을 한다든지 성골에 친구(親口;키스)한다든지 하는 따위의 마술적인 것에 있는 것이 아닙니다. 그것은 그 사람과 이 세상 모든 것을 창조한 무한한 치유력에 인간이 정신적으로 반응될 때에 일어나게 되는 것입니다.

정신력에 의한 치유와 신앙의 힘에 의한 치유는 같은 것이 아니다

정신력에 의한 치유는 신앙에 의한 치유와는 같지가 않습니다. 신앙의 힘으로 치료하는 사람은 의식 혹은 잠재 의식의 힘 등에 관한 지식도 과학적인 이해도 갖고 있지 않으면서 치료를 하는 경우가 있습니다. 이러한 사람은 자기에게는 어떤 마술적인 치유 능력을 갖고 있다고 주장할지도 모릅니다. 그리고 그렇게 주장하는 사람의 힘에 대한 환자들의 맹목적인 믿음이 성과를 나타내는 경우가 있을지도 모릅니다.

정신력으로 치료하는 사람은 자기가 하고 있는 일과 그것이 이루어지게 되는 이유를 알고 있지 않으면 안 됩니다. 그는 치유의 법칙에 따르고 있는 것입니다. 마음의 법칙이란 당신이 당신의 잠재 의식에 인상짓게 하는 것은 어떤 일이라도 형태・작용・경험・사건 등올 나타나게 되는 것을 말합니다.

유럽에서 관찰한 기적

파리로 가는 여행에서는 여러 가지 일들이 있었지만 파리에서는 메리・스탈링 박사와 그의 동료들로부터 따뜻한 영접을 받았습니다. 그녀는 파리에 연구소를 두고 있으며 나의 책을 프랑스어로 많이 번역하고 있습니다. 그녀는 자신이 운영하는 센터에 기도 그룹을 가지고 있었으며 그들로부터 치유나 기도의 성과에 대한 놀라운 보고를 받고 있었습니다. 프랑스 각처에서 상담을 원하는 사람들이 모여들고 있었습니다. 나는 그곳에서 많은 남녀가 참석한 그룹 앞에서 강연했으며 그들로부터 갈채를 받은 것을 잊지 못하고 있습니다.

장님을 치유케 한 근거

파리에서의 나의 강연에 출석했던 어떤 부인은 자기에게 일어났던 일을 말하기 위해 호텔・나폴레옹에 묵고 있는 나를 찾아왔습니다. 그녀의 말에 의하면 그녀는 시골에서 파리로 처음 왔을 때 재봉사로 일한 적이 있다고 했습니다. 그녀의 고용주는 무자비했으며 대단히 인색한 사람이었습니다. 그녀는 그에게 노여움을 품고 있었습니다. 그 결과인지는 모르지만 그녀는 차차 시력이 약해지기 시작했습니다. 의사에게 갔더니 재봉사 일을 그만두고 고향으로 내려가라는 것이었습니다. 그녀는 그것을 거부했습니다. 시력은 더 나빠질 뿐이었습니다. 다른 의사에게서 진찰을 받았더니 지금의 근무처를 그만두고 다른 직장을 구하는 것이 좋겠다, 왜냐하면 그녀의 잠재 의식이 불유쾌한 환경과 고용주를 몰아내려고 하고 있기 때문이라고 설명해 주는 것이었습니다. 그래서 그녀는 의사의 말대로 했습니다. 그녀는 다른 직장으로 옮겼는데 그곳은 환경이 좋았습니다. 그리고 그녀의 시력은 차차 회복되었다는 것이었습니다.

그녀가 내게 말한 바에 의하면 그녀는 실제로 처음의 고용주가 보기 싫었다는 것이었습니다. 말할 나위도 없이 그것 때문에 그녀의 잠재의식이 그 고용주나 주위 환경을 그녀가 보지 못하도록 눈이 안 보이게 하는 형태로 반응했던 것입니다. 그후 그녀는 이전의 고용주를 축복해 줘야 한다는 것을 배웠습니다.

시력을 잃었을 때에는 어째서 당신의 잠재 의식이 당신의 눈을 희생시키려고 하는가 하고 자기 자신에게 물어보는 것이 현명한 태도입니다. 당신이 몰아내고 싶어하는 것은 도대체 뭘까요? 그것에 대한 대답은 당신 안에 있으며 그것을 발견해내는 것으로 해결이 가능해집니다.

그녀의 동반자이신 하느님께서 그녀의 생명을 구했다

파업으로 택시가 없었으므로 어떤 프랑스의 신문사 여기자가 오를리 공항으로 나를 마중나와 주었습니다. 그녀는 나의 오랜 친구이며, 그녀는 여행을 할 때면 내가 이 장 첫머리에서 소개한 내가 상용하고 있는 기도를 그녀도 사용하고 있었습니다. 그녀의 말에 의하면 이 특별한 기도는 현재 그녀의 머리칼과 마찬가지로 자기 몸의 일부가 되고 있다는 것이었습니다.

작년에 그녀는 북아프리카, 그리이스, 그 밖의 지중해 연안 국가로 여행을 하려고 했다고 합니다. 그런데 어느 날 밤, 꿈속에 내가 나타나서 그녀가 탑승하려는 비행기가 사고를 일으킬 터이니 여행을 연기하라고 말했다 합니다. 그녀는 그 여행을 중지했습니다만 문제의 그 비행기는 정말로 추락했다고 합니다. 그녀는 자기의 깊은 마음이 어떻게 작용하는가를 이해하게 되었다고 말했습니다. 이 경우는 그녀의 잠재 의식이 그녀가 신뢰하고 있고 그 말에 따를 만한 사람의 모습을 투사했던 것입니다. 실제로 그녀를 구해 준 것은 그녀 안에 있는 하느님의 존재였습니다. 그녀는 동반자이신 하느님께서 그녀를 지켜주셨던 것입니다. 이것은 우리들 누구에게도 하느님이 존재한다는 것을 말해 주고 있습니다. "너희는 내 말을 들어라. 너희 가운데 예언자가 있다면 나는 그에게 환상으로 내 뜻을 알리고 꿈으로 말해 줄 것이다."(민수기 제 13장 6절)

재산을 만들기 위해 잠재 의식을 사용하려면

메리 · 스탈링 박사의 보고에 의하면 〈잠재 의식의 힘〉의 프랑스어 번역판의 판매량이 기대를 훨씬 웃돌았으며 독자로부터 놀랄 만한 치유와 기도에 대한 사실을 입증하는 편지가 많이 답지했다고 합니다. 어느 파리 사람은 자기는 매일 밤, 잠들기 전에 그 책에 씌어 있는 대로 10분쯤 '부는 내것입니다. 부는 이제 내것이 되고 있습니다.'라는 말을 깊이 잠들 때까지 되풀이하는 테크닉을 사용함으로써 재산을 모으게 되었다고 나에게 말하는 것이었습니다. 그는 그 말을 되풀이하는 것으로서 그의 마음을 그 말로 채우는 데 성공했던 것입니다. 그 후부터는 그가 손을 대는 것은 마치 손을 대기만 하면 무엇이건 황금으로 변해버렸다는 마이다스처럼 다 잘 되었다는 것이었습니다. 이렇게 그는 재산을 모았습니다. 어떤 때는 달러로 환산해서 6만 달러의 가치가 있는 복권이 당첨된 적도 있었다고 합니다. 그는 자기를 인도하며, 지배하며, 치료하며, 격려해 주는 잠재 의식의 힘을 진심으로 믿었던 것입니다. 그리고 잠재 의식은 그의 신념에 호응해서 반응되었던 것입니다.

응답은 언제나 있기 마련이다

내가 런던의 칵스턴 · 홀과 잉글랜드 남부 해변가에 있는 요양지, 본마우스에서 강연을 하기 위해 파리에서 런던으로 가는 도중 프랑스인 소녀가 내 옆자리에 앉아서 이렇게 말하는 것이었습니다. "저는 제 마음의 힘에 대한 선생님의 강연을 더 듣기 위해 런던으로 가고 있는 중입니다. 파리에서의 강연중에 선생님께서는 당신은 당신의 잠재 의식에 인상짓게 한 것은 무엇이나 다 나타나게 하며 얻을 수 있게 된다고 말씀하셨습니다." 그리고 나서 그녀는 "머피 박사의 강연을 듣기 위해 하느님의 질서에 따라서 런던으로 가려고 합니다. 모든 것은 저의 깊은 마음에 의해서 준비될 것입니다."라고 자기의 잠재 의식에 명령했다는 것도 덧붙여 말했습니다. 그후 그녀는 파리에서 개업을 하고 있던 의사인 자기 오빠에게 잠재 의식에 관한 자신의 관심에 대해 이야기를 했더니 그는 그녀에게 "그럼, 어째서 너는 런던까지 가서 그 강연을 계속 듣지 않니?" 하고 말했다고 합니다. 그는 그녀에게 그 여행에는 충분하고도 남을 만큼의 돈인 2천 프랑을 주었는데 그녀는 지금까지 오빠가 이러한 강연에는 반대하고 있다고만 생각하고 있었다는 것이었습니다.

당신의 잠재 의식이 작용하는 방법은 예견하기 어렵습니다. 그녀는 그러한 일을 해냈던 다른 많은 사람들과 마찬가지로 응답은 언제나 주어진다는 것을 발견했던 것입니다. "찾으라, 얻을 것이다. 문을 두드리라, 열릴 것이다."(마태복음 제7장 7절) 나는 이 소녀가 돈이 없으면서도 상급학교로 진학하려고 한다는 말도 덧붙이고 싶습니다.

그 사람은 영국의 경마장에서 어떻게 세 번이나 이길 수 있었는가

내가 과거 20년 동안 2년마다 일련의 강연을 개최하고 있던 런던의 칵스턴 · 홀에서의 일인데, 한 청년이 나에게 이런 말을 했습니다. "제가 부정한 일을 하기 위해 마음의 힘을 이용하고 있다고 생각하시면 곤란하지만 경마 시즌이 시작되기 3개월 전부터 매일 밤 자기 전에 '경마에 꼭 이긴다.'고 신념을 가지고 말해 왔습니다. 저는 저의 잠재 의식이 제 말에 대해 응답해 줄 것이라고 확신하며 '이긴다.'라는 말과 함께 잠자리에 들었습니다."

그는 계속해서 3년간 경마가 있기 하루 전이면 자기가 이기는 장면을 꿈속에서 보았습니다. 그리고 작년에는 1천 파운드의 돈을 걸었는데 상당히 많은 돈을 딸 수가 있었다고 말했습니다. 그의 잠재 의식이 그의 신념에 응답해 주었던 것입니다. 그가 경마에서 이기는 장면을 미리 본 것은 예견(豫見)이라고 말하는 정신 능력의 하나입니다.

나는 그에게 잠재 의식은 도덕과는 무관한 것이라고 설명해 주었습니다. 그것은 법칙이고 법칙에는 선도 악도 없기 때문입니다. 그것은 당신이 사용하기에 달려 있습니다. 시험을 치르기 전에 잠재 의식 속에서 시험 문제를 본다는 것을 나쁘다고 말할 수는 없습니다. 경마에서 1등을 할 말을 꿈에서 본다는 것도 나쁘다고 말할 수는 없습니다. 단 하나의 주관적인 마음이 있는데 그것은 개에게도 있고 고양이에게도 있으며 기타 모든 동물 안에 있는 것입니다.

죄악감을 없앤 일이 어째서 팔에 생긴 궤양을 낫게 했는가

한 젊은 외과의사가 칵스턴·홀 옆에 있는 세인트아민스 호텔 강당으로 나를 찾아왔습니다. 그는 마침 '당신은 어떻게 치유되는가'하는 내 강연을 들은 직후였습니다. 그는 나에게 심한 궤양을 앓고 있던 자신의 팔을 보여 주었습니다. 그는 여러 가지 치료법을 다 동원했지만 아무런 효과도 없었으며 궤양은 조금도 낫지가 않았다는 것이었습니다. 나는 그에게 당신은 그 오른팔로 어떤 죄악감을 가질 만한 일을 한 적이 없는가 라고 물어봤습니다. 그는 정직하게 "저는 인턴으로 있을 때, 돈이 필요했기 때문에 낙태 수술을 몇 번 한 적이 있습니다. 저의 종교에서는 그것은 살인인 것입니다. 저는 죄악감과 자책하는 마음에서 괴로워하고 있습니다."라고 대답했습니다. 저는 그에게 "지금도 그런 일을 하고 있습니까?"라고 물었습니다. 그는 "아닙니다. 하지 않습니다. 저는 지금 사람들이 잘 되는 일을 거들어주고 있습니다."라고 대답했습니다.

나는 그에게 당신은 자기 자신을 벌주고 있다는 것, 육체의 모든 원자는 11개월마다 바뀌어지는 것이므로 그러한 수술을 했던 사람은 이젠 이 세상에 없다고 말해 주었습니다. 그리고 그는 정신적으로나 감정적으로 완전히 바뀌어져 있었으므로 사실에 있어서 그는 깨끗한 자기를 비난하고 있는 셈이 된다고 말해 주었습니다. 하느님은 아무도 비난하시지 않습니다. 그리고 우리가 자기 자신을 용서할 때 우리는 이미 용서받고 있는 것입니다. 자신을 비난하는 것은 지옥이며 — 자신을 용서하는 것은 천국입니다.

이 외과의사는 곧 요점을 이해했습니다. 과거는 죽은 것입니다. 그는 자신을 깨끗한 사람이라고 생각하기 시작했습니다. 2주간의 강연이 끝나기 전에 그는 자기의 손과 팔을 내게 보여 주었는데 벌써 완전히 나아 있었습니다. 바울로는 이렇게 말했습니다. "나는 그것을 이미 붙들었다고 생각하지 않습니다. 다만 나는 내 뒤에 있는 것을 잊고 앞에 있는 것만 바라보면서 목표를 향하여 달려갈 뿐입니다.……그것이 나의 목표이며 내가 바라는 상입니다."(필립비인들에게 보낸 편지 제3장 13~14절)

기적의 케빈

그렌다로호는 아일랜드에 있는 '일곱 사원(寺院)'의 유적으로서 옛부터 알려져 있는 곳입니다. 성 케빈은 이곳에서 약 4 년 동안이나 풀뿌리나 나무껍질로 생명을 이어나간 믿기 어려운 고행을 했습니다. 그는 496년에 태어났다가 618년에 사망했습니다. 그는 '기적의 케빈'이라고 불려지고 있습니다.

이 지방의 어떤 농부가 어쩌다가 돌에 맞아서 눈이 상하게 됐습니다. 눈이 보이지 않게 되었을 뿐만 아니라, 심한 통증까지 곁들였습니다. 성 케빈은 열렬히 하느님께 기도드리면서 그 상처난 눈에 손을 대었습니다. 그러자 흐르던 피가 멎었고 아픔도 사라졌으며 단박에 눈이 나았습니다. 그 농부의 시력은 회복됐던 것입니다. 그 기적은 그 마을에 살고 있는 많은 사람들이 목격한 일이며 그 결과 그들에게 커다란 감동을 주었습니다.

순례할 장소

성 케빈이 사용했던 침대를 보러 가는 것은 그렌다로호 순례에 있어서는 아주 중요한 부분으로 되어 있습니다. 그 침대는 수평면에서 30피트쯤 위에 있는 암굴입니다. 성 케빈의 침대로 들어가 본 사람은 그의 가장 큰 소망이 이루어진다는 전설이 있습니다. 성 케빈의 의자에 앉아 본 사람에게는 그 의외의 소망도 이루어진다는 이야기였습니다.

나와 나의 누님은 이 성 케빈의 성적(聖跡)으로의 순례 때, 키라네이에서 순례온 한 부인과 이야기를 나누었습니다. 그녀의 말에 의하면 수년 전에 그녀는 암의 말기 증상에 있었다고 합니다. 그녀를 안내하던 안내원이 바위굴에 있는 성케빈의 침대로 그녀를 데리고 갔습니다. 그리고 그녀는 거기서 성 케빈에게 기도를 했다고 합니다. 며칠이 지났을 때 그녀는 자기의 병이 나았다는 느낌이 들었습니다. 병원에 가보았더니 엑스선 검사 등 각종 검사를 해본 결과 암은 다 나았다고 선언했다 합니다. 이것은 5년 전에 있었던 일인데 그녀는 지금 건강하게 잘 살고 있습니다.

성 케빈의 우물

어떤 우물 주위에 여행자들이 모여들고 있었습니다. 안내원은 성 케빈의 손가락 자국이라고 알려진 바위에 새겨져 있는 움푹 들어간 자국을 보여 주었습니다. 방문객들은 그 손자국에 손을 대었다가 바로 옆에 있는 우물에 손을 넣고 자기가 원하는 것을 기도한다는 것이었습니다. 전해지는 말에 의하면 그렇게 하면서 성 케빈에게 기도를 하면 원하는 것이 이루어진다는 것이었습니다.

관절염에 걸린 손이 어떻게 나았는가

그 바위 옆에 어떤 노인이 서 있었는데 그의 말에 의하면 3년 전 그의 두 손은 관절염 때문에 손을 쓰지 못하게 되었을 뿐만 아니라 이상한 모양으로 바뀌었다고 합니다. 그는 들은 대로 성 케빈에게 낫게 해 주기를 원하면서 바위 위에 손을 대었다가 우물에 그 손을 넣었습니다. 그는 이렇게 말했습니다. “그렇게 했더니 저의 병은 나았습니다. 제 손을 보십시오.”그 손은 완전한 손이었습니다.

이러한 치유는 어떻게 일어나게 되는가

에머슨이 말하고 있습니다. “모든 사람들에게는 공통적인 하나의 마음이 있다. 모든 사람은 동일한 것의 입구이고 그와 동시에 같은 것 모두의 입구이다. 일단 이성의 권리를 인정받게 된 사람은 전체의 상태에 대해서 자유로운 사람이 된다. 플라톤이 생각했던 것을 그 사람도 생각하게 될지도 모른다. 성자가 느꼈던 것을 그도 느낄는지도 모른다. 어떠한 경우에 어떠한 사람에게 일어난 것도 그는 이해할 수가 있다. 이 보편적인 마음에 가까이 간 사람은 지금까지 했던 일, 혹은 이제부터 할 수 있는 모든 일에 관계하게 된다. 왜냐하면 이것이야말로 유일하고 지고(至高)의 행위자이기 때문이다."

이를테면 만일 어떤 전기 기사가 전기에 관한 문제라든지 전자학의 문제에 대한 회답을 얻고자 한다면 에디슨, 패러디, 마르코니, 기타 모든 발명, 기술, 연구, 발견, 지혜 등이 보편적인 마음의 보고 속에 들어 있기 때문에 누구나 그러한 지식이나 지혜에 파장을 맞출 수 있습니다. 지금까지 바흐, 베토벤, 혹은 브라암스가 연주한 어느 음악도 보편적인 주관적 마음 안에 갈무리되어 있기 때문에 모든 사람들이 그것을 이용할 수가 있다는 것입니다. 종교 문헌에 기록되어 있는 성자는 그들 자신의 문제 밖으로 나와 다른 사람들보다 많은 신성을 갖추고 있는 남녀인 것입니다. 그들은 높은 정신적 인식 위에 서 있으며 그들이 치유 의식과 정신적 및 육체적인 각종 질병에 대한 승리는 보편적 혹은 잠재적인 마음이라고 일컬어지는 만인을 위한 은행에 저축되어 있는 것입니다.

그러므로 그 아일랜드인이 성 케빈에게 기도했을 때에는 그의 상상력에 불이 당겨졌으며 그의 의식은 믿음과 기대로 고양되어 있었고 그는 보편적인 마음 안에 존재해 있어서 치유력을 갖고 있는 바이브레이션에 파장을 맞추고 있었던 것입니다. 모든 것을 포함한 그의 믿음은 그의 잠재 의식에 인상짓게 하여 치유가 행해졌던 것입니다.

잠재 의식에 인상지울 수 있을 만큼 당신의 주의력을 충분히 집중시킨다면 당신은 그 일을 경험으로서 실증하게 될 것입니다. 이것이 성 케빈의 바위와 우물에 나타난 기적의 설명입니다.

성서에는 다음과 같이 씌어 있습니다. "또 너희가 기도할 때에 믿고 구하는 것은 무엇이든지 다 받을 것이다."(마태복음 제 21장 22절) "이 말에 예수께서 '할 수만 있다면' 이 무슨 말이냐? 믿는 사람에게는

안 되는 일이 없다."(마르코복음 제 9장 23절)

이 장의 요약

1. 하느님의 치유력이 갖는 사랑은 당신의 마음과 신체 내에 있다. 그것에 합당하지 않은 모든 것은 다 녹여 없애 버린다. 사랑은 보편적인 용제(溶劑)이다. 당신 안에 있는 하느님의 선물이야말로 단 하나의 무한한 치유력이다.
2. 평화・사랑・빛・아름다움의 사자가 당신의 길을 곧게, 빛나게, 기쁘게, 행복하게 해 주면서 당신 앞에서 전진하고 있다고 단호하게 말함으로써 당신은 하느님과 함께 동행할 수 있게 된다. 하느님의 사랑이 모든 길을 안전하고 큰길로 만들어 주시며 하늘에서나 땅에서도 당신을 둘러싸고 있다는 것을 알아야 한다.
3. 파티마의 성지나 그 밖의 장소에 흰옷을 입은 성모 마리아께서 나타나셨다는 것은 그것을 봤다고 주장하는 어린이들의 잠재 의식이 극적으로 나타난 것에 지나지 않는다. 그들이 본 성모는 그들이 갖고 있는 기도서 안에 그려져 있는 성모의 그림이라든지 성당에서 본 마리아상과 같았음이 틀림없다.
4. 기적은 자연의 법칙에 위배되는 것이 아니며, 기적은 불가능한 것에 대한 실증도 아니다. 그것은 가능한 것을 실증할 뿐인 것이다. 그것은 당신의 신념에 대한 당신의 잠재 의식의 반응인 것이다.
5. 정신력으로 치유되는 것은 믿음의 힘으로 치유되는 것과는 다르다. 예를 들어 성골, 성수 등에 대한 믿음처럼, 마음을 공포로부터 믿음으로 움직이게 하는 것은 치유를 가져다 줄지도 모른다. 정신력에 의한 치유는 과학적으로 인도되는 의식과 잠재 의식의 조화적인 상호 작용인 것이다. 그것은 성지 혹은 성골이라고 하는 신앙의 대상

이 되는 물체가 아니라 신념 그 자체인 것이다. 그 신념이 치유케 하는 것이다.

6. 미래는 이미 당신의 마음속에 있으며 투시자 혹은 뛰어난 무당에 의해서 알아맞출 수가 있다. 한 민족의 미래에 대한 운명도 마찬가지이다. 그러나 사람은 기도하는 법을 배우게 되면 상대방 마음속에 있는 부정적인 사건을 없앨 수가 있다. 미래란 당신이 현재 생각하고 있는 것이 나타나는 현상인 것이다. 당신의 사고 방식을 바꾸게 되면 당신의 운명도 변화된다.
7. 시력을 잃었을 때에는 당신의 잠재 의식이 어째서 당신의 눈을 희생물로 선택했는가 하는 것을 자신에게 물어 보도록 하라. 당신이 당신의 세계에서 몰아내려는 것이 무엇인가 하고 말이다. 그것을 바로 잡으면 곧 치유될 것이다.
8. 당신의 옳은 행동과 인도를 위해 기도하고 하느님의 사랑이 언제나 당신을 둘러싸고 있는 하느님은 당신의 내부에서 함께 걸으시며 말씀하신다고 느끼고 알 때에는 꿈 속에서 당신에게 경고해 주실 경우가 자주 있다. 그 마음의 통찰에 따르는 것이 현명한 행동이다. 당신은 그 일이 일어나기 전에 그것을 보고 있는 것이므로 그일을 피할 수가 있는 것이다.
9. 재산을 모을 수 있도록 당신의 잠재 의식에 인상짓게 할 수 있는 한 가지 방법은 매일 밤 '이제 부는 내것이다.'라고 말하며 잠들면 된다. 당신의 인생에서 기적이 일어날 것이며 잠재 의식을 믿는 일이야말로 당신의 재산이라는 것을 알게 될 것이다.
10. 잠재 의식은 응답만을 알고 있다. 만일 당신의 주머니에 동전 한 닢밖에 없으면서도 여행을 하고 싶은 생각이 있으면 다음과 같이 당신의 잠재 의식에 부탁해 보라. "나는 하느님의 질서에 따라서 ◇

◇로 여행하고자 합니다. 그리고 나에게 필요한 모든 것이 지금 준비되어 가고 있습니다." 당신은 이 말을 진실이라고 믿고 받아들여야 한다. 그러면 그것은 반드시 실현될 것이다.

11. 런던의 어떤 사람은 경마가 시작되기 3개월 전부터 매일 밤마다 '나는 이긴다'라는 말에 정신을 집중시키며 잠들도록 했기 때문에 3년 동안 계속해서 경마에서 이길 수가 있었다. 그의 잠재 의식은 모든 것을 알고 있었으므로 그 힘을 믿는 그의 신념에 응답해 준 것이다.

12. 이 세상에는 하나의 보편적인 정신이 있을 뿐이다. 유명한 음악가에 의하여 지금까지 연주된 모든 음악은 보편적인 정신 속에 저장되어 있으므로 언제라도 그것을 재생할 수가 있다. 문제, 곤란, 각종 질병 등을 이겨낸 전세계의 모든 성자들도 그들의 경험과 의식의 상태를 보편적인 마음속에 저장하고 있었던 것이다. 아인슈타인, 팰라디, 에디슨, 마르코니 등과 학자들의 지혜나 지식은 우리들 만인의 마음에 공통되는 은행에 저축되어 있으므로 응답을 얻고자 하는 사람이라면 누구나 그것을 인출해 낼 수 있다. 그 사람이 하지 안으면 안 될 일은 그것에 파장을 맞추는 일 뿐이다. 당신의 의식이 충분히 고양되면 당신의 기도에 대한 응답은 반드시 이루어지게 된다. "내가 이 세상을 떠나 높이 들리게 될 때에는 모든 사람을 이끌어 나에게 오게 할 것이다."(요한복음 제 12장 32절)

18. 치유 능력에 관한 기적적인 법칙

상처나 질병을 치유하는 힘은 오직 하나뿐입니다. 그것은 여러 가지 이름으로 불리우고 있습니다. 예를 든다면 하느님, 하늘의 사랑, 하느님의 섭리, 생명력, 생명의 법칙 등이 있습니다. 그 힘에 대해 인류가 알기 시작한 것은 모든 현상에 대해 별로 알지 못하고 있던 까마득한 옛날의 일입니다. 고대 사원 벽에는 이러한 글이 새겨져 있습니다. '의사는 상처에 붕대를 감고 하느님은 그 상처를 낫게 한다.'

이와 같은 모든 병을 치유하시는 하느님은 당신 안에 있습니다. 심리학자, 병원장, 의사, 승려, 무당 등은 사람의 병을 치유하지는 못합니다. 예를 든다면 외과의사는 환부를 절개 수술하는 외과적인 수술로 병근을 제거합니다. 하지만 정말로 병을 낫게 하고 튼튼한 신체를 만드는 일은 하느님이 갖고 있는 치유력인 것입니다. 정신 분석학자들은 환자의 정신면에서의 장애물을 발견해서 제거하려 합니다. 환자를 맑은 정신 상태로 유도하여 조화, 건강, 평화로 이끌어 가려고 합니다. 성직자는 잠재 의식에 사랑, 평화, 선의 등 병을 치유해 주는 힘을 불어넣어 그 사람 안에 숨어 있는 부정적인 사고 방식을 모두 깨끗이 하고 환자 자신이나 모든 사람들을 용서하고 무한한 존재와 협조하도록 일깨워 줍니다.

살아 있는 모든 존재의 병을 치유하는 것은 그리스도께서 '아버지'라고 불렀던 대상, 즉 생명력과 살고자 하는 의지입니다. 이것이 정신적, 감정적, 육체적 병을 고치는 유일한 존재입니다.

과학적으로 말한다면 당신의 잠재 의식 안에 있는 경이적인 치유 능력만이 당신이 갖고 있는 상처나 여러 가지 신체적 장애를 고칠 수가 있습니다. 이 낫게 하는 힘은 민족, 국적, 종교 등과 관계없이, 또한 피부색과도 관계없이 효력을 발생케 합니다. 어느 교파에 속해 있건, 불교를 믿건, 회교를 믿건, 전혀 종교와는 관계가 없는 사람에게도 그런 것과는 하등의 상관없이 모든 사람들에게 이 힘은 경이적인 성과를 보여 주고 있습니다. 가령, 지금 이 책을 읽고 있는 당신 자신의 체험을 되새겨 보십시오. 어릴적부터 당신은 현재에 이르기까지 대소, 경중의 차이는 있겠지만 몇십 번이나 몇백 번이나 정신적 및 육체적인 상처를 고쳤던 경험이 있을 것입니다. 칼로 베인 상처, 화상, 동상, 타박상, 팔이나 다리를 삐었을 때, 염증이 났을 때 등을 말입니다. 물론 병원에서 치료하기도 했겠지만 자연히 나았을 경우도 수없이 많을 것입니다. 이렇게 자연히 나아지는 것같이 보이는 것이 당신의 마음 안에 있는 하느님, 즉 생명력에 의해서인 것입니다.

환각증상으로 괴로워했던 학생

이삼 년 전에, 지방대학에 다니고 있는 학생이 나를 찾아와서 이상한 정령(精靈)의 목소리 때문에 늘 괴로움을 당하고 있다고 호소한 적이 있습니다. 그 목소리는 언제나 그에게 기분나쁜 생각을 하게 만들었고 그를 혼자 조용히 있게 놓아 두지를 않는다는 것이었습니다. 그가 정신 분석에 관한 책이나 성서를 읽으려고 하면 그 목소리가 방해를 했습니다. 어떤 초자연적인 것이 언제나 말을 자기에게 걸고 있다고 그는 확신하고 있었습니다.

이 청년은 이상청각의 소유자였습니다. 누구에게나 이러한 경향이 조금씩은 있기 마련인데도 그는 자기만이 이런 괴로움을 겪고 있다고 생각하고 있었으며 어떤 나쁜 정령이 자기를 괴롭히고 있다고 믿고 있었습니다. 그는 미신적인 것에 약한 사람이었으므로 이것은 분명히 악마적인 정령 탓이라고 믿고 있었습니다. 하루 종일, 때로는 잠들 때까지 이 목소리가 들려왔기 때문에 그는 드디어 일종의 편집광적(偏執狂的)인 상태가 되고 말았습니다. 그의 잠재 의식은 매우 강한 이 목소리에 압박되어 조금쯤 남아 있던 이성마저도 상실되어 가고 있었습니다. 누구나 다 이러한 경향은 있는 일이지만 그의 경우는 매우 중증이어서 이른바 정신의 균형을 잃은 상태에 이르고 있었습니다.

나는 이 학생에게 잠재 의식이 얼마나 중요하며, 의의 있는 존재인가 하는 것을 일깨워 줬습니다. "현재 소극적이고 부정적으로만 작용하고 있는 당신의 잠재 의식을 적극적 · 건설적 · 조화적인 방향으로 돌리지 않으면 안 됩니다. 잠재 의식이라는 것은 매우 우수한 능력을 갖고는 있지만 사용하기에 따라서는 좋은 쪽으로나 혹은 나쁜 쪽으로도 사용이 되는 것입니다. 즉 독이 될 수도 있고 약이 될 수도 있다는 말입니다."이렇게 나는 그에게 차근차근 이야기해 주었습니다. 내 말은 그에게 있어서는 대단히 큰 충격과 감명을 주었던 것 같습니다.

나는 그에게 하루에 3,4회씩 10분 내지는 15분 동안 되풀이해서 다음과 같은 기도를 할 것을 권했습니다.

"하느님의 사랑이 평화와 조화와 지혜가 나의 이성과 감정 안에 채워지고 있습니다. 하느님은 사랑이시며 그 사랑은 지금 나를 감싸고 나를 길러주고 있습니다. 나는 그 진리를 알고 있으며 사랑하고 있습니다. 하느님의 평화가 내 마음에 채워졌고 내가 자유롭게 된 데 대해 감사드립니다."

그는 이 기도를 천천히 그리고 조용하게 진심에서 우러나오는 경건한 마음으로 되풀이했습니다. 매일 3,4회씩 계속했으며 특히 잠들기 직전에는 더 정성들여서 외우고 또 외웠습니다. 자신의 마음을 이런 식으로 통일시키고 평화와 조화로 접근시킴으로써 그의 사고 방식의 패턴은 이전과는 완전히 다르게 되어 갔습니다. 환각적인 현상은 점점 멀리 사라지기 시작했습니다. 그는 회복의 길을 달리고 있었습니다. 신념과 기대로 다져진 이 진리에 의하여 그의 마음의 병은 점점 나아지기 시작했습니다.

한편, 나도 그를 위해 다음과 같은 기도를 하고 있었습니다. "나의 사고 방식은 옳은 방향으로 향하고 있습니다. 하느님의 지혜와 하느님의 섭리가 그의 마음에 충만되고 있습니다. 그의 마음은 영원히 변하지 않는 하느님의 마음과 하나가 되었습니다. 그는 이제 마음속으로부터 용솟음치는 평화와 사랑의 소리를 듣고 있습니다. 하느님의 평화가 그의 마음을 덮고 있으며 그의 마음은 지금 지혜와 균형과 이해심으로 가득 채워지고 있습니다. 그를 괴롭히던 것들은 이젠 그에게서 사라졌습니다. 그래서 나는 그가 진실로 해방이 되었으며 자유롭게 되었다는 것을 선언합니다."

나는 이 진리를 밤낮으로 명상했으며 그의 회복이 이젠 완전한 것이라는 확신이 설 때까지 계속했습니다. 1주일 후, 이 학생은 완전히 환각 상태에서 해방되어 마음의 평화를 되찾게 되었던 것입니다.

우리 집 아이가 죽게 되었습니다

"우리 집 아이는 고열이 계속되어서 죽게 되었습니다."라고 어떤 젊은 여성이 나에게 호소해 왔습니다. 의사선생님은 아스피린을 주사했다는 것이었습니다. 마침 남편과의 이혼 문제로 갈피를 잡지 못하고 있을 때였으므로 그 젊은 어머니는 생각이 잘 정리가 되지 않은 상태에 있었습니다. 어머니의 이러한 불안정한 감정이 그대로 아이의 잠재의식에 전염되어 고열을 내게 만든 원인이 되었던 것입니다.

어린이들이란 양친의 애정에 의해서 잘 자라게 되는 것이므로 주위 사람들의 정신 상태나 감정의 움직임에는 대단히 민감합니다. 어린이는 아직 자기 스스로 생각하거나 느끼거나 하기에는 너무 어립니다. 자기의 생각이나 감정이나 행위를 컨트롤하는 것은 좀더 자란 다음에야 할 수 있기 때문입니다.

이 젊은 어머니는 나의 지시에 따라 성서의 시편 제23장을 읽은 다음, 마음을 부드럽게 하고 정신을 안정시키기로 결심했습니다. 하느님의 인도하심을 소망하며 이혼까지 하려던 남편에 대해서 평화와 조화를 기도했습니다. 그녀는 남편의 사랑과 선의를 느끼려고 온 정성을 다하여 노력했으며 남편에게 품었던 노여움을 극복하려고 애썼습니다. 그 아이의 병은 어머니의 미워하는 마음과 노여움이 그대로 아이의 잠재 의식에 전달되어 아이의 정신이 흥분되었기 때문에 일어났던 것입니다.

마음의 안정을 얻게 되자 그 젊은 어머니는 다음과 같이 기도했습니다. "이 아이는 하느님의 아이이며 하느님의 생명입니다. 하느님께서는 병에 걸리시지도 않으며 고열 때문에 고생하시지도 않습니다. 하느님의 평안함이 이 아이의 마음과 몸에 흘러들어오고 있습니다. 하느님의 사랑과 조화와 건강이 지금 이 아이의 모든 세포에 충만되고 있습니다. 이 아이는 긴장이 풀려서 평안해졌으며 병은 사라졌습니다. 나는 지금 이 아이에게서 하느님의 선물을 느끼고 있습니다. 그리고 모든 것이 잘될 것을 믿습니다."

그녀는 몇 시간 동안 이 기도를 계속했습니다. 효과는 즉시 나타났습니다. 그때까지 신음하고 있던 아이는 눈을 반짝 뜨면서 "엄마, 인형 어디 있지? 나 배 고파."하고 말하는 것이었습니다. 이마에 손을 대어 봤더니 열은 완전히 내려가 있었습니다. 도대체 어떻게 된 것일까요? 그 해답은 간단합니다. 이 어린아이의 열은 어머니의 짜증스러운 마음과 고조되었던 감정이 가라앉음과 동시에 사라지고 만 것입니다. 젊은 어머니의 마음이 평화롭게 되고 사랑이 채워지게 되었을 때 그 기분이 곧 아이에게 전달되어 병이 낫게 된 것입니다.

태어나면서부터 가지고 있는 회복력

우리들의 마음 안에는 모든 것을 치유해 주시는 하느님이 존재하십니다. 그 하느님과 접촉하게 되면 병이 낫게 됩니다. 즉, 우리들은 태어나면서부터 상처를 낫게 하고 병에서 회복할 수 있는 힘을 가지고 있습니다. 이 회복력은 인간에게만 있는 것이 아니라 개에게도 고양이에게도 그리고 나무나 새에게도 있습니다. 뿐만 아니라 이 회복력은 모든 생물에게 존재하고 있으며 그들 자신 안에 이 힘을 가지고 있습니다.

신념의 단계

신념에는 여러 단계가 있습니다. 어떤 사람은 신념에 의해서 궤양증을 고쳤으며 또 어떤 사람은 더 중증인 소위 악성 종양도 고치고 있습니다. 하느님께 있어서는 폐결핵쯤 고치는 일은 당신이 손가락 끝의 작은 상처를 낫게 하는 것보다도 쉽습니다. 하느님은 모든 것을 치유하시므로 병의 경중은 문제가 되지 않습니다. 깊은 상처건 가벼운 상처건 고치기 힘들건 쉽건 간에 문제가 될 수는 없습니다. 이 전능하신 하느님이 모든 사람 안에 존재하고 계시는 것입니다. 병을 낫게 하려고 환자에게 안수하며 드리는 기도는 환자의 잠재 의식에 협력할 것을 호소하는 것뿐입니다. 환자가 자각하고 있건 없건 간에 환자의 신념에 따라서 치유되는 것입니다.

중풍에 걸린 사람

뉴욕에 있는 나의 오랜 친구 한 사람이 지난 몇 년 동안을 중풍으로 고생하고 있었습니다. 다리가 갑자기 굳어져 기동을 못할 경우도 있었습니다. 발작이 일어나게 되면 혼잡한 큰길가에서도 꼼짝 못하고 그 자리에 서 있어야만 했습니다. 그는 항상 병원에서 처방해 주는 진정제나 구급약을 가지고 다니면서 위급한 상황을 모면하고 있었습니다. 그러나 그는 언제 어떻게 될지 몰라서 공포심과 근심 때문에 전전긍긍하고 있었습니다. 그래서 나는 이 친구에게 이러한 지시를 해 주었습니다.

첫째 단계는 인간에게는 자신의 병을 고치는 굉장한 힘을 가지고 있다는 것과 그 힘이 그의 육체를 형성시키고 있으며 육체의 상처나 병을 치유하고 있다는 것을 확실히 알게 하는 일이었습니다. 나는 그에게 누가복음서 제5장 18~24절과 마르코복음서 제2장 3~5절을 읽도록 일러주었습니다. 거기서 그리스도께서는 이렇게 말하고 있습니다. "너는 죄를 용서받았다……일어나 요를 걷어들고 집으로 돌아가라."

그는 굶주렸던 사람처럼 이 말을 받아들였습니다. 그리고 깊은 감동을 받았습니다. 성서에서 요라든지 침상이라는 것은 각자의 마음속에 갖고 있는 침상이고 요를 의미한다고 나는 그에게 말해 주었습니다. 성서에 있는 중풍 걸린 사람도 틀림없이 두려움과 의심과 죄의식과 의혹 등이 가득찬 마음으로 누워 있었을 것입니다. 이러한 나쁜 생각들이 그의 몸과 마음을 괴롭히고 있었던 것입니다.

예수 그리스도는 그 죄를 용서해 줌으로써 중풍 걸린 사람을 낫게 했다고 합니다. 죄를 범한다는 것은 표적(標的)을 잃어버린 것, 즉 건강·행복·평화 등의 표적을 잃어버린 상태인 것입니다. 당신이 자신의 죄를 용서하려면 자신의 이상이 정신적으로나 감정적으로 실현된다는 확신을 가져야 합니다. 이렇게 하고 싶다, 저렇게 되고 싶다고 하는 생각을 분명하게 마음속에서 정하고 머리에 새겨 넣음으로써 잠재 의식 안에 그것을 스며들게 해야 합니다. 그와는 반대로 당신이 모든 것을 부정적으로 생각하여 혐오·질투·분노·고뇌 등에 마음을 빠져들게 하면 그것은 죄를 범하고 있는 상태가 됩니다. 자기가 생각하고 있는 이상 혹은 목표인 평화·지혜·건강 등이 가득찬 생활, 그리고 모든 것이 풍부하고 삶의 보람이 있는 인생 등을 향해 정면으로 향하고 있으면 괜찮지만 그 길에서 벗어나거나 뒷걸음질을 칠 때는 당신은 항상 죄를 범하고 있는 것이 됩니다. 죄라고 해서 법률을 위반했다는 것이 아니라, 해보고 싶은 일이나 되고자 하는 목표를 향해서 열심히 노력하는 것을 태만히 했다는 뜻인 것입니다.

중풍으로 고생하고 있던 나의 친구는 이 말을 듣고 자기가 지금까지 동생에게 품고 있던 증오심에 대해 고백하는 것이었습니다. 그의 동생은 몇 년 전에 그에게 여러 차례 금전상의 피해를 주었을 뿐만 아니라 그의 생활을 위협할 만큼의 큰 부채를 그에게 떠맡기고 행방불명이 되었다는 것이었습니다. 그는 성서에 기록된 중풍 걸린 사람처럼 자기는 완전히 죄인이라는 것을 깨달았습니다. 자기 자신과 동생을 용서하지 않는다면 그 죄의 사함을 받지도 못하거니와 이 병도 낫지 않을 것이다. 그리고 육체적인 병도 문제이긴 하지만 그보다 더한 것은 부정적이며 혐오와 공포와 나태한 생각이 가득찬 정신적인 면이 더 문제가 된다는 것을 그는 깨닫게 되었던 것입니다.

그는 자기 안에 모든 것을 치유하시는 하느님이 계시다는 것을 확신하고 용기를 가지고 이렇게 말했습니다.

"나는 부정적이며 파괴적인 기분을 내 마음에서 완전히 쫓아냄으로써 나의 죄를 용서하겠습니다. 지금부터 당장 나의 영혼을 깨끗이 하겠습니다. 내 동생이 지금 어디에 있든 나와 마찬가지로 하느님께 귀의하여 건강과 행복을 얻게 되리라는 것을 나는 믿습니다. 나는 모든 것을 전능하신 하느님의 치유 능력에 맡기겠습니다. 나는 하느님의 사랑이 내 육체의 세포 하나하나에까지 침투되어 가득 채워지는 것을 느낍니다. 하느님의 사랑이 내게 가득찼으며 나를 완전으로 향하게 하고 있습니다. 평안함이 나를 감싸고 기쁨이 나를 덮고 있습니다. 지금 나의 육체는 살아 계시는 하느님의 궁전이며 하느님은 그 궁전 안에 실재해 계십니다. 아아, 나는 모든 것에서 해방되었으며 완전히 자유롭습니다."

이러한 진리에 대하여 수없이 생각하고 있던중, 건강과 조화가 그에게로 돌아왔습니다. 그는 마음가짐을 바꾸는 것으로서 육체를 개조했던 것입니다. 마음가짐을 바꾼다는 것은 모든 것을 변화시킨다는 뜻입니다. 그는 지금 어떤 곳이라도 뜻대로 자유로이 걸어다닐 수 있습니다. 그는 완전히 회복되었던 것입니다.

손이 오그라든 청년

어떤 청년이 나를 찾아와서 말하기를 자기가 일하던 곳의 책임자가 자기를 쫓아냈다고 화를 내며 호소하는 것이었습니다. "자네는 마치 성서에 나오는 손이 오그라든 사람 같다"고. "어째서 책임자는 그런 소릴 했을까요. 제 손은 다른 사람과 조금도 다름이 없는데 말입니다. 이렇게 잘 움직이지 않습니까."라고 그는 나에게 말했습니다.

그래서 나는 이렇게 설명해 주었습니다. "성서에 씌어 있는 것을 올바르게 판단하려면 일반적인 법칙을 설명할 때에 의인법(擬人法)을 사용하고 있다는 것을 알아야 합니다. 손이 오그라든 사람의 이야기도 글자 그대로 손이 오그라들었다고 생각하면 안 됩니다. 여기서 손이라 하는 것은 힘·방향·효과 등을 상징적으로 표현하고 있는 겁니다. 당신은 당신의 손으로 물건을 잡고 움직이고 만들 수 있습니다. 그러므로 손이 오그라든 사람이라는 것은 열등감을 갖고 있는 사람처럼 행동하고 패배 의식에 사로잡혀 있는 사람을 말합니다. 이러한 사람들은 능률 있게 일을 하지도 못하거니와 자기의 역량을 최대한으로 발휘하지도 못합니다."

이러한 내 설명을 들은 그 청년은 자기의 꿈과 희망과 이상과 계획 등이 위축되어 마음 한 구석에 얼어붙어 있다는 것을 깨달았습니다. 그는 그 오그라든 희망이 어떻게 해야 펴지게 되는지 몰랐던 것입니다. 정신을 컨트롤하는 법칙도 몰랐고 기도하는 방법도 몰랐으므로 그가 가지고 있던 여러 가지 좋은 아이디어는 마음 한구석에서 죽은 것처럼 웅크리고 있었으며 절망과 신경쇠약만이 그의 마음을 사로잡고 있었던 것입니다. 그는 술에 빠져 침체된 나날을 보내고 있었습니다. 자기 자신을 과소 평가하게 되었으며 절망에 빠져 버렸습니다. 생에 대한 의지가 결여되어 있었던 것입니다. 그렇기 때문에 일할 때에도 적당히 어물어물했던 것입니다.

그의 손(무엇이라도 해내겠다는 그의 능력)은 자기 자신에게 이런 소리를 할 때 위축되고 말았던 것입니다. “내게도 조만큼의 돈과 재능이 있었다면…… 조처럼 돈 많은 친척이 있었더라면…… 나도 웬만큼의 인물이 될 수가 있었을 텐데……. 내게는 아무것도 없단 말이야. 어차피 나는 이렇게 태어났단 말이야. 난 내 운명에 순종할 수밖에 달리 도리가 없어. 내 손은 오그라든 손이란 말이야.”

그러나 이 청년이 자신의 참된 희망을 자각하고 자기 안에 있는 진실한 힘을 확신하여 장래를 향해 자기 손을 힘있게 내밀었을 때, 굉장한 변화가 그에게서 일어났습니다. 그는 자기가 하고 싶은 일을 마음속에 분명하게 그렸습니다. 그것은 회사를 만들어 착실하게 사업을 해 나가면서 큰 성공을 거두겠다는 것이었습니다. 그는 다음과 같은 말을 되풀이해서 자기에게 일러주었습니다. “내게는 하느님이 계시다. 하느님께서는 나를 강하게 하시고 인도하시며 방향을 제시하여 컨트롤해 주십니다. 그러므로 내가 하고자 하면 무엇이나 다 이룩할 수가 있습니다. 나는 지금 내가 이상적이라고 생각하는 것, 나의 비전을 향해서 전진하고 있습니다. 나는 지금 내 안에 계시는 하느님의 무한한 힘에 의하여 움직이고 있으며 하느님의 지혜에 따라 생각하고 있습니다. 하느님은 내 가슴에 아이디어와 개선책을 채워주고 계시다는 것을 확신합니다. 나는 하느님의 인도에 따라 반드시 성공하게 됩니다.”

이리하여 새로 거듭난 사람이 되어 노력한 보람이 있어서 그는 승진에 승진을 거듭하여 드디어는 큰 회사의 총지배인이 되었고 연봉 7만 5천 달러를 받는 사람으로 비약했습니다.

절망적이라고 생각했던 병이 낫다

그리스도께서는 죽은 사람에게 명령했습니다. "……'젊은이여 일어나라.' 하고 명령하셨다. 그랬더니 죽었던 젊은이가 벌떡 일어나 앉으며 말을 하기 시작하였다."(누가복음 제7장 14~15절)

'죽었던 젊은이가 벌떡 일어나 앉으며 말을 하기 시작하였다'라는 말의 의미는 기도의 응답이 있을 때, 당신이 기쁨에 넘쳐서 새로운 말로 이야기를 하기 시작하고 마음속에 새로운 빛이 비추어졌다는 뜻인 것입니다. 당신이 마음속에서 이젠 틀렸다고 체념했던 일을 한 번 더 해보겠다고 다시 결심했을 때, 이젠 죽어 버렸다고 생각되었던 희망이 되살아나서 말을 하기 시작하는 것입니다.

실제로 있었던 이와 비슷한 예를 하나 들어보겠습니다. 수년 전에 아일랜드에서 나는 먼 친척뻘되는 젊은 사람을 문병한 적이 있었습니다. 그는 신장의 기능이 극도로 악화되어 벌써 3일간이나 의식 불명 상태에 있었습니다. 내가 그의 형제들의 안내를 받아 그의 머리맡에 섰을 때에는 이미 위독한 상태에 놓여 있었습니다. 그 환자가 독실한 카톨릭 신자라는 것을 알고 있었으므로 나는 이렇게 말했습니다. "그리스도께서는 지금 이곳에 계십니다. 당신은 그를 보고 있습니다. 주께서는 손을 내밀어 당신을 어루만지고 계십니다."

나는 이 말을 천천히 부드럽게 힘을 주어 몇번이나 되풀이해서 말했습니다. 그는 의식불명이어서 자기 주위에 누가 있는지, 누가 말을 하고 있는지 전혀 모르는 상태였습니다. 그런데 그러한 그가 갑자기 눈을 뜨고 일어나 앉으며 말을 하기 시작했습니다. "예수께서 여기에 계셨습니다. 나는 이제 병이 나았다는 것을 알고 있습니다. 나는 살아날 수 있습니다."

무슨 일이 일어났을까요? 이 청년의 잠재 의식은 예수 그리스도께서 여기에 계시다는 내 말을 들었던 것입니다. 그리고 잠재 의식은 그리스도의 모습을 그의 눈앞에 보여 주었던 것입니다. 아마 그 모습은 그가 전에 보았던 상본(종교화)의 그림과 같았을 것입니다. 그러나 그는 그리스도가 현실적으로 나타났었다고 믿었으며 그리스도의 손이 자기 몸에 와 닿았다고 느꼈던 것입니다.

내가 이전에 저술한 책 〈잠을 자면서 성공한다〉를 읽어 본 분들은 기억하고 계시리라 생각됩니다만 최면 상태가 됐을 때 "할아버지가 지금 여기에 계시다 똑똑히 보인다."라고 말했던 사람의 예가 있습니다. 그 사람은 할아버지라고 믿어지는 어떤 것을 보았던 것입니다. 그의 잠재 의식은 기억하고 있던 할아버지의 모습을 투영했던 것입니다. "당신은 잠에서 깨어나면 할아버지께 인사를 해야 합니다."라고 최면술사가 말했더니 그는 그대로 했습니다. 이것은 주관적 환영(幻影)이라는 현상입니다. 나는 젊은 친척의 경우는 경건한 카톨릭교인이었으므로 반드시 그리스도께서 병을 낫게 해 준다고 믿고 있던 터에 내 말이 계기가 되어 그의 믿음이 다시 불타게 되어 정말로 그의 병을 낫게 하는 힘이 되었던 것입니다. 우리들의 신앙이나 정신적인 확신, 또는 단순한 맹목적 신앙의 힘에 의해서도 이러한 기적이 일어나게 되는 것입니다. 그의 잠재 의식은 내 말에 끌려나왔으며 그의 심층심리는 내가 한 말을 그대로 받아들이고 그대로 움직였던 것입니다. 어떤 의미로는 이 일은 죽은 자의 부활, 거듭난다는 것의 실례라고도 할 수 있을 것입니다. 그의 경우에는 건강과 생명력의 부활이었습니다. 이것은 그의 마음속에 신앙(확신)에 의해서만이 일어나게 된 현상일 것입니다.

잘못된 신념과 진정한 신념

진정한 신념이라는 것은 의식 속에 있는 지식과 잠재 의식에 있는 지식이 과학적으로 잘 융합하고 통합되어 균형이 잡힌 작용을 할 때에 비로소 생겨나는 것입니다. 잘못된 신념도 병을 고칠 수 있습니다. 그러나 그러한 경우는 어떤 다른 힘에 의한 것이지 과학적인 이해에 의한 것은 아닙니다. 예를 든다면 아프리카의 밀림 지대에서는 부두교의 의사나 주술사가 토인들의 병을 고치는 경우가 있습니다. 그들은 정령(精靈)이 깃들어 있다고 믿는 개뼈다귀를 사용하거나 그 밖의 그 지방 토인들의 신앙의 대상이 되고 있는 물건들을 사용하여 환자가 갖고 있는 공포심을 쫓아버리고 회복에 대한 확신을 가지게 하고 있습니다.

의학, 수술, 주문(呪文), 성인(聖人)들이나 성령(聖靈)에 대한 기도 등 무엇을 사용하든 언제나 병을 치유케 하는 것은 잠재 의식인 것입니다. 당신이 무엇을 믿고 있건 간에 그것은 곧 당신의 잠재 의식 속에서 활동을 개시합니다.

주일 학교에 다니는 8살 짜리 소년은 악성 안질에 걸려서 안약을 넣어도 눈을 뜰 수가 없었습니다. 그래서 소년은 이렇게 기도했습니다. “하느님 아버지, 당신은 저의 눈을 만드셨습니다. 눈을 뜨게 해 주십시오. 병이 낫게 해 주십시오. 빨리 낫게 해 주십시오.”

소년은 놀라운 속도로 치유되었습니다. 놀라운 회복력과 굉장한 치유력을 가지고 있었습니다. 아이들은 단순하고 자연스러워서 빨리 하느님과 융합이 될 수가 있기 때문입니다. “……너도 가서 그렇게 하여

라."(누가복음 제10장 37절)

정신적인 처치

정신적인 처치라는 것은 자기 마음 안에 있는 하느님께 하느님의 평화 · 조화 · 완전성 · 아름다움 · 끝없는 사랑 · 무한한 힘을 생각해내는 것을 의미합니다. 하느님께서는 당신을 사랑하시며 당신을 돌봐 주신다는 것을 명심하고 있어야 한다는 것입니다. 그러면 두려움이나 공포심은 저절로 사라지고 맙니다. 심장병에 대해 기도를 할 때 심장이라는 것은 생리적인 내장의 하나이므로 정신과는 아무런 관계도 없다고 생각해서는 안 됩니다. 생각한다는 것도 하나의 물질이기 때문입니다. 정신적으로 생각하는 것이 세포 · 근육 · 신경 · 내장 등에 영향을 주어 그것들의 작용을 좌우합니다.

심장의 비대증이나 고혈압에 대해 근심만 하고 있으면 그만큼 그 병을 나쁘게 하는 결과를 가져옵니다. 좋지 않은 징후나 잘 돌아가지 않는 내장기관 등, 나쁜 부분만을 생각하지 마십시오. 당신의 마음을 하느님의 사랑으로 향하게 하십시오. 당신의 마음속에는 모든 것을 치유케 하는 최대의 힘이 있다는 것을 생각하십시오. 그리고 '하느님의 힘에 도전할 만큼이나 강한 힘은 존재하지 않는다'고 느끼고 믿으십시오.

모든 것을 치유케 하는 힘이 서서히 강력해져서 병을 낫게 한다는 것을 긍정하십시오. 하느님의 조화 · 아름다움 · 생명 등이 당신 안에 넘치고 힘과 평화 · 생명력 · 완전성 · 그리고 옳은 행위 등으로 나타나게 된다는 것을 확인하십시오. 이것을 확신해야 합니다. 그러면 병든 심장도 내장 등도 모두 하느님의 사랑의 빛으로 치유될 것입니다.

"……여러분은 자기 몸으로 하느님의 영광을 드러내십시오……"
(고린도인들에게 보낸 첫째 편지 제6장 20절)

매우 유익한 지침

① 하느님의 치유력은 당신 안에 있습니다. 정신적인 장애물을 제거하여 이 치유력을 최대한으로 활동시키십시오.

② 편집광이라는 것은 자기 마음을 잘못된 방향으로 향하게 하는 어떤 큰 힘에 의해 지배받고 통제를 당하고 있는 사람을 말합니다.

③ 어머니가 화를 잘 내거나 괴로워하거나 정신적인 고민에 싸여 있으면 이러한 부정적인 감정이 그대로 아이의 잠재 의식에 스며들어가서 아이가 열을 내게 되는 원인이 됩니다. 어머니는 하느님의 평화에 마음을 두고 기분을 부드럽게, 그리고 평온하게 가지십시오. 그러면 아이의 열이 내려가서 원기를 되찾게 됩니다.

④ 하느님의 치유력이 우리들 안에 있기 때문에 우리들은 모두 태어나면서부터 회복력과 치유력을 가지고 있습니다. 우리들은 생각하고 믿는 것으로서 그것과 밀접하게 접촉하 수가 있습니다.

⑤ 당신의 육체를 만든 기적의 치유력은 병을 낫게 하는 방법을 알고 있습니다. 그 힘은 육체의 구성·조직·기능 등에 대해 잘 알고 있습니다. 오로지 그 힘을 믿으며, 그것에 의지하십시오.

⑥ 항상 조화와 생명과 완전성과 아름다움 등이 당신의 신체와 마음에 가득찰 것을 소망하고 있다면 당신의 육체는 건강과 조화를 이룬 몸으로 재구성될 것입니다.

⑦ 성서에서는 일반적인 법칙의 설명에서 자주 의인법(擬人法)을 사용하고 있습니다. 그렇게 하는 편이 알기 쉽고 절실하게 느껴지기

때문입니다. 하느님이 자기 안에 있으며 자기를 도와주고 있다는 것을 자각하게 되면 열등감을 극복할 수 있습니다.

⑧ 불치의 병이란 것은 없습니다. 단지 병이 낫지 않는다고 믿고 있는 사람들의 병을 회복시키기가 어려울 따름입니다.

⑨ 무엇이나 신념만으로 낫게 할 수 있다고 생각하는 것은 과학적인 사고 방식이 못됩니다. 가장 바람직스러운 것은 의식과 잠재 의식과의 작용을 잘 연결시키고 조화시켜서 일정한 방향으로 움직이게 하는 방법입니다. 병을 치료하기 위해 어떤 수단을 강구하고 있다 해도 정말로 치유케 하는 것은 잠재 의식의 힘인 것입니다.

'재기 불능'이라는 말을 두려워하지 말라

'재기 불능'이라는 말을 들었을 때 놀라면 안 됩니다. 창조의 하느님께서 당신을 만드셨기 때문입니다. 당신의 병이 회복 불능이라는 말을 들었다 하더라도 동요해서는 안 됩니다. 창조의 하느님은 당신 안에 계시며 당신의 생명력이 가지고 있는 치유력을 언제라도 당신의 마음속에서 꺼낼 수가 있기 때문입니다. 이 힘을 최대한으로 활용하여 현실의 생활에서 기적을 만들어내십시오. 기적이라는 것은 불가능을 가능케 하는 것이 아니라, 가능한 일을 확인하는 일이라는 것을 잘 기억해 두십시오. "그것은 사람의 힘으로 할 수 없는 일이다. 그러나 하느님께서는 무슨 일이든 하실 수 있다."(마태복음 제19장 26절) "……이제 너희의 상처에 새살이 돋아 아물게 하여 주리라. 이는 내 말이라, 어김이 없다…"(예레미야 제30장 17절)

성서에서의 '주(主)'라는 말은 당신의 마음속의 창조적인 법칙을 의미합니다. 질병이나 상처를 치유하는 법칙은 우주의 모든 곳에 스며들어가 있고 당신의 정신 안에 있는 형태·상상·선택·목적 등을 통해서 솟아나오는 것입니다. 그 힘은 당신 안에서 깊은 잠을 자고 있습니다. 당신은 당신의 마음속에서 이 위대한 힘을 끌어냄으로써 원하는 것을 당신의 인생에 가져오게 할 수가 있습니다.

당신은 이 우주적인 치유력을 어떤 특수한 목적에도 사용할 수가 있습니다. 정신 또는 육체의 질병이나 상처만을 치유하는 데 있는 것이 아닙니다. 이상적인 결혼 상대와 만날 수 있는 것도 사업에 성공하는 것도, 자기가 해야 할 사업을 발견하는 것도, 어려운 문제의 해결을 얻는 일 등 모두 이 법칙에 의해 이루어지게 되는 것입니다. 이 법칙을 올바른 방법으로 적용시킴으로써 당신은 세일즈맨·음악가·의사 등 당신이 원하는 위대한 인물이 될 수 있습니다. 복잡하게 얽힌 문제에 조화를 주기 위해 가난을 부유로 바꾸기 위하여 이 힘을 사용할 수가 있습니다.

수종(水腫)을 고친 사람

런던에 있는 나의 친구 중에 신심이 매우 돈독할 뿐만 아니라, 도대체가 나쁜 마음과는 거리가 먼 아주 선량한 사람이 있었습니다. 쾌활한 사람이며 남을 위해서 여러 가지로 힘을 써 주는 사람이었습니다. 그런데 그의 부친이 수종으로 사망하자 그는 크게 충격을 받았으며 그 충격은 그의 마음에서 쉽사리 없어지지 않았습니다.

"나도 언젠가는 아버지와 같은 병에 걸려서 죽을 것 같은 생각이 들어서 두렵기만 합니다." 그는 나에게 이렇게 말하는 것이었습니다. "아버지는 언제나 어깨가 결린다고 하시면서 늘 어깨를 두들기고 있었으며 복부에서 많은 물을 의사가 빼내고 있었습니다."

그는 항상 머리에서 떠나지 않는 그 공포 때문에 그에게도 역시 수종병의 징후가 나타나기 시작했습니다. 그는 백 년이나 이전에 피니어스 퍼크허스트 퀸비 박사가 해명했던 단순한 심리학적 진리를 모르고 있었던 것입니다. 퀸비 박사는 이렇게 말하고 있습니다. "만일 당신이 무엇인가를 믿게 되면 그것은 당신이 의식하고 있건 없건 간에 마음속에서 크게 자라게 된다." 이 사람의 공포는 점점 자기도 아버지와 마찬가지로 수종병에 걸려서 죽게 될 것이라는 확신으로 변해 가고 있었습니다. 그러나 다행스럽게도 그는 퀸비 박사의 이론에 관한 나의 설명을 듣고는 달라지기 시작했습니다. 그는 터무니없는 망상을 진실이라고 믿고 있었다는 것을 깨닫게 된 것입니다.

당신의 두려운 마음은 진리를 곡해하는 데서부터 시작되었다고 나는 그에게 말해 주었습니다. "아버지가 병에 걸렸다 해서 그 사람의 아들도 같은 병에 걸린다는 법칙은 없습니다. 당신은 두려워할 필요도 없는 것을 두려워하고 있는 것입니다. 건강, 부유, 아름다움 등을 소망하십시오. 억지로 질병이나 가난 같은 것을 원할 필요는 없기 때문입니다."다행히도 그는 아버지의 병에 걸릴 것을 무서워하고 있기는 했지만 이성을 잃은 것은 아니었습니다. 그는 마음가짐을 소극적으로 갖느냐 적극적으로 갖느냐에 따라서 인생이 달라지게 된다는 것을 알게 되었습니다.

"만물을 치유케 하는 힘은 아직 내 안에 있다. 내 병은 내 망상이 만들어낸 것에 지나지 않는다."이렇게 확실하게 알게 됨으로써 그는 단정적인 결론을 얻게 되었습니다. 그리하여 그는 자기의 정신 상태를 재구성함으로써 조화, 건강, 완전성이라는 하느님의 형(型)에 자기 마음을 맞출 수가 있었던 것입니다.

그는 밤에 잠들기 전에 한마디 한마디에 정성을 다하여 기도를 했습니다. “만물을 치유하는 힘은 그 예지와 하느님의 도움을 받아 내 육체를 컨트롤하고 활동시키며 개조하고 재건하여 치유하고 있습니다. 나의 몸은 전부 깨끗이 씻겨졌으며 생명력이 넘치고 있습니다. 하느님의 순환과 동화와 소화 등의 기능이 내 육체와 정신을 건전하게 해 주시고 있습니다. 주님의 환희가 내 힘의 원천이 되고 있습니다. 나는 완전한 것으로 되려 하고 있습니다. 나는 이 사실에 대해 깊이 감사하고 있습니다.”

그는 이 기도를 매일 밤마다 계속했습니다. 1개월이 지나갔을 무렵, 그는 자기가 완전히 원기를 되찾았다는 것을 알았습니다. 그리고 의사도 그가 완전한 건강체가 되었다는 것을 보증했습니다.

치유에의 단계

병이나 상처를 고치기 위해서 해야 할 첫째 단계는 지금 이 순간부터 그 병이나 상처가 악화되었을 경우를 상상하는 것을 중단해야 합니다. 둘째 단계에서는 현재의 상태가 과거의 일에 너무 집착했기 때문에 일어난 현상이라는 것과 또한 과거의 일을 생각한다 해서 현재 상태에는 아무런 도움도 주지 못한다는 것을 깨닫는 일입니다. 셋째 단계는 당신의 마음속에 있는 하느님의 치유력을 정신적으로 고양시키는 일입니다.

이 세 가지 단계를 거치게 되면 당신의 마음에 생긴 독소는 물론이고 당신이 도움을 주고자 생각하고 있는 환자의 마음의 독소까지도 모두 없앨 수가 있습니다. 그렇게 되면 당신이 원하고 있는 것, 생각하고 있는 것, 느끼고 싶다고 생각하는 것 등이 마음속에서 크게 자라게 됩니다. 다른 사람의 말에 신경을 쓰거나 쓸데없는 고민을 해서는 안 됩니다. 당신 안에는 하느님이 계시다고 하는 신념을 가지고 꿋꿋하게 살아가야 합니다.

앞이 안 보이는 것만이 '장님'이 아니다

이 세상에는 장님이 몇백만이나 있습니다. 눈으로 볼 수는 있지만 심리학적, 정신적인 장님이라는 뜻입니다. 왜냐하면 그들은 자기가 생각하고 있는 것이 그대로 실현된다는 사실을 모르고 있기 때문입니다. 사람이란 남을 미워하고 질투하고 분개하고 있을 때에 정신적인 장님이 되는 것입니다. 그들은 언젠가는 자기를 파괴하고 마는 위험한 독소가 마음속에서 증식되고 있다는 사실을 모르고 있기 때문입니다.

수많은 사람들이 언제나 이렇게 말하고 있습니다. "내게 닥치고 있는 이 어려운 문제는 도저히 해결되지 않는다. 나는 절망적이다." 이러한 생각은 정신적인 장님이 된 결과입니다. 어떤 새로운 아이디어를 생각해내어 그 난관을 돌파했을 때, 잠재 의식이 가지고 있는 지혜나 이성에 의해 문제를 해결했을 때, 그는 정신적으로는 눈을 뜨게 되는 것입니다.

당신은 의식과 잠재 의식과 상호 관련성, 상호 작용성 등에 대해 잘 알고 있어야 합니다. 이러한 진리에 대해 '장님'이었던 사람도 주의 깊게 자신의 마음을 살핌으로써 정신적인 눈이 열리게 되며 건강 · 부유 · 행복 · 마음의 평화 등을 똑똑히 볼 수가 있게 됩니다. 마음 안에 있는 것을 활용하는 법칙을 잘 사용하는 것으로서 그러한 것들에게 접근해야 되는 것입니다.

비전은 마음의 것, 영원 불멸의 것이다

우리들은 문제를 볼 수는 있습니다. 그러나 우리들은 보는 것을 창조하는 것이 아니라, 그저 물체가 존재하는 것을 확신하는 데 불과합니다. 우리들은 눈을 통해서 볼 뿐이지 눈으로 보는 것이 아닙니다. 눈동자 뒤에 있는 망막이 공간 안에 있는 물체로부터 반사되는 광파(光波)에 의해 자극을 받고, 시신경을 통해서 이 자극이 뇌에 전달되어, 뇌 안에 있는 빛 또는 이성이 외부로부터 들어온 빛과 접촉 될 때 우리들에게는 물체가 보이게 되는 것입니다.

당신의 눈은 하느님이 사랑과 하느님에게로 향하는 기쁨, 게다가 하느님의 진리에 대한 갈망을 나타내고 있습니다. 눈은 바른 생각과 바른 행동을, 또한 하느님의 사랑과 지혜를 나타냅니다. 언제나 바르게 사물을 보도록 노력해야 하며 어떤 일에도 선의를 가지고 남을 대하십시오. 그렇게 하면 당신은 진정 바른 방향으로 전진해 나아갈 수 있습니다.

"……'눈을 떠라. 네 믿음이 너를 살렸다.'하고 말씀하셨다. 그러자 그 소경은 곧 보게 되어 하느님께 감사하며 예수를 따랐다……"(누가복음 제18장 42~43장)

눈과 귀에 대한 특별한 기도

〈내 안에는 모든 것을 치유하시는 하느님이 계시며 나는 정신적으로 영원한 가치가 있는 것을 꿰뚫어보는 통찰력을 가지고 있습니다. 나의 눈은 하느님의 아이디어입니다. 언제나 완벽하게 작용하고 있습니다. 나의 마음은 진리에 대해서 솔직하며 힘있게 반응합니다. 이해(理解)의 빛이 나를 눈뜨게 하여 하느님의 진리가 나날이 분명하게 보이고 있습니다. 나는 정신적으로 봅니다. 육체적으로도 봅니다. 나는 진리와 아름다운 모습을 모든 것에서 봅니다.

하느님의 치유하시는 힘은 이 순간에도 나의 눈을 개조하고 있습니다. 눈은 완전한 하느님의 도구입니다. 나는 육안으로 그리고 마음의 눈으로 세계 도처에서 하느님의 말씀을 볼 수 있습니다.

나는 진리의 말씀을 듣고 있으며 진리를 사랑하고 있습니다. 나는 진리를 알고 있습니다. 나의 귀는 완전한 하느님의 아이디어이며 언제나 완벽하게 작용하고 있습니다. 귀는 하느님의 조화를 나에게 전달하는 완전한 도구입니다. 하느님의 사랑과 아름다움과 조화가 나의 눈 귀를 통해서 내 안에 녹아 들어가고 있습니다. 나는 영원하신 하느님과 일체입니다. 하느님의 힘에 의하여 나의 귀는 열리고 모든 것을 재빨리 자유롭게 들을 수 있습니다.〉

회복을 위한 단계

① 사람들은 흔히 "그건 불가능한 일이다."라고 말합니다. 그러나 하느님과 함께 있으면 모든 것은 가능해집니다. 당신을 창조하신 하느님에 의해서 당신은 치유되는 것입니다.

② 병을 치유하는 법칙은 사고 방식, 상상 등 당신의 정신적인 패턴에 따라 결정됩니다. 그리고 당신이 소망하는 것은 모두 실현되는 것입니다.

③ 만일 당신이 무엇을 믿게 되면 의식하고 있건 없건 간에 그것은 마음속에서 넓은 자리를 차지하게 됩니다. 그러므로 오로지 당신을 치유하고 축복해 주고 격려해 주는 것만을 믿으십시오.

④ 당신 안에 있는 하느님의 힘을 찬양하십시오. 그렇게 하면 육체의 병은 악화되지 않을 것입니다.

⑤ 감사하는 마음은 하느님께 가까이 가는 길입니다. 기도를 찬미와 감사의 말로 채우십시오.

⑥ 생각하는 것이 실현화되고 느끼고 있는 것이 당신을 매혹시키며, 되고자 원하는 대로 된다는 사실을 깨닫지 못하는 사람은 심리학적인 장님입니다.

⑦ 통찰력은 정신적으로 영원한 가치가 있는 것을 꿰뚫어봅니다. 눈을 위한 좋은 기도는 다음과 같습니다. "나는 정신적으로나 육체적으로 점점 더 잘 보이게 됩니다."

⑧ "이 산 저 산 쳐다본다. 도움이 어디에서 오는가."(시편 제121편 1절)

19. 부부의 조화에 관한 스릴 있는 법칙

시인 랄프 월드 에머슨은 "결혼이란 깊고 진실한 은혜이며 커다란 기쁨이다."라고 말했습니다. 올리버 골드스미스는 "나는 아내가 신부옷을 입었을 때 앞으로도 그녀는 옷맵시가 있을 것이라는 생각이 들어서 더 반하게 됐어."라고 말하고 있습니다.

결혼은 이 세상에 있어서의 모든 결합 중에서도 가장 신성(神聖)한 것입니다. 결혼은 그것의 엄숙성을 완전히 이해하고 경건한 마음으로 시작해야 합니다. 이 결혼과 결혼으로 인해서 생기게 되는 가족의 신성함이 우리들의 사회나 문명의 초석이 되는 것입니다.

결혼이 완전한 것으로 되기 위해서는 정신적인 기초 위에 서 있지 않으면 안 됩니다. 결혼의 기초 위에 하느님의 이상을 생각하고 인생의 법칙을 연구하여 사상·목적·계획·행동 등을 결정해야 하는 것입니다. 결혼이라는 신성한 결합을 외적 세계에도 내적 세계와 동일한 평화·환희·조화를 가져다 주는 것입니다.

사랑은 결합이고 미움은 결렬이다

존즈 부인은 항상 남편에게서 버림받지나 않을까 두려워하고 있었습니다. 그녀의 두려운 마음은 부정적인 감정이었으며 그것은 은연중에 잠재 의식을 통해서 남편에게로 전해졌습니다. 그 남편은 잠재 의식이나 의식의 법칙 같은 것을 전혀 모르는 사람이었는데 버림받을 것 같아서 두려워하고 있는 그녀의 마음을 그는 느끼게 되었습니다.

어느 날 아침에 남편이 그녀에게 말했습니다. "당신은 나하고 헤어지기를 바라고 있는 것 같아. 꿈속에서 당신이 나타나 내게 이렇게 말했거든. '이 집에서 나가요. 당신 같은 사람은 이제 필요없어요.' 하고 말이야."

그녀는 곧 자기가 두려워하고 있던 것을 남편에게 고백했습니다. 그리고 그의 잠재 의식이 그녀의 근심과 걱정을 알게 되어 이러한 드라마틱한 방법으로 표현된 것이라고 설명했습니다. 남편은 아내의 말을 완전히 이해했습니다. 매일 밤 잠들기 전에 그녀는 남편이 명랑하며 행복해하고 있고, 전도가 유망하다고 상상하는 것으로서 자기의 공포를 쫓아내었습니다. 그녀는 사랑의 마음과 안정과 신의를 남편에게 몇 번이나 방사했습니다. 남편이 훌륭하고 사랑스러운 사람이며 성공하는 사람이라고 생각하기로 했던 것입니다.

그녀의 공포와 근심에 차 있던 마음은 사랑과 안정으로 변화되어 갔습니다. 그녀는 '사랑은 결혼 생활에서 깨어지지 않는 결합을 가져다 준다' 는 큰 진리를 발견했습니다.

진실을 알았기 때문에 질병에서 해방된 은행원

남아프리카의 케이프타운에서 강연을 하고 있을 때 헤스터 브란트 박사가 나에게 한 남자를 보냈던 적이 있습니다. "이 분은 영국의 형무소에서 복역한 경력이 있습니다. 석방된 후에 남아프리카의 요하네스부르그로 와서 은행에 근무하고 있습니다."라고 박사는 내게 말했습니다. 이 사람은 어떤 저명한 여성과 결혼하여 두 아들을 두고 있었습니다. 그러나 그는 언젠가는 아내나 아들이 자기의 과거를 알게 되지나 않을까, 신문이 그의 과거에 대해 폭로하지나 않을까, 만일 그렇게 될 때 아내는 이혼을 요구하지나 않을까, 그의 더러운 과거가 아들들의 장래에 영향을 미치지나 않을까 하고 항상 두려워하고 있었습니다. 이 만성화된 근심 걱정이 그의 심신을 크게 해치게 되어 그는 때때로 아무 이유도 없이 아내나 아들들에게 화를 내거나 신경질을 부리게 되었던 것입니다.

병원에서도 치료나 충고의 말도 그의 병을 고칠 수가 없을 정도로 위험한 상태에 이르렀다는 것을 나는 알았습니다. 그래서 나는 그에게 물어 봤습니다. "도대체 무엇이 당신의 마음을 좀먹고 있는 겁니까?"

그는 어떤 잘못을 저지르고 3년 동안 복역했던 과거를 내게 털어 놓았습니다. 나는 브란트 박사나 그의 부인에게서 들은 말을 자세히 해주었습니다. "당신의 아내도, 아들도, 브란트 박사도 당신이 근무하는 은행의 상사들도 모두 당신이 과거에 저질렀던 잘못에 대해서는 벌써부터 알고 있었습니다. 당연한 일이긴 하지만 당신의 부인은 결혼하기 전부터 당신의 과거를 알고 있었어요. 하지만 당신은 이제 훌륭하게 자립했으며 당신의 감정을 상하게 하면 안 되기 때문에 그것을 당신에게 말하지 않았을 뿐입니다. 물론 당신은 젊었을 때 잘못을 저질렀습니다. 그러나 3년간 형을 복무한 것으로서 그 대가를 치렀던 것입니다. 그 후의 당신은 옛날의 당신이 아니고 새로 태어난 다른 사람인 것입니다. 당신의 과거는 덮어버린 책과 같은 것입니다."

자기 주위에 있는 사람들이 모두 자기의 과거를 알고 있으면서도 현재의 자기를 인정해 주고 사랑하고 있었다는 것을 알게 되었을 때, 그의 병은 완전히 나아져서 의사들을 놀라게 했습니다. 그의 고민이나 병은 그가 제멋대로 만들어낸 정신적인 망상의 산물이었던 것입니다. 마음을 개조함으로써 그는 아내나 아들들과 완전히 조화를 이룬 평화로운 관계를 되찾을 수 있게 되었습니다.

요트로 여행하는 것을 무서워한 여성

최근에 아름다운 하와이 섬을 여행했을 때, 나는 어떤 아름다운 여성에게서 이런 말을 들었습니다. "저는 아주 좋은 상대와 약혼했는데 그것을 파혼하려고 합니다. 그 남자는 멋있는 청년이며 부자이기도 합니다. 그렇게 좋은 사람은 없을 겁니다. 하지만 전 바다가 무섭거든요, 그는 신혼 여행을 그의 요트를 타고 세계 일주를 하겠다는 것입니다. 전 바다가 무섭다는 말을 부끄러워서 그에게 할 수가 없습니다. 그래서 저는 아무 이유도 말하지 않고 약혼을 파기하려고 생각하고 있는 중입니다. '전 시시한 여자입니다. 저를 잊어주세요.'라고 쓴 메모와 함께 약혼반지를 돌려보내 주려고 합니다."

그를 사랑하고 있으며 결혼도 하고 싶다, 하지만 요트로 신혼 여행하는 것은 싫다는 이 딜레마를 어떻게 해결하며, 바다에 대한 공포심을 어떻게 없앨 수 있는가 하는 것을 나는 그녀에게 설명해 주었습니다. 나는 그녀에게 선원들을 위해 개작된 성서의 시편 제23편을 가르쳐 주고 하루에 세 번 10분씩 큰소리로 읽을 것을 권했습니다. "이 글을 큰소리로 읽으면서 진실한 마음으로 이해하려고 노력하면 당신의 잠재 의식 안에 있는 두려움과 괴로움과 근심은 곧 사라지게 됩니다."

선원들을 위한 시편 제23편

〈주께서 나의 뱃길을 안내하시니 나는 바다에서 길을 잃지는 않는다. 주는 어두운 바다 위를 밝게 비치시고 깊은 운하를 지날 때도 나의 키를 바로잡게 해 주신다. 주는 나의 측정기(測程器)를 바르게 잡게 해 주신다. 주는 성스러운 별로서 나를 인도하신다. 설령 내가 번갯불과 태풍 속에서 항해한다 하더라도 위험이 닥쳐오지 않는다. 왜냐하면 하느님이 언제나 나하고 같이 있기 때문이다. 하느님의 사랑과 주의가 언제나 나를 돌보고 계신다. 주는 언제나 영원한 정박지로서 나에게 항구를 준비해 주신다. 주는 거칠은 파도를 기름으로 잠잠하게 해 주시고 내 배는 그 위를 미끄러지듯 나아간다. 아침의 태양과 밤의 별은 나의 항해에 혜택을 주고 있으며 나는 언제까지나 하느님의 항구에서 쉬게 될 것이다.〉

이 여성은 나의 충고에 따라서 이 진리를 이해하고 동감을 느끼고 깊이 자신의 잠재 의식 안에 새겨 넣었습니다. 그랬더니 그녀의 공포는 사라지고 말았습니다. 그녀는 하느님을 믿음으로써 공포심을 쫓아 버렸던 것입니다. 그녀의 공포는 마음의 그림자였기 때문에 빛이 그녀 마음으로 들어갔을 때 암흑은 사라지고 말았던 것입니다.

결혼한 지 40년 만에 이혼한 여성

메이라는 여성의 예를 들어 보겠습니다. 메이는 결혼한 지 40년이나 되었습니다. 그녀는 남편의 사업을 도와서 크게 성공시켰으며 4명의 자녀를 두고 있었습니다. 그런데 어느 날 갑자기 남편은 그녀와 이혼하고 젊은 여자와 결혼하겠다고 선언했습니다. 메이는 너무나도 놀라서 온몸이 찢어지는 것 같은 큰 충격을 받았습니다. 하지만 그녀는 낙심한 나머지 의기 소침해져서는 안 되겠다고 생각했습니다. 그녀는 이 장에 씌어 있는 내용을 잘 알고 있었으므로 이 테크닉을 성실히 실행하면 자기 마음의 힘을 빠르게 사용할 수 있다는 것을 알고 있었습니다. 그녀는 용기와 힘과 격려의 위대함을 알고 있었던 것입니다.

그녀는 남편 회사의 주식 중에서 자기 소유주를 매각해서 돈을 만들어 세계 일주 여행을 떠났습니다. '하느님께서는 나에게 잘 어울리는 사람을 보내서 나를 사랑하게 해주신다.'라는 확신을 자기 자신에게 일러주었습니다. 그녀는 여행길에서 이상적인 남성과 만나 파리에서 결혼했습니다. 메이는 아이들에게나 이웃사람들로부터도 존경과 진실한 기쁨 속에서 환영을 받았습니다. 전 남편과의 이혼은 보다 풍요롭고 보다 위대하며, 고귀하신 하느님께 더 가까이 갈 수 있는 결혼을 위한 전제(前提)였다는 것을 그녀는 깨달았습니다. 그녀는 잠재적인 하느님의 무한하신 지혜를 확신하는 것으로서 절망과 고독의 도전에 이겨낼 수 있었던 것입니다.

다섯 번째의 결혼

"이번이 다섯 번째의 결혼인데 이번 남자는 전번 네 명의 남편들보다 더 못한 사람 같거든요. 아마 2, 3개월쯤 지나면 또 헤어지게 될 것 같아요."라고 28살난 여자가 나에게 말했습니다.

그녀는 이전 남편들에 대해 화를 내며 신랄하게 욕을 퍼붓는 것이었습니다. "용서하는 정신이 없는 결혼은 당신에게 언제나 같은 타입의 남자가 오게 됩니다. 그리고 결혼을 할 때마다 당신의 잠재 의식 안에 있는 노여움과 적의는 점점 더 자라게 되기 때문에 상대방 남자가 더 못한 사람처럼 보이게 되는 겁니다."라고 나는 그녀에게 말했습니다. 그녀가 갖고 있는 노여움과 적대적인 마음이 변하지 않는 한 그녀와 결혼하게 되는 남자는 다 같은 타입의 사람이 오게 되는 것입니다. 무의식적으로 그녀는 비슷한 것끼리 서로 끌어당기게 된다는 법칙을 실행하고 있었던 것이었습니다.

그녀에 대한 치료는 다음과 같았습니다. 그녀의 마음속에서 분노와 원망에 대한 기분을 쫓아내고 사랑과 평화를 심는 일이었습니다. 그녀의 전남편들을 모두 진심으로 용서하고 "나는 당신을 해방합니다. 어디든 좋은 곳으로 가십시오. 나는 당신에게 건강·부유·행복·사랑·기쁨 등이 가득찬 생활을 하게 될 것을 소망하고 있습니다."라고 선언하는 일이었습니다. 그랬더니 그녀의 사랑이나 결혼에 대한 생각이 달라지기 시작했습니다. 그녀는 사랑이라는 것을 정신적인 베이스로 끌어올렸습니다. 그녀는 결혼에 대해서 지금까지 품고 있던 태도나 동기가 틀렸었다는 것을 알게 되었습니다. 그래서 그녀는 다음과 같이 기도했습니다.

〈나는 지금 하느님과 일체라는 것을 알고 있습니다. 나는 하느님과 함께 살고 행동하고 있습니다. 하느님은 나의 인생 그 자체이십니다. 이 말은 모든 남성과 모든 여성에게도 해당되는 진리입니다. 우리들은 모두 단 한 분이신 하느님의 아들이며 딸인 것입니다. 한 남성이 지금 어디엔가에서 나를 사랑하고 귀여워해 주기 위해 기다리고 있다는 것을 나는 믿고 있습니다. 나는 그 사람을 사랑하고 나는 그의 이상을 사랑합니다. 그는 나를 과대 평가하지 않을 것이며, 나도 그를 과대 평가하지 않습니다. 나와 그 사람 사이에는 서로 사랑과 자유와 존경이 존재하고 있습니다.

있는 것은 오직 한 마음입니다. 나는 지금 그가 내 마음속에 있다는 것을 알고 있습니다. 나는 앞으로 내 남편이 될 사람과 모든 점에서 한 몸이 되리라는 것을 느끼고 있습니다. 내 마음속에서는 이미 그 사람과 나는 한 몸이 되어 있습니다. 우리들은 하느님의 마음을 통해 서로를 알고 사랑합니다. 나는 하느님 안에 있는 그를 보며, 그는 내 안에 있는 하느님을 봅니다. 이처럼 마음속에서는 벌써 맺어져 있으므로 반드시 나는 그 사람과 만나게 될 것입니다. 이러한 것을 마음속으로 내 자신에게 말해 주고 있으면 내 희망은 반드시 이루어질 것입니다. 훌륭한 남자와 결혼하게 된다는 것은 이미 기정 사실로 되어 있습니다. 이 일은 곧 실현될 것입니다. 주님께 감사를 드립니다.〉

2,3주일 후에 그녀는 사랑니를 치료하기 위해 치과로 통원하게 되었습니다. 그러다 치과의사와 아름다운 우정이 싹트게 되었습니다. 그 결과 그는 그녀에게 청혼을 했습니다. "역시 제가 생각했던 대로 되었습니다. 처음 그 선생을 봤을 때 저는 직감적으로 이 사람이 내 남편이 될 사람이라는 것을 느꼈습니다. 한눈에 좋아지고 말았던 것이지요." 라고 그녀는 내게 말했습니다.

나는 그들의 결혼식을 주재했습니다. 그리고 그 두 사람은 하느님의 마음속에서 진실한 마음으로 구했기 때문에 맺어졌으며 정신적인 사랑을 바탕으로 한 부부라는 것을 이야기해 주었습니다.

실연 때문에 자살하려던 청년

"3년간이나 서로 사랑하고 있던 여자가 느닷없이 결혼하지 않겠다고 합니다. 저는 그녀와 결혼하지 못하면 자살하고 말겠습니다." 뉴욕의 로체스터에서 어떤 순정어린 청년이 나에게 통사정을 하는 것이었습니다. 나는 그에게 좋은 아내를 맞이하기 위한 기도를 가르쳐 주었습니다.

〈하느님은 한 분이시며 눈으로는 볼 수가 없습니다. 우리들은 하느님 안에서 살고 있으며 행동하고 있습니다. 나는 모든 사람의 마음속에 하느님이 살고 계시다는 것을 알고 있습니다. 나는 하느님과 함께 있으며 모든 사람들과 함께 있습니다. 나는 내게 꼭 알맞는 여자를 끌어당길 수 있는 매력을 가지고 있습니다. 이것은 영혼과 영혼의 결합입니다. 내가 사랑하는 여자가 나를 사랑하게 되는 것은 하느님의 작용 때문입니다. 나는 내 아내가 될 여자에게 사랑과 광명의 진심을 바칩니다. 나는 내 아내가 될 여자에게 훌륭하고 만족스러운 생활을 보장합니다.

그녀가 정신적으로 충실하며 진실한 마음의 소유자라는 것을 나는 믿고 있습니다. 그녀는 균형이 잡힌 마음을 갖고 있으며 평화스럽고 행복합니다. 우리들은 피할 수 없는 힘으로 서로를 끌어당기고 있습니다. 나는 사랑과 진실과 존경만을 경험합니다. 나는 지금 이상적인 배필을 얻었습니다.〉

그는 정신적, 감정적으로 매일 조석으로 이 말을 되풀이함으로써 잠재 의식 안에 스며들게 했습니다. 2, 3주일 후에 그는 그가 묵고 있던 호텔에서 어떤 웨이트리스와 만났습니다. 두 남녀는 곧 사랑에 빠졌으며 결혼하게 되었습니다. 그 결혼은 이상적인 결합이었습니다.

그러면 "당신하고는 결혼하지 않겠어요."하고 그에게서 떠나간 여자, 그녀 때문에 자살까지 하려던 그 여자는 어떻게 됐을까요? 그가 친구에게서 전해 들은 바에 의하면 그녀는 이미 여섯 번이나 결혼한 경험이 있었으며 언제나 위자료를 많이 뜯어내고는 이혼을 하는 여자였다는 것을 알았습니다. 게다가 그녀는 경찰서 신세를 여러 번 진 일도 있었으며 전과자였다는 것도 알았습니다. 그 청년이 그녀에게 빠진 3년 동안도 그녀는 다른 남자와 동거 생활을 하고 있었다는 것이었습니다.

나는 저 남자와 결혼하고 싶다

런던의 어느 회사에서 총무부장의 비서로 근무하고 있던 아름다운 여성이 나를 찾아온 적이 있습니다.

"저는 부장님을 사랑하고 있습니다. 하지만 그 분은 4명의 자녀가 있는 기혼자입니다. 그렇지만 전 그런 것은 개의치 않아요. 그분은 부인과 이혼할 생각은 없는 것 같지만 저는 어떤 수단을 써서라도 그를 내것으로 만들고 말겠어요."라고 하는 것이었습니다.

그녀는 자기의 목적을 달성하기 위해서는 정말로 부장의 가정을 파괴하려고 하는 것 같았습니다. 그래서 나는 그녀에게 이렇게 말해 주었습니다. "당신은 진심으로 부장과 결혼하고 싶은 것은 아니군요. 당신의 마음속 깊은 곳에 있는 희망은 결혼하고 싶다, 아이를 낳고 싶다, 남자에게 사랑과 존경을 받고 싶다는 것일 겁니다. 당신에게는 당신과 알맞는 남성, 즉 자유로운 입장에 있는 남자를 끌어당길 수 있는 매력을 가지고 있습니다. 당신이 진정으로 원하고 있는 것을 실현시키려면 기도를 해야 합니다."

"어쩌면 부장으로 하여금 부인과 이혼케 하고 당신에게로 오게 할 수도 있을 겁니다. 그러나 그렇게 될 경우, 장래에 여러 가지 복잡한 문제가 생기게 되는 것은 뻔한 일입니다. 당신은 죄의식에 사로잡히지 않을 수가 없으니까 말입니다. 이런 말을 알고 있겠지요. '네 이웃의 아내를 탐내지 못한다.'(출애굽기 제20장 17절) '너희는 남에게서 바라는 대로 남에게 해 주어라.'(마태복음 제7장 12절) 이 말씀은 행복과 성공을 위한 법칙입니다. 이기주의와 욕심 때문에 눈이 어두워진 당신은 이런 것을 모르고 있는 것 같군요." 나는 조용히 설득했습니다.

또 나는 그녀에게 이렇게 질문하기도 했습니다. "만일 당신이 그 부장을 빼앗는다면 부장의 가족들은 당신을 어떻게 생각할까요? 당신은 남이 어떻게 생각하기를 바라고 있습니까?" 이 질문은 아름다운 비서의 가슴에 큰 충격을 준 것 같았습니다.

그래서 나는 그녀 대신 이런 대답을 했습니다. "당신은 아마 그 부인이나 아이들로부터 정직하고 좋은 사람이라는 인상을 주고 싶어할 것입니다. 그대로 하십시오. 그리고 아직도 그의 가정을 파괴하고서라도 그를 당신의 것으로 만들고 싶은지 잘 생각해 보십시오."

내가 이렇게 말했을 때 그녀는 홀연히 깨닫게 되었습니다. 그리고 격렬하게 울기 시작했습니다. 잠시 후에 그녀는 남의 가정을 파괴하지 않고도 이상적인 배필을 얻을 수 있을 것이라고 말하는 것이었습니다. 그래서 그녀는 확신을 가지고 기도하기로 했습니다. "저는 지금 정신적으로나 감정적으로 그리고 육체적으로도 저하고 조화가 잘 되는 훌륭한 남자를 끌어당기고 있습니다. 그에게는 저하고의 결혼을 방해할 만한 가족이 없습니다. 그는 하느님의 의지의 힘으로 저에게 끌리고 있습니다."

그로부터 얼마 후에 그녀는 나의 권유로 다니기 시작한 칵스턴 · 홀의 독서회에서 젊은 과학자와 만났습니다. 그리고 그 청년과 결혼했습니다. 그녀는 마음의 법칙에 따라 진심으로 원한다면 현실적으로 그렇게 된다는 것을 체험했던 것입니다.

사랑은 단 하나

예를 들어 어떤 사람이 자기 아내를 속이고 있다고 가정합시다. 만일 그 사람이 정말로 아내를 사랑하고 존경하고 있다면 다른 여자를 원하지는 않을 것입니다. 만일 결혼에 대해 진실한 정신적인 이상을 그리고 있다면 자기 아내 이외의 여자를 원할 리가 없습니다. 사랑은 오직 하나뿐이며 둘이나 셋일 수는 없기 때문입니다.

여자들 꽁무니를 따라다니는 남자(그의 마음속에 있는 음탕한 마음이 움직이는 대로 행동하는 사람)는 욕구 불만 · 분노 · 뒤틀린 마음 등의 개념과 결혼하고 있는 셈이 됩니다. 진정으로 아내를 사랑하고 있다면 가정은 만족한 것이 되어야 하는 법입니다.

만일에 남자가 아내를 속이고 다른 여자와 놀아나게 된다면 그는 욕구 불만에 빠져서 이상적인 가정을 꾸밀 수 없게 될 것입니다. 그는 열등감뿐만 아니라, 필연적으로 죄의식까지도 가지게 될 것입니다. 따라서 이러한 남자와 교제하게 되면 여자쪽도 신경과민이 되어 혼란한 상태에 빠지게 됩니다. 그는 자기 자신의 마음 안에 있는 동요를 여자들에게서 보게 될 것입니다. 그와 상대하는 여자도 욕구 불만이 되어, 그 남자와 마찬가지로 불안정한 마음을 갖게 될 것입니다.

'유유 상종(類類相從)'이라는 말은 여기서도 진리가 되고 있는 셈입니다.

아내가 있는 남자와 4년간이나 교제하고 있던 여자

"저는 기혼자에게 4년간이나 몸과 마음을 다 바쳤습니다. 저는 그이를 깊이 사랑하고 있습니다. 그이와 헤어진다는 것은 생각조차 할 수 없습니다. 어떻게 하면 좋을까요?" 어떤 여자가 나에게 이렇게 호소하는 것이었습니다. 그녀는 남편을 얻기는커녕 보이프렌드마저도 사귀지 못하고 있었습니다. 그녀는 기도할 줄을 모르고 있었습니다. 그녀는 남의 남자를 빼앗는다는 스릴을 즐기고 있었을 뿐, 거짓 만족에 빠져 있었던 것입니다. 그러면서도 그녀는 열등감에 사로잡혀서 정신은 언제나 동요되고 있었습니다.

"그런 짓을 하고 있으면 언젠가는 반드시 발을 뺄 수 없는 처지에 놓이게 됩니다."라고 나는 말해 주었습니다. "그리고 이윽고는 진정제가 필요하게 될 것이며 수면제를 사용하게 될 것입니다. 당신의 육체가 젊을 때에는 그 남자도 당신을 애인으로서 교제하겠지요. 하지만 당신과 결혼할 생각은 없을 겁니다. 당신이 늙어서 육체적인 매력이 없어지거나 당신에게서 싫증을 느끼게 되면 그는 당신을 버릴 겁니다. 그렇게 되면 당신은 귀중한 청춘을 무의미하게 보내는 결과가 되고 맙니다."라고 지적해 주었습니다.

그녀가 진정으로 원하고 있는 결혼을 하여, 아무개 부인이라는 호칭을 듣고, 자신의 가정을 꾸며 이웃이나 친구나 친척들과 거리낌없는 교제를 하는 것 등이었습니다. 그래서 내가 그녀에게 준 해결 방법도 기도를 하는 일이었습니다. 그녀는 나의 충고에 따라 지금까지 교제하던 기혼 남자와의 관계를 깨끗이 끊고 어떻게 하면 이상적인 남편감을 만날 수 있는가에 대해 이 장에서 내가 설명한 대로의 기도를 하기 시작했습니다.

그 결과 현재의 그녀는 행복한 결혼 생활을 하고 있으며 자기 안에 있는 내적인 힘을 발견한 것에 대해 감사하는 마음이 가득한 생활을 하고 있습니다.

이혼을 해야 할 것인가

다음과 같은 질문이 가끔 나에게 올 때가 있습니다. "저는 이혼을 해야 할까요?" 이러한 문제는 각자의 사정이 모두 다르기 때문에 일반적인 해답이란 있을 수가 없습니다. 어떤 경우에는 이혼을 한다 해도 문제가 해결되지 않는 경우도 있습니다. 어떤 고독감 같은 것은 결혼을 한다 해도 없어지지 않는 것과 같습니다.

이혼이라는 것은 사람에 따라 좋을 수도 있고 나쁠 수도 있습니다. 이혼한 여자가 오히려 위선적인 결혼 생활을 하고 있는 다른 사람보다 훨씬 더 숭고하고 신성하게 보일 경우도 있습니다.

결혼은 했지만 진실한 결혼이라고는 말할 수 없는 경우가 있습니다. 결혼식을 올리고 같은 집에서 살고 있다 해서 이것이 정녕 가정이라고는 말할 수 없습니다. 한 껍질 벗겨 보면 거기에는 증오와 혼란이 가득 차 있을지도 모릅니다. 만일 그러한 가정에 아이들이 있고 부모 사이에 사랑도 평화도 선의도 존경심도 없다면, 젊은 영혼을 그러한 분위기 속에 두는 것보다는 그 잘못된 결혼을 해소시키는 편이 나을 것입니다. 대개의 경우, 아이들의 인생과 정신 상태는 싸움만 하는 부모가 만든 분위기에 좌우될 때가 많으며 그 아이들을 신경성 질환자로 만들기도 하고, 나태한 사람이 되게도 하고, 때로는 범죄의 길로 들어서게도 합니다. 서로 미워하고 싸움만을 일삼는 부모 밑에서 자라나기보다는 부모 중의 어느 한쪽하고만 같이 있게 하는 편이 아이들을 위해서도 훨씬 유익할 것입니다.

남편과 아내 사이에 사랑과 자유와 존경이 없을 경우, 그 가정은 희극이며 허위에 찬 가장 무도회와 다를 바 없습니다. 하느님(사랑)이 그 안에는 없기 때문입니다. 하느님은 사랑이시며 마음은 하느님이 거처하시는 방인 것입니다. 두 개의 마음이 서로 사랑으로 맺어져 있을 때 비로소 거기에는 사랑의 빛이 가득찬 진실한 결혼 생활이 있는 것입니다.

자기 자신에 대해 자신을 가져라

사람들은 자기 자신의 결점만을 생각함으로써 그만큼 자기를 비하시키고 있습니다. 그 사람의 자신 상실(自信喪失)은 아내에게도 전염됩니다. 그렇게 되면 아내는 그것에 반응하게 됩니다. 남편이 자기 자신에 대해 전부터 생각하고 있던 것보다 무능하며 어리석다고 생각하게 되므로 아내도 남편을 이전에 생각하던 것처럼 평가하지 못하게 되고 마는 것입니다. 아내의 경우도 마찬가지일 것입니다.

누구나 자기 자신에 대해 자신감과 위엄을 유지하려고 하면 그렇게 할 수가 있습니다. 성공과 평화가 자기에게 있다는 자신감을 가지게 되면 가족들도 그렇게 생각하게 되는 것입니다. 남편에게는 가족 전체에 영향을 주는 강한 힘이 있기 때문입니다. 당신이 자신만만하면 조화와 평화가 가정을 지배하게 됩니다. 남편이 갖고 있는 확고한 신념이 튼튼한 가정을 구축하게 되는 것입니다.

좋은 남편과 좋은 아내

결혼을 하게 되면 상대방의 성격, 버릇, 장점에 대해서 존경하도록 하십시오. 칭찬을 해 주십시오. 결코 상대방의 결점을 들추어서는 안 됩니다. 상대방의 장점에 관심을 가지십시오. 이렇게 계속하고 있노라면 당신의 결혼은 점점 더 풍요로운 삶이 될 것이며 시간이 지남에 따라 더욱 아름다운 것으로 될 것입니다.

성서에 씌어 있는 결혼에 대한 법칙

"그러니 하느님께서 짝지어 주신 것을 사람이 갈라 놓아서는 안 된다."(마태복음 제 19장 6절). 진실한 결혼이란 정신적으로 맺어진 것이어야 한다는 것을 성서는 이 말로서 명백히 밝히고 있습니다.

만일 당신들 두 사람의 마음이 사랑과 진실로 맺어져 있다면 하느님은 당신들의 편입니다. 그것은 바로 천국에서의 결혼과 같은 것이므로 조화와 이해를 의미하고 있습니다. 당신의 마음가짐은 사랑 그 자체가 되고, 하느님께서도 사랑 그 자체라는 것을 당신은 직접 체험하게 될 것입니다.

하느님께서는 모든 결혼 안에 다 계시다고는 말할 수 없습니다. 왜냐하면 너무 현실적이며 공리적인 동기가 그 결혼에 있을지도 모르기 때문입니다. 만일 남자가 돈이나 지위나 이기심을 만족시키기 위해 어떤 여자와 결혼했다면 그 결혼은 허위적인 것입니다. 그 생활도 거짓 생활일 것입니다. 만일 여자가 안정과 부유와 직업과 스릴 등 때문에 어떤 남자와 결혼했다면 이 결혼도 하느님의 것이 아닙니다. 거기에는 하느님, 즉 진실이 없기 때문입니다. 이러한 결혼은 모두 진실한 결혼이 아닙니다. 그것들은 사랑을 바탕으로 하고 있지 않기 때문입니다. 성실 · 청렴 · 존경 등은 사랑에서만이 태어나는 것입니다.

만일 진실한 결혼(마음과 영혼과 육체의 결합)이었다면 거기에는 이혼이란 있을 수 없습니다. 그들은 정신적으로 맺어져 있으므로 헤어진다는 생각이 있을 까닭이 없기 때문입니다. 그것은 두 개의 마음이 하나의 매듭으로 묶여 있는 것과 같으며 그것은 사랑 속에서 하나로 되어 있습니다. "하느님께서 짝지어 주신 것을 사람이 갈라 놓아서는 안 된다."

결혼을 위한 기도

〈우리들은 여기 하느님 앞에 모였습니다. 여기에는 유일한 하느님, 유일한 생명, 유일한 법칙, 유일한 마음, 유일한 주님이 있을 뿐입니다. 우리는 사랑과 평화와 조화 속에서 맺어졌습니다. 나는 아내(또는 남편)에게 평화와 행복과 기쁨을 약속합니다. 하느님은 언제나 우리를 인도하십니다. 우리는 각자의 입장에서 우리 안에 살아 계시는 하느님의 마음으로 이야기를 합니다. 우리의 말은 서로 상대방의 귀에 꿀처럼 달게 들리며 온몸에 퍼지는 환희를 불러일으킵니다. 우리는 언제나 상대방의 좋은 점을 발견하고 그것을 칭찬해 줍니다.

하느님의 사랑은 우리 두 사람에게서 흘러나와 가정에 충만케 하시고 주위에 있는 사람들에게도 젖어들게 합니다. 하느님께서는 우리를 통해서 가족들에게 말을 하시고 우리들은 적극적으로 확실하게, 육체적으로나 정신적으로 안정되어 있다는 것을 깨닫습니다. 하느님의 바른 움직임은 우리들의 근육, 내장, 세포 하나하나에까지 깃들어 있으며 평화와 조화와 건강 등을 유지시켜 주십니다.

지금 하느님의 인도하심이 우리 집에 살고 있는 모든 사람의 행동을 통제하여 기쁨과 평화의 길로 걷게 해 주시고 있습니다. 우리가 지금 이야기하고 있는 말은 우리가 원하며 기뻐하는 것을 완성시켜 줍니다. 우리는 지금 기쁨에 넘쳐 있고 우리의 진실한 기도가 현실의 것이 되

어 나타난다는 것을 확신하며 하느님께 감사를 드립니다.〉

행복한 결혼으로의 단계

① 결혼은 이 세상의 다른 결합 중에서도 가장 성스러운 것입니다. 경건과 평화와 성스러운 것에 대한 깊은 이해를 가지고 결혼으로 들어가지 않으면 안 됩니다.

② 아내가 언제나 버림을 당하지나 않을까 하고 근심을 하고 있으면 그것이 남편의 잠재 의식에 전달되어 가정 불화의 원인이 됩니다.

③ 과거는 죽은 것입니다. 중요한 것은 현재입니다. 과거의 일에 집착해서는 안 됩니다. 현재와 장래를 잘 내다보십시오. 그렇게 하면 당신의 인생은 열리게 됩니다. 고뇌의 대부분은 마음속에 그려 놓은 나태심과 왜곡 때문입니다.

④ 시편 23편을 잘 읽고 정신적으로나 감정적으로 몸을 지켜야 합니다. 그렇게 하면 어리석은 공포심은 사라져 버립니다.

⑤ 자신의 잠재 의식 안에 있는 무한한 힘을 믿고 고독감, 절망감에 당당하게 도전하십시오.

⑥ 자신의 잠재 의식 안에 있는 친화력(親和力)을 믿으십시오. 자기 자신과 남을 용서하십시오. 그렇게 하면 하느님께 대한 기도에 의해 훌륭한 배필을 맞이할 수가 있습니다.

⑦ 진실한 마음으로 기도하고, 자기가 원하는 것을 기도에 의해 얻게 된다고 확신하게 되면 이상적인 아내(남편)가 당신에게로 오게 됩니다.

⑧ 다른 사람의 아내나 남편을 빼앗으면 안 됩니다. 진실로 자기가 원하는 것을 마음에서 선언하십시오, 당신의 인생에 있어서 반드시

그 일은 이루워질 것이라고 확신하십시오, 그렇게 하면 반드시 좋은 아내, 좋은 남편이 될 사람과 만나게 될 것입니다.

⑨ 사랑은 단 하나입니다. 진실로 당신이 아내(남편)를 사랑하고 있다면 다른 여자(남자)를 원하지는 않을 것입니다.

⑩ 독신 여성은 그녀와 결혼할 의사가 없는 기혼 남자를 진정 원할 리가 없습니다. 그녀는 남편과 가정과 사랑과 존경을 원하고 있습니다. 설령 조금쯤 사랑과 비슷한 감정을 느끼고 있다 해도 기혼자와는 관계를 끊고(혼란한 상태와 단절하고) 진실로 원하고 있는 것을 끌어당겨야 합니다(이상적인 상태가 된다).

⑪ 많은 부부가 한 집에서 살고 있으면서도 사랑·친절·평화·선의·이해 등과는 거리가 먼 마음가짐을 서로가 가지고 있는 경우가 많습니다. 이러한 결혼은 희극이며 속임수의 가장 무도회에 지나지 않습니다. 거짓 위에 서 있고 허위에 차 있는 결혼은 빨리 해소해 버리는 편이 좋습니다.

⑫ 남자는 자기의 열등감이나 결점을 느끼게 될 때 기가 죽게 됩니다. 그리고 그 감정은 아내에게 전달됩니다.

⑬ 당신은 상대방의 장점을 들면서 칭찬해 주십시오. 그렇게 하면 당신의 결혼은 축복을 받게 되고 해를 거듭할수록 보다 아름다운 것으로 비약해 갈 것입니다.

⑭ "하느님께서 짝지어 주신 것을 사람이 갈라 놓아서는 안 된다." 사랑이 두 마음을 하나로 묶어 놓는다면 결코 이혼은 있을 수 없습니다. 사랑은 남자와 여자를 인생이 다할 때까지 영원토록 묶어 두기 때문입니다.

역자 후기

이 우주에는 건강, 자유, 평화, 긍지에 찬 생활의 기쁨이라고 하는 것에 당신을 인도하기 위해 이용할 수 있는 무한한 힘(능력)이란 과연 존재할까?

세계적으로 유명한 Mind의 과학자이며 성직자인 조셉·머피 박사는 분명히 있다고 단언하고 있습니다.

지금 당신 앞에는 그 무한한 힘을 이용하고, 그것을 작용시키기 위해 이미 실증(實證)이 끝난 테크닉이 준비되어 있습니다.

한 차례 이 책에 쓰여 있는 몇 가지 간단한 테크닉을 익혀, 당신에게 반대하는 대신 당신을 위해 작용해 줄 이 무한한 힘을 제것으로 삼아 버린다면, 모든 것은 가능해질 것입니다.

당신 주위 사람들과는 멋진 우호 관계를 유지할 수가 있을 것이며, 그 사람들은 당신이 멋진 것을 소유하고 있는 것을 알고, 온갖 방법을 다 동원해서 당신에게 협력을 아끼지 않을 것입니다.

이 무한한 힘(능력)은 당신의 정당한 치부(致富)의 길도 열어줄 것입니다. 경제적인 고뇌로 흐려진 당신의 인생은 단번에 바뀌게 되고, 안락한 생활이 당신 앞에 전개될 것입니다.

이 무한한 힘(능력)은 당신을 압박하고 있는 눈에 보이지 않는 죄악감도 단번에 소멸시킬 수가 있습니다. 설사 어떠한 무거운 짐을 지고 있다손 치더라도 그것은 즉각 당신에게 놀라운 이점이 되고 말 것입니다.

머피 박사는 지금까지 이 무한한 힘(능력)을 자신의 인생에 이용한 많은 사람들에 대한 사례(事例)로서 이 진리를 설명하고 있습니다. 이와 같은 사례에서 볼 수 있는 모든 것이 당신의 경우에도 실현될 수가 있습니다.

이 무한한 힘(능력)이야말로 당신의 마음속 깊이 도사리고 있는 소망에 대해 응답해 주는 가장 강력한 당신의 협조자입니다. 그 뿐만이 아니고, 이 무한한 힘(능력)을 사용하는 데는 특별한 교육이라든지, 재능 따위는 필요가 없습니다. 당신에게 필요한 것은 이 멋진 안내서를 읽는 일과 당신의 인생을 완전히 바꾸려고 하는 강한 욕구뿐일 것입니다.

성서에 "자신의 마음을 다스리는 자는 성(城)을 공격해서 빼앗는 것보다 더 뛰어나다"는 말씀이 있습니다만, 자신의 마음을 지배한다는 것은 그리 쉬운 문제가 아닙니다. 만사가 순조로울 때는 그와 같은 것은 그다지 마음에 걸리지 않습니다만, 역경(逆境)에 처해 보면 이것을 실감하게 될 것입니다.

의혹, 두려움, 괴로움에 대한 거센 파도가 쉴새없이 밀어닥쳐, 그 거대한 힘에 떠내려가지 않기 위해서는 그야말로 성(城)을 공격하여 빼앗는 어려움보다 더 힘드는 마음의 투쟁이 필요한 것입니다.

만약 당신이 현재 그와 같은 역경에 처해 있다면, 이 책은 더할 나위 없는 당신의 협력자가 될 것입니다.

이 책에 등장하는 실례는 인생의 역경에 처해 있으면서 무한한 힘(능력)을 사용하는 것에 의해 그 난관을 어떻게 극복했는가 하는 증거로 가득차 있습니다.

나 자신도 역경으로 내몰려 절망의 벼랑 위에 서게 되었을 때, 머피 박사의 이 원서를 읽고 재기한 사람입니다.

이 책을 읽게 되면 이상하게도 '어떻게 해결되겠지! 한번 더 버텨보자!'고 하는 마음을 갖게 되는 것입니다.

머피 박사는 이 책에서 같은 말을 되풀이해서 몇번이나 설명하고 있습니다. 바로 앞 페이지에서도 같은 말을 하지 않았나 하고 여길 정도로 머피 박사의 설득은 집요한 것입니다. 그러나 나는 지금에 와서 이해가 됩니다만 그렇게 끈질기게 설명하지 않으면 잠재 의식에 생각을 침투시켜서 소극적인 생각을 적극적인 생각으로 뒤바꿀 수는 없을 것입니다. 사람의 마음이 일단 부정적인 면으로 기울기 시작하면, 그것을 긍정적인 생각으로 바꾸어 놓기란 결코 쉬운 일이 아닙니다.

그것을 바꾸어 놓고, 신념으로까지 높이기 위해서는 이 책에서 기술하고 있는 것과 같이 집요한 반복과 강력한 설득이 필요한 것입니다.

그런 의미에서 이것은 강렬한 책입니다. 어설프고 시시한 책은 결코 아닌 것입니다. 그런 마음가짐으로 이 책을 읽기를 권합니다. 이것은 당신의 마음을 다스릴 책이고, 당신의 운명(運命)을 바꾸어 놓을 책인 것입니다 !

따라서 이 책을 읽을 경우, '아아, 이런 사고 방식도 있군.'하는 따위의 안이한 태도로 읽는 것은 당신에게 아무런 이익도 가져다 주지 못할 것입니다. 이 책은 그 내용을 아는 것에 의의가 있는 것이 아니라, 그것을 '사용하고' '자신의 인생에 도움을 줄 때' 비로소 그 의의를 갖게 되는 책입니다.

'그 따위 것은 알고 있어.'라든지 '그렇게 쉽게 이루어질 것인가?'

하는 따위의 제 3자적인 비판으로 그칠 것이라면, 차라리 읽지 않는 편이 나을 것입니다.

자신의 전력을 다하여 실행해 보지 않고서 어떻게 그 진가를 알 수 있단 말입니까!

자신의 주관만으로 어떻게 그리 쉽게 단정을 내릴 수 있단 말입니까?

아무튼 이 책에 쓰여 있는 대로 우리 한 번 실행해 보도록 합시다.

그리고 가능하다면 서로 체험을 나누면서 격려하고, 손을 마주잡고 인생의 밝은 길로 나아가도록 합시다.

끝으로 이 책의 테마가 되고 있는 Infinite Power라고 하는 말을 나는 '무한한 힘'이라 했습니다만, 이것은 '하느님의 능력'이며, 또 '잠재 의식의 능력'이라 해석해도 좋을 것입니다.

머피의 법칙

초판 1쇄 발행 | 1995년 12월 6일
개정 1판 1쇄 발행 | 2013년 5월 15일
개정 1판 2쇄 발행 | 2022년 4월 10일

지은이 | 조셉 머피
엮은이 | 차근호
펴낸이 | 이현순
디자인 | 정원미

펴낸곳 | 백만문화사
주소 | 서울시 마포구 독막로 28길 34(신수동)
전화 | 02) 325 5176 **팩스** | 02) 323 7633
신고번호 | 제 2013 000126호
e-mail | bmbooks@naver.com
홈페이지 | http://bm-books.com

ISBN 978 89 97260 08 9(03840)
값 12,000원